1부 흔들리는 바람

대하소설 혼불

崔明姬

1

매안

# 魂불

## 1부 흔들리는 바람 1권

# 1 청사 초롱

그다지 쾌청한 날씨는 아니었다.

거기다가 대숲에서는 제법 바람 소리까지 일었다.

하기야 대숲에서 바람 소리가 일고 있는 것이 굳이 날씨 때문이랄 수는 없었다. 청명하고 볕발이 고른 날에도 대숲에서는 늘 그렇게 소소(蕭蕭)한 바람이 술렁이었다.

그것은 사르락 사르락 댓잎을 갈며 들릴 듯 말 듯 사운거리다가도, 쏴아 한쪽으로 몰리면서 물 소리를 내기도 하고, 잔잔해졌는가 하면 푸른 잎의 날을 세워 우우우 누구를 부르는 것 같기도 하였다.

그래서 울타리 삼아 뒤안에 우거져 있는 대밭이나, 고샅에 저절로 커오르는 시누대, 그리고 마을을 에워싸고 있는 왕댓잎의 대바람 소리는 그저 언제나 물결처럼 이 대실[竹谷]을 적시고 있었다.

근년에는 이상하게, 대가 시름거리며 마르기도 하고, 예전처럼 죽순도 많이 나지 않아, 노인들 말로는 대숲이 허성해졌다고 하지만, 그러나 아직도 하늘을 가리며 무성한 대나무들은 쉬흔 자의 키로 기상을 굽히지 않은 채 저희들끼리 바람을 일구는 것이었다.

전에 누군가가 그 소리를 들으면서, 대는 속이 비어서 제 속에 바람을 지니고 사는 것이라, 그렇게 가만히 서 있어도 저절로 대숲에는 바람이 차기 마련이라고 말한 일도 있었다.

그런데 이처럼 날씨마저 구름이 잡혀 있는데다가 잔바람이라도 이는 날에는 으레 물결 쏠리는 소리를 쏴아 내면서, 후두둑 비 쏟아지는 시늉을 대숲이 먼저 하는 것이었다.

대실의 사람들은 태어나면서부터 이 대숲에서 일고 있는 바람에 귀가 젖어 그 소리만으로도 날씨를 분별할 수 있을 정도였다.

뿐만 아니라 그것들이 하고 있는 이야기와 몸짓까지라도 얼마든지 눈치챌 수 있기도 하였다.

그저 저희끼리 손을 비비며 놀고 있는 자잘하고 맑은 소리, 강 건너 강골 이씨네가 살고 있는 마을에서 이쪽 대실로 마실 나온 바람이 잠시 머무는 소리, 어디 먼 타지에서 불어와 그대로 지나가는 낯선 소리, 그러다가도 허리가 휘어질 만큼 성이 나서 잎사귀 낱낱의 푸른 날을 번뜩이며 몸을 솟구치는 소리, 그런가 하면 아무 뜻없이 심심하여 제 이파리나 흔들어 보는 소리, 그리고 달도 없는 깊은 밤 제 몸 속의 적막을 퉁소 삼아 불어 내는 한숨 소리, 그 소리에 섞여 별의 무리가 우수수 대밭에 떨어지는 소리까지도 얼마든지 들어 낼 수가 있었다.

그러나 오늘은 아무도 그 대바람 소리에 마음을 쓰는 사람은 없었다. 마을에 큰일이 있기 때문이었다.

이미 대소가(大小家)의 안팎에서는 이른 아침에 채비를 하여 원뜸으로 올라가고, 호제와 머슴들도 집을 비웠다.

어른들이 그러니 아이들까지도 덩달아 고샅을 뛰어다니며 신이 나서 연방 무어라고 재재거렸다. 그리고 가까운 촌수의 동서 숙질(叔姪)의 부인들은 아예 며칠 전부터 올라가 있기도 하였다.

그런 마을의 동쪽 서래봉(瑞來峰)과 칼바위 쪽에 두툼하게 엉키어 있는 회색의 구름은, 그러나 중천에 이르러는 엷은 안개처럼 희부옇게 풀려 둥근 해의 모양을 드러내 보여 주었다. 아무래도 구름에 가려진 햇발이라 온기가 느껴지지는 않았지만, 그런대로 이만한 날씨라면 큰일 치르기에 그다지 애석한 것은 아니었다.

벌써 마당에는 넓은 차일을 치고 그 아래 멍석을 깔아 두었으며, 멍석 위에 펼 화문석까지도 깨끗한 행주질을 몇 번이나 하여 대청마루에 내다 놓았다. 그리고 교배상을 챙긴다.

서래봉의 줄기에서 갈려 나온 낮은 동산이 집터의 뒷등을 이루어 주고, 앞쪽은 툭 트여 마을이 내려다보이며, 마을 건너 강골과의 경계를 내고 있는 강 줄기가 비단 띠처럼 눈에 들어오는 남도 땅의 대실, 이 집의 안팎은 지금 며칠째 밤을 새우고 있었다.

며칠째라고 하지만, 그것은 꼬박 밤을 새우면서 방방이 불을 밝히고 장명등이 꺼지지 않은 날수만을 그렇게 말하는 것이요, 실상 분주하여지기 시작한 것은 이미 오래 전, 혼인하자는 말이 오간 의혼(議婚)이 있고, 청혼서(請婚書)가 오가면서부터였다.

그러다가 지난 초여름, 살구가 막 신맛을 올리며 단단하게 여물고 있을 때 도경(道境)을 넘어 북도의 남원군(南原郡) 매안(梅岸)에서 사람이 당도하였다.

그는, 신랑 될 사람의 사주(四柱)를 가지고 온 것이다.

주인 허담(許潭)과 부인 연일정씨(延日鄭氏)는 대청에 돗자리를 깔고, 정갈한 상을 앞에 하여, 정중하게 사주 단자를 받았다.

상 위에 놓인 사주보는 네 귀퉁이에 금전지를 달고, 간지에 근봉(謹封)이라 쓰인 띠를 두르고 있었다.

그 다홍의 비단 보를 조심스럽게 펼치자 안쪽은 빛깔 고운 남색인데, 거기 흰 봉투가 들어 있고, 봉투는 봉함 대신 길고 가느다란 싸릿가지를 젓가락처럼 모두어 물리고 있었다. 싸릿가지는 본래 어른의 새끼손가락보다 조금 가늘지만 상서로이 날렵하게 벋은 것을 반으로 쪼개, 봉투 앞뒷면으로 나누어 봉투를 물게 한 것이다.

봉투보다 길어서 뚜껑 위아래 양쪽으로 손가락 마디 하나만큼씩하게 솟아 나와 있는 싸릿가지 머리에는, 청실 홍실의 둥근 타래실이 얌전하게 묶였는데, 그것은 휘황하고 요려하게 굽이쳐 나뭇가지 앞면을 타고 내려오다가 꽁지를 휘이 감으며 뒷면 위쪽으로 올라가 서로 합해졌다. 역시 매듭이 지지 않게 동심결(同心結)로 묶여 있는 것이었다.

허담은, 그 청 · 홍의 타래실을 보며 눈에 웃음을 띄웠다.

그러고 나서부터 집안은 그야말로, 대문 · 중문은 말할 것도 없고 방문이며 부엌문, 곳간문들이 제대로 여닫힐 겨를도 없이 분주해진 것이다.

정작 오늘은, 뒤안에서 흰떡이며 인절미를 만드느라고 내려치던 떡메 소리와 장작 패는 소리, 그리고 밤낮을 모르고 집안을 울리던 찰진 다듬이 소리 같은 것이 멎어 놓아 차라리 조용한 편이라고 할 수 있었으나, 그 대신 사람들이 안채 · 사랑채 · 뒤안 · 부엌 · 앞마당 · 중마당 · 마루 · 대청 할 것 없이 그득그득 들어차 오히려 더욱 들떠 있었다.

콩심이는 안채 사랑채의 댓돌에 놓인 신발들을 가지런히 하느라고 조그만 몸을 더 조그맣게 고부리고 손을 재빠르게 놀리면서 정지 뒷문으로 가서 어미에게 적(炙) 조각 얻어먹을 생각에 바빴다.

콩심어미는 부엌 뒷문간 곁의 뒤안에서 굵은 돌 세 개를 솥발처럼 괴어 놓고 가마솥 뚜껑을 거꾸로 얹어 연방 기름을 둘러가며, 한 손으로는 이마에 흘러내리는 머리카락을 소맷자락으로 씻어 올리면서 전유어를 지지고 있었다.

그 고소한 냄새 때문에 콩심이의 손은 더욱 빨라지고, 작은 콧구멍이 자꾸만 벌름거려지는 것이었다.

전유어 냄새뿐만이 아니었다.

연한 살코기를 자근자근 칼질하여 갖가지 양념을 넣고 고루 간이 잘 밴 쇠고기를 꼬챙이에 꿰어 석쇠에 굽는 냄새, 같은 쇠고기가 들어가는 음식이라도 도라지가 들어가 참기름에 섞이는 냄새들이 집 안팎은 물론 온 마을에까지 바람을 타고 내려갔다.

솜씨가 좋은 서저울네는 생도라지를 소금물에 살짝 삶아 건지며 맛을 본다. 그리고 간간한 도라지를 옹백이의 찬물에 우려내는 동안 후춧가루 · 소금 · 깨소금 · 파 · 마늘을 언뜻언뜻 챙긴 뒤에, 다시 도라지를 건져내더니 순식간에 옥파같이 곱게 갈라 놓는다.

"얼매나 좋으까이? 연지 곤지에다."

옆에서 떡시루 번을 뜯어내고 있던 점봉이네가 혼자말처럼 탄식하며 부러움을 감추지 못한다.

"신랑이 에리단디 신방이 멋인지나 알랑가?"

뒤안의 콩심어미가 어느 결에 듣고 말꼬리를 치켜세우며 참견을 하는데 히히히 하고 웃음을 깨문다.

"저리 가. 아이고, 웬수녀르 것."

웃음 끝에, 곁에 다가선 콩심이를 보더니 전유어 한 쪽을 찢어 주며 손짓으로 밀어낸다.

그리고 나머지 쪽을 자기 입에 넣고 우물거리며 전유어를 뒤집는다. 콩심이는 적 조각을 공중으로 치켜들어 혓바닥을 내민다.

치지지이이 치직.

찬모 서저울네도 번철에 도라지와 쇠고기와 갖은 양념을 넣고 참기름을 두르면서, 간장 · 후추 · 깨소금 · 파 · 마늘이 서로 섞이며 익어가는 냄새에 양미간을 모은다. 그리고 찌푸리는 것 같은 미소를 머금는다. 이것은 음식 익는 냄새로 맛을 느끼면서, 잘 되어가고 있을 때 보여 주는, 괜찮다는 표시이다.

그네는 도라지 크기로 잘라서 소금물에 살짝 데친 당근에 잣가루와 후춧가루, 참기름을 버무리고는, 번철에서 익은 것들을 채반에 내놓고 가지런히 챙기면서 색색깔로 빛깔을 맞추어 꼬챙이에 꿰었다.

그러는 사이에도 마당에서는 웃음 소리와, 부산하게 사람들 왔다갔다 하는 소리들이 들려왔다.

어느새 점봉이가 부엌 문간에서 기웃 안을 들여다보며 제 어미 눈치를 살핀다. 어미는 얼른 시룻번을 한 줌 집어 주면서 쥐어박는 시늉을 한다. 그러나 무리마다 고운 물을 앉힌 무지개떡이며, 김이 천장을 가리는 붉은 시루떡, 그리고 떡가루 사이에 팥고물 · 콩 · 녹두 · 계핏

가루·석이·밤·잣 들이 곁들여 있는 갖은 시루떡을 네모 반듯하게 썰어 상에 쓸 것을 챙기고는, 부스러진 귀퉁이를 따로 모아 삼베 보자기에 싸둘 생각을 점봉이네는 한다.

어깨뼈는 빠지는 것 같지만, 그래도 이 많은 음식을 보고, 만들고, 눈치껏 먹으며 새끼들한테 먹일 수도 있으니, 어쨌든 잔치는 자주 있었으면도 싶었다.

물론 상객(上客)과 신랑이 받는 큰상에 쓸 음식과, 함진아비나 수행한 사람들이 먹을 상에 쓸 음식들은 감히 아랫사람들이 손대지 못했다. 큰상은 우귀(于歸) 때 신랑 집으로 싸서 보내는 까닭에 그 때깔이나 맛이 출중해야 하는지라, 문중의 부인들이 손수 나서서 온갖 솜씨와 정성을 다하여 만들었지만, 잔치에 쓸 그 많은 음식을 모두 그 부인들이 할 수는 없는 일이어서 이렇게 찬모와 행랑어멈들이 더운 숨을 뿜고 있는 것이다.

부엌은 사람이 돌아설 자리도 없었다.

결코 더운 날씨가 아니건만, 부엌에 들어찬 사람들의 훈김과 아궁이마다 타고 있는 장작불의 후끈후끈한 화기, 그리고 입도 벙긋할 틈 없이 정신을 못 차리게 분주한 음식 준비 때문에 아낙들은 저마다 땀을 흘리는 것이었다.

"초리청은 어쩝디여?"

점봉이네가 눈을 반짝이며 묻는다. 마당으로 가 보고 싶어 죽을 지경이다. 그래서 시룻번을 한 입 급하게 베어 물고는 부엌 바라지 바깥으로 고개를 쑤욱 내민다.

마당의 넓은 차일 아래에는 십장생이 그려진 열 폭 병풍이 붉은 해 · 푸른 산 · 흐르는 물과 상서롭게 웅크린 바위, 그리고 그 바위가 승천하여 떠 있는 구름이며 바람 소리 성성한 솔과 소나무 아래 숨은 듯 고개 내민 불로초, 불로초를 에워싸고 노니는 거북이 · 학 · 사슴 들이 온갖 자태와 빛깔로 호화롭게 펼쳐져 있다.

그러나 아직도 구름은 아까만한 빛으로 해를 품은 채, 좀체로 해의 얼굴을 말갛게 씻어 주려 하지 않는다.

추수가 끝나고, 자잘한 가을 일들이 몇 가지 들판에 남아 있기는 하나, 그런대로 큰손 갈 것은 대충 마무리지은 음력 시월 초순, 바람에 벌써 스산함이 끼어 있다.

허나, 오늘 같은 날, 누가 그런 것에 마음을 두겠는가.

그럴 겨를이 없었다.

"부서언재애배애(婦先再排)."

혼례 의식의 순서를 적은 홀기(忽記)를 두 손으로 받들어 정중하게 펼쳐 들고 예를 진행하는 허근(許槿)의 목소리는 막 무르익어 가고 있었다. 허근은 신부의 종조부이다.

신부가 먼저 두 번 절 하라는 말이 꼬리를 끌며 마당에 울리자, 신부의 양쪽에 서 있던 수모(手母)가 신부를 부축한다.

신부는 팔을 높이 올려 한삼으로 얼굴을 가리운다.

다홍 비단 바탕에 굽이치는 물결이 노닐고, 바위가 우뚝하며, 그 바위 틈에서 갸웃 고개를 내민 불로초, 그리고 그 위를 어미 봉(鳳)과 새끼 봉들이 어우러져 나는데, 연꽃 · 모란꽃이 혹은 수줍게 혹은 흐드러지게 피어나고 있는 신부의 활옷은, 그 소맷부리가 청 · 홍 · 황으로 끝동이 달려 있어서 보는 이를 휘황하게 하였다.

"하이고오, 시상에 워쩌면 저렇코롬……."

초례청을 에워싼 사람들의 뒤쪽에서 누군가 참지 못하고 탄성을 질렀다. 거의 안타까운 목소리이다.

신부는 다홍치마를 동산처럼 부풀리며 재배를 하고 일어선다.

한삼에 가리워졌던 얼굴이 드러나자, 흰 이마의 한가운데 곤지의 선명한 붉은 빛이, 매화잠(梅花簪)의 푸른 청옥 잠두(簪頭)와 그 빛깔이 부딪치면서 그네의 얼굴을 차갑고 단단하게 비쳐 주었다.

거기다 고개를 약간 숙인 듯하였으나 사실은 아래턱만을 목 안쪽으로 당긴 채, 지그시 눈을 내리감은 그네의 모습에서는, 열여덟 살 새 신부의 수줍음과 다감한 풋내보다는 차라리 일종의 위엄이 번져 나고 있었다.

그것은 그네의 골격 때문인지도 몰랐다.

아버지 허담의 큰 키와도 거의 엇비슷할 만큼 솟은 키에 허리를 곧추세우고, 어깨를 높이 펴고 있는 자세는, 오색 찬란한 활옷과 화관으로 하여 더욱 그런 느낌을 주는 것 같았다.

그러나 그네의 그런 모습과는 달리, 화관에 장식된 청강석(青剛石) 나비가 하르르 하르르 떨고 있는 것은 숨길 수 없는 일이었다.

신부의 속눈썹도 나비를 따라 떨린다.

"아직 학상이당가아?"

어느 틈에 서저울네가 점봉이네 곁에 바싹 다가가서 숨소리 섞인 귓속말로 소근거린다,

"아직이 머시여? 인자사 열다섯 살이랑만, 앞으로도 창창허지머?"

워메에…… 신랑 이쁜 거어…….

뒤에서 탄식처럼 낮은 소리가 터진다.

목소리를 눌렀기 때문에 그 심정이 더욱 간절하게 들린다.

"하이고오, 신랑 좀 보소. 똑 꽃잎맹이네."

사모(紗帽)를 쓰고, 자색(紫色) 단령(團領)을 입은 신랑은 소년이었다. 몸가짐은 의젓하였지만 자그마한 체구였고, 얼굴빛은 발그레 분홍물이 돌아, 귀밑에서 볼을 타고 턱을 돌아 목으로 흘러내리는 여린 선에 보송보송 복숭아털이 그대로 느껴진다.

그는 시키는 대로 나붓이 꿇어 앉으며 신부에게 일배(一拜)를 한다.

마당을 가득 채운 웃음 소리와 덕담, 귓속말들, 옷자락에 흥건히 배어들 만큼 질탕한 갖가지의 음식 냄새와 청·홍, 오색의 휘황함에 짓눌리기라도 한 것일까, 아니면 모든 것이 아직은 어색한 탓일까, 나이 어린 신랑의 얼굴은 굳어 있었다.

그것은 아까, 대문·중문을 넘어올 때만 하여도 표가 나지 않았었는데, 신부가 수모들의 부축을 받으며 대례상(大禮床) 저쪽에 마주 섰을 때 확연하게 달라진 표정이었다. 긴장을 한 탓이라고나 해야 할는지, 앳된 얼굴에는 웃음기가 없다.

사람들은 이러한 것들에는 아랑곳하지 않고 여기저기서 마주 보고, 웃고, 고개를 끄덕이며 흥겹게 들떠 있었다.

그것은 시간이 갈수록 점점 더 고조되면서 물결처럼 출렁거리고, 그 출렁거림은 이제 막바지에 달하여, 반상(班常)과 주객(主客)을 가리지 않고 한 덩어리로 둥실 떠오르게 하는 것이었다.

"부우재애배애(婦又再拜)."

신부가 다시 두 번 절을 하자 신랑은 답으로 일배를 한다.

돗자리 위에 놓인 신랑의 두 손이 하얗고 나뭇잎처럼 조그맣다.

그리고 나서 두 사람은 허근의 영(令)을 따라 그 자리에 각각 무릎을 꿇고 단정히 앉았다.

"신랑은 애들맹이고, 신부는 큰마님 같으네에……."

"……금메 말이시."

꼰지발을 딛고 넘겨다보던 두 아낙이 소근거린다.

"시이자아가악치임주우(侍者各斟酒)."

시중 드는 이는 각기 술을 치시오.

허근의 말이 길게 꼬리를 끌며 떨어지자, 대령하고 있던 하님과 대반은 술상 앞에 가서 앉는다.

신랑 상에는 밤이 괴어져 있고, 신부 상에는 대추가 소복하다.

"주욱 마시야제잉."

"워메, 초리청으서 취해 번지면 워쩔라고."

"허어, 장깍쟁이 같은 저것 조께 마셌다고 취헌당가?"

신부측에서 흰 사기잔에 술을 부어 신랑편으로 보내면, 신랑은 그를 받들어 땅에 조금 지운 다음 한 모금 마시고 신부측으로 보낸다. 신부는 신랑이 보내온 이 술을 다 마셔야 한다. 그러고 나서 이번에는 신랑측이 신부한테 술잔을 보내고, 신부는 아까 신랑이 하던 순서대로 행하는 의례이다. 그러나 신랑과 신부는 모두 술잔을 입에 대는 시늉만 할 뿐, 마시지는 않았다.

가운데 놓인 대례상의 양쪽에서는 불꽃을 너울거리며 한 쌍의 촛불이 타오르고, 그 옆에, 솔가지와 대나무 가지들은 목에 청실 홍실을 감은 백자 화병에 꽂혀 서서 바람 소리라도 일으킬 것처럼 서슬이 푸르고 싱싱하다.

그리고 모처럼 호강을 하느라고 붉은 보에 싸인 채 고개만을 내민 암탉과 푸른 보에 싸인 장닭은, 답답하여 날개를 퍼득거리며 두 눈을 떼룩떼룩 굴린다.

장닭의 늘어진 벼슬이 흔들린다.

이제 초례청의 흥겨움은 막바지에 이른 것 같았다.

하객들은 만면에 웃음을 띄우고, 연신 화사한 농담을 던지며,혹은 귀엣말을 소근거리기도 하면서, 감개어린 표정을 짓기도 했다.

비복들은 교자상을 서로 맞잡기도 하고, 혼자서 등에 메기도 하여 마당에 내다 놓고, 허리를 펼 사이도 없이 다시 뒤안이며 모퉁이, 행랑쪽으로 줄달음을 친다. 머슴들은 힐끗 곁눈질을 하고 지나치지만, 계집종과 아낙들은 그러는 중에도 잠깐 일손을 놓고, 사람들 어깨 너머로 힐끗 초례청을 넘겨다보며 한 마디씩 참견한다.

신랑의 상객으로 온 부친 이기채(李起埰)는 시종 가는 입술을 힘주어 다물고 아들의 하는 모습을 지켜보았다.

그는 체수가 작은데다가 깡마른 편이어서, 야무지고 단단한 대추씨 같은 인상을 주었다. 무엇보다도, 그의 다문 입술과 더불어 날카롭게 빛나는 작은 눈에 예광이 형형하여 보는 이를 위압하는 것이었다.

그의 전신에는 담력이 서려 있었다.

얼핏, 놋재떨이 소리 같은 금속성이 느껴지는 사람이었다.

"거배애상호서상부하아(擧盃相互婿上婦下)."

서로 잔을 들어 신랑이 위로, 신부가 아래로 가게 바꾸시오.

허근의 소리가 다시 울린다. 이 순서야말로 조심스러운 것이고, 이제까지의 복잡하고 기나 긴 예식의 마지막 절차이다. 또한, 가장 예언적인 성격을 띠는 일이기도 하였다. 사람들도 이때만은 숨을 죽인다.

하님과 대반은 술상 위에 놓여 있는 표주박 잔을 챙긴다.

세번째 술잔은 표주박인 것이다. 원래 한 통이었던 것을 둘로 나눈, 작고 앙징스러운 표주박의 손잡이에는 명주실 타래가 묶여 길게 드리워져 있다. 신랑쪽에는 푸른 실, 신부 쪽에는 붉은 실이다. 그것은 가다가, 서로 그 끝을 정교하게 풀로 이어 붙여서 마치 한 타래 같았다.

이제 이렇게 각기 다른 꼬타리의 실끝이 서로 만나 이어져 하나로 되었듯이, 두 사람도 한 몸을 이루었으니, 부디부디 한평생 변치 말고 살라는 뜻이리라.

그러나 어려운 것은, 그 표주박에 가득 술을 부어 술잔을 서로 바꾸어 마셔야 하는 일이었다. 그런데 술잔을 바꾸면서 술을 한 방울이라도 흘려서는 안된다. 또 실이 얽히거나 꼬여서는 더욱 안된다. 술방울을 흘리면 흘린 쪽의 마음이 새어 버리고, 실이 얽히면 앞날에 맺힌 일이 많아, 그만큼 고초가 심하다고 하였다.

그래서 하님과 대반은, 손에 힘을 잔뜩 주고 온몸을 조심하며 술잔을 서로 바꾸는 것이다.

양쪽 상 위에 서리를 틀고 있는 청실 홍실은 구름 끼인 별뉘 아래 요요히 빛나고 있다.

하님과 대반은 각기 신랑과 신부에게 표주박을 쥐어 준다.

"시이자아가악치임주우(侍者各斟酒)."

허근의 목소리는 고비에 이르렀다.

드디어 하님과 대반이 몸을 일으켰다.

그러나 긴장을 하고 조심하면, 일은 더욱 더디어지고 걸리기 마련인가. 아니면, 워낙 명주실이라는 것이 부드럽고 가늘어, 이리저리 옮기지 않아도 제 타래에서 제 실낱끼리라도 얽히는 것일까.

그만 실이 꼬이더니 얽히고 만 것이다

츳!

허담이 혀를 찼다.

하이고오, 어쩌꼬오…….

사람들 사이에서 잠시 소요가 일었다. 그 수런거림은 불길한 음향을 남겼다. 물론 그것은 작은 매듭에 불과했지만 그것을 보는 사람들의 마음을 철렁하게 하였다.

그러나, 여기서 더 어쩔 수는 없는 일이었다.

그 가느다란 실낱을 헤쳐가며 풀 수도 없으려니와, 그러다가는 표주박의 술마저 엎지르게 될 것이기 때문이었다. 기왕에 얽혀 버린 실을 풀어 내다가는 다음 일조차도 그르치게 된다. 허근의 얼굴이 어둡게 찌푸려진다. 그리고 낮은소리로 그냥 두라고 했다.

그래서 아까보다 더욱 조심스럽게 어깨를 움츠리며 잔을 나르는 대반의 코에 땀이 솟아난다.

아하아아.

하객 중의 한 사람이 탄성을 발했다. 술방울을 흘리지 않고 무사히 잔이 건네어진 모양이었다. 사람들도 저마다 비로소 숨을 튼다.

그리고 이제 점점 끝나가는 예식을 아쉬워하며, 신랑과 신부가 표주박의 술을 남기지 않고 한 번에 마시는지 어쩌는지, 마지막 흥겨움과 긴장을 모으며 여기저기서 한 마디씩 했다.

신랑이 잔을 비운다.

대반은 신랑의 손에서 표주박을 받아 상 위에 놓는다.

신부의 차례에 이르자, 사람들은 저절로 흥이 나서 고개를 빼밀고 꼰지발을 딛는다.

"어디, 어디, 나 좀 보드라고오."

누군가 사람들의 틈으로 고개를 비집어 넣으며 말한다.

"밀지 말어, 자빠지겠네잉."

"시잇. 참말로 시끄러 죽겄네에. 쥐딩이 조깨 오무리고 있드라고."

신부는 눈을 내리감은 채 수모가 기울여 주는 표주박의 술을 한 방울씩 마신다.

그러나 그것은 시늉만이다.

그런데도 사람들은 정말로 신부가 한 방울씩 술을 마시기라도 하는 것처럼 흥겹다. 이윽고 수모는 잔을 떼어낸다.

왁자지껄.

사람들은 한꺼번에, 참았던 소리를 터뜨렸다.

한숨을 쉬기도 하였다.

그때 누가 무슨 말을 하였는지, 와그르르, 웃는 소리가 뒤쪽에서 일었다. 웃음 소리가 대례상 위로 쏟아진다.

"예피일철사앙(禮畢撤床)."

예를 마쳤으니 상을 거두시오.

허근의 목소리가 낭랑하게 울린다. 그 소리에 신부의 어머니 정씨 부인은 가슴이 철렁하고 내려앉았다. 이상한 일이었다.

한 시름 놓이고 마음이 가벼워져야 할 터인데, 웬일로 그렇게 힘이 빠지는 것인지 알 수 없는 노릇이었다.

……실이……그렇게……어찌할꼬……이 노릇을……

그네는 스스로 머리를 저었다.

(사위스럽다.)

그러나 그네는, 아까 분명히, 실이 얽히는 것을 보았다.

(허나, 그런 일은 흔히 다른 초례청에서도 있는 일이 아닌가. 또한 그런 절차는, 모두, 정성을 다하려는 마음가짐을 이르는 것일 뿐, 그까짓 실타래가 무엇을 알랴.)

정씨부인의 얼굴에 깊은 그늘이 고인다.

"각조옹기소오(各從基所)."

허근은 예의 마지막 분부를 한다.

이제 모두 제 처소를 따라 자리로 가라는 것이다. 그러면서 대례상 위에 놓여 있는 밤과 대추를 신랑 주머니에 넣어 준다. 저녁에 신방에서 먹으라고 했다.

"혼자 다 먹지 말고."

그 말에 마당에서는 다시 한번 웃음이 일고, 어린 신랑은 귓부리가 붉어진다.

신랑과 신부가 각기 대반과 하님의 부축을 받으며 초례청을 떠나자 마당은 바야흐로 이제부터 흐드러진 잔치에 들어갈 모양이었다

상객 이기채의 일행과 허담의 대소가는 사랑에 들었다. 그리고 부인들은 안채로 모였다. 그러는 중에도 손님들이 끊임없이 중문을 지나 안으로 들어오고, 집안 사람들은 다리 사이에서 바람 소리를 내며 종종걸음을 친다.

하객들은 마당의 차일 아래 넘쳐났다.

"하이고오. 누구는 좋겄다아."

점봉이네는 신방 쪽을 향하여 탄식처럼 말을 뱉어낸다.

"그런디마시 초리청으서 그렇코롬 청실 홍실이 엉케 부러서 갠찮으까 몰라? 머 벨 일이사 있것능가잉? 무단헌 생각이제."

콩심이네가 말을 맞받는다.

이제 해는 하늘의 중허리를 지나, 서쪽으로 비스듬히 발을 옮기고 있었다. 그러더니 한 순간에 기우뚱 해가 기울어 날이 저물고 만다.

## 2 백초를 다 심어도 대는 아니 심으리라

진주, 산호, 비취, 청옥, 백옥, 밀화의 구슬들은 일룽거리는 촛불빛을 받아 오색의 빛을 찬연하게 뿜는다.

금방이라도 좌르르 소리를 내며 쏟아질 것처럼 소담한 구슬 무더기가 꽃밭이라도 되는가, 실낱같이 가냘픈 가지 끝에서 청강석 나비가 날개를 하염없이 떨고 있다.

큰비녀를 감으며 양 어깨 위로 드리워져 가슴으로 흘러내린 고운 검자주 비단 앞댕기도 보이지 않게 떨리고 있다.

앞댕기에 물려진 금박과 진주, 산호 구슬들이 파르르 빛을 떤다.

마당을 가득 채우며 넘치던 웃음 소리, 부산한 발자국 소리, 그리고 사랑에서 간간이 터지던 홍소(哄笑)의 소리들도 이제는 잠잠하다.

온 집안을 뒤덮던 음식 냄새조차도 싸늘한 밤 공기에 씻기운 듯 어느결에 차갑게 가라앉아 있다.

점봉이네가 부엌 바라지를 걸어 잠그는 삐이거억 소리가 난 것도 벌써 한참 전의 일이다.

밤이 깊을 대로 깊은 모양이다.

그러나 방안의 두 사람은 아직도 말이 없다.

오직 밀촛불만이 촛대 앞에 놓인 작은 술상과 그 술상 위의 흰 술병, 술잔, 그리고 밤, 대추, 등을 비추면서, 신부의 등뒤로 펼쳐진 백수백복(百壽百福) 병풍에 그네의 그림자를 드리워 주고 있다.

신랑 강모(康模)는 미동도 하지 않고 그림처럼 앉아 있기만 한다.

얼마 동안이나 지금 이렇게 마주 앉아 있는 것일까.

(크다…….)

강모는 다만 아까부터 까닭을 알 수 없는 심정에 짓눌리어 몇 번이고 이 말을 삼키는 것이었다.

눈이 부시게 찬연한 오색 구슬로 덮인 화관이며 다홍의 활옷, 그 활옷에 수놓여진 길상(吉祥)의 문양들이 커다란 소매의 푸르고 붉고 노란 색동과 더불어 오직 마음을 어지럽게 할 뿐, 곱다든지 어여쁘다는 생각은 들지 않았다.

그러기는커녕 아까 이 신방(新房)에 들었을 때 불빛 아래 앉아 있는 그네를 본 순간, 그 눈부시게 현란하여 울긋불긋 빛나는 색깔들이 덜컥하는 소리를 내며 가슴에 부딪혀 왔었다.

겁이 났다.

섬뜩 무서운 마음이 들었다.

그 섬뜩함의 찬 기운이 몸의 낮은 곳으로 스며들면서, 자기도 모르게…… 어찌할꼬……, 싶은 심정에 사로잡히고 말았던 것이다.

"신방에 들거든 조금도 서두르지 말아라. 겁을 내서도 안되지. 몸을 마음에 맡기면 그저 자연스러운 이치와 음양의 흐름이 있으니 모든 일은 저절로 이루어질 게다."

남원의 매안에서 행장을 차리고 상객이 되어 대실로 길을 떠나며 부친 이기채는 혼행하는 강모에게 그렇게 일렀다.

강모는 지금 그 말을 상기해 본다.

음양의 흐름이 있으니…… 저절로……

그는 다시 한번 가슴이 막힌다.

"신방에 촛불은 꼭 손가락으로 꺼야 헌다. 입김으로 불어 끄면 복 달아나. 알었지?

길떠날 채비를 마치고 안방에 인사를 들어갔을 때, 할머니 청암(靑庵)부인은 장가들러 가는 손자 강모의 손등을 어루만지며 감개 어린 목소리로 당부하였다.

그러나 아직도 촛불은 꺼지지 않은 채 가끔씩 타악, 소리를 내며 튀어 올라 흔들면서 타고 있다.

촛농이 한쪽으로 기울어 흘러내린다.

신랑이 그러고 있으니 신부는 더욱더 굳은 침묵으로 입을 무겁게 다문 채, 눈을 지그시 내리뜨고 무슨 갑옷에 싸인 사람처럼 꼼짝도 하지 않는다. 다만 화관의 구슬들과 푸른 빛으로 떨리는 나비 날개들만이 불빛에 영롱할 뿐이다.

"……참, 이 마을엔 대가 많드구만요."

드디어 강모는 입을 떼었다.

깊은 강물 한가운데 가라앉은 것 같은 침묵의 물살에 그대로 떠내려가 버릴 듯한 위태로움을 무슨 말로든지 깨야만 할 것 같아서였다.

그는 아까, 마을 입구에 들어서면서 검푸르게 울창한 대나무숲을 보았었다. 마치 그 숲은 몸을 솟구치며 함성을 지르는 것 같았었다.

그때 그는 왜 이 마을의 이름이 대실인가를 실감할 수 있었다.

무엇이라고 입이 떨어지지 않는데 문득 그 생각이 떠오른 것이다.

신부는 대답이 없다.

물론 첫날밤의 신부가 신랑의 말에 얼른 대답을 할 리가 없다.

그것을 알면서도 신부가 무슨 말을 좀 해 주었으면 싶었다.

강모는 그네가 태산 같기만 하다.

내가 사는 매안에도 대는 많으나, 이름이 대실이라 그런가, 이곳 대가 더 무성한 것 같습니다. 매안은…… 매화 '매'에 언덕 '안' 자를 쓰니, 매(梅)·난(蘭)·국(菊)·죽(竹), 사군자에 매화와 대나무 상응 조화가 실로 아름다울 만한데…… 매화 언덕에 대나무 수풀이 우리 만난 인연의 그림이라면 얼마나 좋으리오.

그렇게 말 머리를 떼어 보려 하던 강모는 웬일인지 쉽게 입이 떨어지지 않아, 그 말들을 그냥 삼키고 만다.

그리고는 대신에 다른 말을 어렵게 꺼낸다.

"옛노래에 이런 게 있는데요, 내 언뜻 생각이 나니 들려 드리리다."

백초(百草)를 다 심어도 대는 아니 심으리라
살대 가고 젓대 울고 그리나니 붓대로다
어이타 가고 울고 그리는 대를 심어 무삼하리오

그러다가 강모는 순간 아차, 싶었다.

아무래도 첫날밤의 덕담으로는 걸맞지 않은 실책을 저지른 것 같았다. 젓대(피리) 소리 구슬픈 것은 가을 밤이 아니어도 가슴 에이고, 살대(화살)가 허공으로 날아가는 것은 비호보다 빨라서, 살대같이 떠난 님, 젓대로 흐느끼며 부르다가, 기어이 어쩌지 못하고 붓대 들어 그리운 정 적어가는 그 누구의 심경을 어찌하여 이 밤의 첫마디로 읊고 있는가. 당황하여 얼른 말 끝을 거두어 들이는 그의 얼굴이 굳어진다.

고산(孤山) 윤선도(尹善道)의 오우가(五友歌)도 있었으련만 어찌 하필 이름도 알 길 없는 사람의 그 육자배기 가락이 떠올랐단 말인가.

"대를 말한 글이라면 또 이런 시조도 있지요."

강모는 변명이라도 하듯이

> 나모도 아닌 것이 풀도 아닌 것이
> 곧기는 뉘 시기며 속은 어이 뷔엿는다
> 저렇고 사시(四時)에 푸르니 그를 좋아하노라

하고 읊조렸다.

그러나 웬일인지 공소(空疎)한 느낌이 들고, 절벽 앞에 혼자 앉아 있는 것처럼 막막한 생각이 드는 것을 떨쳐 버릴 수가 없었다.

"이제 너는 한 여자의 주인이 되었으니 부디 어른으로서 갖추어야 할 풍모를 잊지 말고, 말씨부터도 점잖게 대하여라. 명심해라."

하던 어머니 율촌댁(栗村宅)의 모습이 눈앞에 보인다.

아버지 이기채와 엇비슷한 모습으로, 체수도 작고 단단하면서 소심한 얼굴이다. 그러나 그 용색은 단정하다.

그리고 바로 뒤미처 강실(康實)이의, 돌아서려다 말고 고개를 갸웃하며 이쪽을 보고 있는 뒷모습이 보인다. 비칠 듯 말 듯 분홍이 도는 귀를 스치며 등뒤로 땋아 내린 검은 머리 끝에는 제비부리 댕기가 나붓이 물려 있다.

붉은 댕기가 바람도 없는데 팔락 나부끼는 것 같다.

수줍은 귀밑의 목 언저리에는 부드러운 몇 오라기의 머리털이 비단 실낱처럼 그대로 보인다. 그 실낱 같은 머리털은 햇빛 오라기인가.

둥글고 이쁜 어깨가 손에 잡힐 듯하다.

강모는 터지려는 한숨을 눌렀다.

그리고 몸을 일으켰다.

그러나 다음 순간, 그는 가슴이 크게 내려앉고 말았다.

신부의 뒤편 병풍에 드리워진 시커먼 그림자를 보았던 것이다.

그것은 엄청나게 커다랗고 무서웠다.

장식이 현란한 화관에 큰비녀, 비녀를 감아내린 앞댕기 같은 것이 기괴한 모양으로 비죽비죽 솟아나고 부풀어 보이고 하여, 활옷을 입은 둥실한 몸체와 더불어 엄청나게 커다란 그림자가 촛불을 따라 흔들리는 것이었다. 촛불이 흔들리자 그림자는 순식간에 천장으로 오른다.

그것은 금방이라도 강모를 덮어 누르려고 두 팔을 벌리고 있었다.

손이 떨리고 숨이 막혔다.

온 방안이 그 그림자에 먹혀 버리고 말 것만 같았다.

그림자는 어둡고, 크고, 기세가 있었다.

그것은 마치 올가미처럼 강모의 목을 조이며, 강모를 그 어둠 속에 가두어 버리려 하는 것만 같았다.

"그만 잡시다."

강모는 얼결에 무엇인가를 털어 내는 듯한 소리로 말을 토했다.

그러지 않고서는 이 침묵과 압박감에서 벗어날 수 없다고 여겨졌는지도 모른다.

……신방에 들거든, 우선 작은 주안상이 들어올 게다. 신부가 술을 따를 것이니 마시도록 해라. 신부 가슴을 먼저 만지면 유종(乳腫)을 앓게 되니 삼가야 헌다. 그러니 화관을 먼저 조심해서 벗기고, 머리 뒤에 큰댕기, 비녀에 앞댕기를 풀어 내려라. 그러고 나서는 활옷의 대대(大帶)를 끌러 주고, 저고리는 옷고름만 풀어 주면 된다. 신부가 몹시 부끄러워할 것인즉, 놀라게 하지는 말아라. 버선도 겉버선만 조금 잡아당겨 주면 되느니.

강모는 부친의 당부를 떠올리며 신부 머리 위에 얹힌 화관을 벗기려 하자 신부가 고개를 떨어뜨린다.

신부의 큰댕기는 참으로 장엄하도록 찬란하였다.

뒷등을 덮으며 방바닥까지 기다랗게 늘어뜨려진 검자줏빛 비단 댕기에는, 색색을 맞춘 비단실로 꽃송이 모양을 엮어 꾸미고 있고, 자잘한 칠보(七寶) 꽃이 한바탕 화려하게 가장자리를 장식하였는데 석웅황(石雄黃)과 옥판(玉板), 밀화(密花), 그리고 금패(錦貝)의 매미 다섯 마리가 앙징스럽게도 두 갈래 진 댕기의 가운데를 맞물고 있었다.

강모는 큰댕기까지만을 풀어 내리고는 손을 멈춘다.

더는 손이 가지 않는다.

뒤안 대밭에서 들리는 소리인가.

손이 멎은 방안의 정적을 일깨우기라도 하는 듯, 댓잎을 씻는 바람 소리가 솨아아 창호에 밀린다.

강모는 잠시 바람 소리를 듣는다.

그리고 신부를 그대로 두고 두 손을 올려 자기의 사모를 벗었다.

그것을 방바닥에 내려놓는 소리가 방안에 크게 울린다.

촛불이 자색 단령 자락의 바람에 펄럭 흔들리며 꺼질 듯하더니, 검은 연기 한 가닥만 그을음으로 오르다가 다시 고르게 자리를 잡는다.

그을음의 그림자.

강모는 촛불을 내려다본다.

밀초의 투명한 미색 불꽃은 언저리에 푸른 서슬을 품으며 작은 새 혓바닥처럼 날렵하게 빛을 내밀고 있다.

두 손가락으로 그 빛을 누르자 이내 힘없이 촛불은 꺼지고 말았다.

어둠이 순식간에 방안을 점령해 버린다.

강모는 단령의 띠를 따가락 벗기고는 겉옷을 벗는 둥 마는 둥 하면서 그냥 자리에 눕는다.

아무것도 보이지 않으니 오히려 마음이 가라앉고 조용해진다.

한 발은 실히 될 것 같은 베개의 한쪽 모서리에 머리를 얹으면서 속으로 이 자리가 동쪽인가 서쪽인가 헤아려 본다.

금침(衾枕)에서의 자리도 부친은 일러 주었건만 도무지 번거로울 뿐 생각도 나지 않고 영념이 되지도 않는다.

아무러면 어떠랴…….

오늘 하루 지난 일이 꿈만 같다.

이상도 하지. 아까 대실의 동구 앞을 지날 때도, 큰 대문에 들어설 때도 그러지 않았었는데.

그보다는 큰 대문 앞에 당도하여, 나이 어린 팔머리의 영접을 받으면서는 오히려 알 수 없는 설렘에 가슴이 후끈하며 쿵쿵 뛰기까지 하였지 않은가.

그런데 모를 일이었다.

허리를 굽히며 어서 오시라 하는 팔머리를 따라 청사등롱(靑紗燈籠)을 들고 서 있던 안서방이 성큼 대문 안으로 들어서고, 잇달아 머리에 빨간 갓 주립(朱笠)을 쓴 기러기아비 안부(雁夫)는 붉은 보자기에 싸서 받들고 있던 나무 기러기를 앞세우고 흑단령(黑團領) 자락을 나부끼며 호기롭게 발을 떼었다.

그때 마당에서는 탄성이 터져 나오며 와그르르 한바탕 웃음이 쏟아졌었지. 웬일로 그랬는지는 알 수 없으나 그는 얼굴이 붉어졌었다.

워메에, 신랑 이쁜 거어어.

그것은 누구였을까.

에워싸며 구경하는 사람들 틈을 지나 신부의 방문 앞 마당에 이르자, 그곳에는 이미 병풍이 둘러져 있고, 탁자를 놓아 둔 화문석 위에 장인 허담이 서쪽으로 서서 신랑을 기다리고 있었다.

풍채 좋은 그의 얼굴에는 웃음이 배어나고, 둘러선 사람들은 저마다 흥겨움에 출렁거리고 있었는데…….

강모는 혼인할 때 신랑이 기러기를 가지고 신부 집으로 가, 상 위에 놓고 절하는 전안례(奠雁禮)를 드리던 때가 벌써 까마득한 옛일 같기도 하고 남의 일 같기도 하다. 그것이 바로 되짚어 몇 걸음만 돌아서면 금방이라도 돌이킬 수 있을 듯한 아까 참의 일이건만 그렇게 느껴진다.

시중 드는 이는 기러기를 들어 건네시오.

'시자집안이종(侍者執雁以從)'의 명을 따라 안부가 신랑에게 기러기를 건네주자 신랑은 기러기 머리가 왼쪽으로 가게 들었다.

"전아안(奠雁)."

기러기를 상 위에 얹어 놓으시오.

신랑은 기러기를 두 손으로 받들어 장인 허담에게 준다.

허담은 청홍의 물감을 입은 나무 기러기를 받아 탁자에 놓는다.

"북햐앙궤에(北向跪)."

북쪽, 정청 쪽을 향하여 신랑은 꿇어 앉는다.

기러기는 이 세상의 온갖 깃털 가진 새인 우(羽)와, 터럭 가진 짐승인 모(毛)와, 비늘 가진 물고기 린(鱗) 중에서 유신(有信)을 천성으로 지키는 새라 하던가. 그들은 겨울철에는 남쪽으로, 여름철에는 북쪽으로 철을 따라 다니는 수양조(隨陽鳥)이다. 태양을 따르는 새인 것이다.

또한 한 번 맺어진 한 쌍은 서로 헤어지지 않고 똑같이 살며, 무슨 일이 있더라도 결코 다른 새와 다시 만나지 않는다.

참으로 깨끗하고 아름다운 정절(貞節)이 아닌가.

그리고 저 말 없는 천상(天上)을 운행하는 북두구진(北斗九辰) 중에서 자미성군(紫微星君)이야말로 이 인간 세계의 수복(壽福)을 주관하는 천관일진대, 생민지혼(生民之婚) 만복지원(萬福之源)이니, 혼인이란 바로 이 자미성군이 마련해 준 커다란 은덕이 아니랴.

북쪽 하늘 아득히 뜬 북두칠성 옆자리, 작은곰을 에워싼 백칠십여 개 은빛 별들이 자미원(紫微垣), 곧 자미궁을 이루고 있는데, 그 주성(主星)은 자미성으로, 영원히 변함없는 북극성을 말한다.

이 정절 높은 기러기를 천제(天帝)이신 자미성군에게 바치며 한평생의 해로를 맹세하고, 수복과 자손 만대의 번영을 빌면서 나이 어린 신랑은 꿇어 앉아 있는 것이다. 그러나 그 모든 뜻을 새기고 받들기에는 너무나도 앳된 신랑의 조그만 어깨 위로

"면복흐응(俛伏興)."

머리를 숙이고 엎드렸다가 일어서시오.

소리가 떨어진다. 허근의 희끗희끗한 백발이 잔바람에 빛난다.

신랑이 기러기 올려 놓은 전안상 앞에 머리를 조아리며 공손히 엎드린 다음, 두어 숨 쉬고는 일어선다.

다리가 저렸던지 약간 휘청한다.

"소퇴재애배(小退再拜)."

신랑은 선 자리에서 조금 뒤로 물러나 큰절을 두 번 하였다.

드디어 전안례가 끝난다.

강모의 머릿속에는 아까의 전안례상 위에 놓여 있던 기러기 코에 늘이워진 청실 홍실이 꽃수술처럼 떠오른다.

그것들이 바람에 나부낀다.

꽃수술은 어쩌면 굵은 동아줄처럼도 느껴진다.

나부끼던 실날들이 공중에서 어수선하게 뒤얽힌다.

청실……홍실……청시……ㄹ……호오……옹

강모는 자기도 모르게 설풋 잠에 빠져들어간다.

이불 위로 내놓은 손이 한쪽으로 툭 미끄러진다.

신부 효원(曉源)은 캄캄한 어둠 속에 홀로 우두커니 앉아 있다. 마치 만들어 깎아 놓은 사람 같다. 숨소리조차 들리지 않는다. 허리를 곧추

세운 채, 버스럭 소리도 내지 않고 그렇게 앉아 있는 것이다.

그러나 방안이 아주 어두운 것은 아니어서, 신방 앞마당 귀퉁이에 밝혀둔 장명등의 불빛이 희미하게 창호를 비추며 방안으로 스며들어 그네의 모습을 어렴풋이 드러내 주고 있었다.

그네는 마음을 진정시키려고 애쓰며 숨을 깊이 들이마신다. 들이마신 숨을 다시 내쉰다. 어금니가 맞물리면서 가슴이 막힌다. 그러면서 한삼 속의 주먹이 후두루루 떨리고 가슴 밑바닥에서 한기가 솟는다. 한기가 솟아오른다기보다는 몸 속의 기운이 차게 식으며 빠져 나간다고 하는 편이 옳을는지도 몰랐다.

아무리 주먹을 힘주어 쥐어 보아도 자기 몸의 힘이 모여지지 않고 안개나 연기처럼 사그라지는 것만 같았다. 두 겹이나 버선을 신은 발이 시리다. 발가락을 안쪽으로 오그려 본다. 그래도 마찬가지였다.

효원은 다시 깊은 숨을 들이쉰다.

"모도오부우추우울(姆導婦出)."

수모는 신부를 인도해 나오시오.

종조부 허근의 목소리가 귀에 역력히 들리며, 그 소리에 깜짝 놀라운 어머니 정씨가 창황히 방문을 열던 모습도 눈에 선하다.

그때, 열린 그네의 방문 앞에는 하얀 백포(白布)가 깔려 있었다.

안방에서 초례청까지 펼쳐진 그 광목필은 누가 밟고 지난 흔적 없는 것으로 햇빛을 되쏘는 것도 아닌데 눈이 부시었다.

효원은 길처럼 열려 있던 광목필을 새삼스럽게 몇 번이고 떠올린다.

아무것도 보이지 않았었지. 마당에 가득 차 넘치는 사람들이며 초례청에 둘러선 하객들도, 심지어는 사모관대하고 있는 신랑조차도 눈에 들어오지 않았었다. 오로지 하얗고 막막한 광목필을 밟으며, 방문에서 마당까지가 이렇게 먼 길인가 하였을 뿐이었다.

그 막막함이 마음을 짓누른다. 짓눌리는 것은 마음만이 아니었다. 몇몇 겹으로 싸고 감으며 갑옷처럼 입고 앉은 옷의 압박과 무게로, 숨을 들이쉬고 내쉬는 것조차도 쉽지 않은 것이다.

그네는 다리속곳, 속속곳, 단속곳, 고쟁이를 입고, 그 위에 또 너른바지를 입었는데, 너른바지 위에 대슘치마를 입었다.

대슘치마는 모시 속치마였다.

모시 열두 폭에 주름을 잡아 만든 이 속치마의 단에는 창호지 받친 흰 비단이 손바닥만한 넓이만큼 대어져 있어, 그러지 않아도 풀을 먹여 날이 선 모시 바탕에 힘을 받쳐 주는 것이었다.

수모인 당숙모는 효원의 가슴을 동여매듯이 치마 말기를 힘 주어 묶었다. 무명 말기가 나무 판자처럼 가슴을 압박했다.

그 대슘치마 위에, 드디어, 속옷으로는 마지막인 무지기를 입었다.

무지기는 빳빳하게 풀을 먹인 모시 열두 폭을 층층이 폭을 넓혀가며 한 허리에 달아 붙인 것이라, 예닐곱 가지나 포개 입은 속옷 위에 더욱 더 부하게 부풀어 보였다. 길이가 짧아서 발등까지 내려오지 않는 까닭에 '발 없는 치마', 무족(無足)치마라고도 하는 이 무지기는 치마허리에서 무릎까지 닿는 것이 보통이다. 그것은 삼층짜리도 있고 오층짜리도 있는데 신부옷이라 효원은 호사스럽게 일곱층짜리를 입는다. '무족'이 치마라서 무지기인가, 무지개같이 물들어서 무지기인가.

층층마다 엷은 일곱 색의 물감을 들여 은은한 그 빛깔은 이름 그대로 마치 무지개처럼 고와서 보는 사람을 취하게 하였다.

"효원이는 좋겄다. 인제 시집가거든 시부모님 사랑 마않이 받고, 신랑한테 귀염 받고, 좋은 자식 낳고, 부디 잘 살그라."

무지기 위에 다홍치마를 입히며, 수모인 당숙모는 발원 축수하는 사람처럼 한 마디 한 마디에 힘을 주며 말했다. 대소가에서 가장 복 많은 부인이라고, 궂은일 안 보고 살아온데다가 첫아들을 낳고, 오복(五福) 두루 갖춘 사람이 신부 시중을 들어야 한다 하여 당숙모가 수모 노릇을 한 것이다.

같은 속치마지만 대슘치마로는 덧단까지 댄 하단을 벙벙히 퍼지게 하여 커다란 둥그러미를 만들고, 무지기로는 허리를 층층이 살려서 빳빳하게 힘을 준 다음, 드디어 다홍치마를 겹쳐 입으니, 그야말로 덩실한 그 차림 하나만으로도 온 방안이 풍성하게 차 오르면서, 정말 옛말대로 서도 앉은 것 같고 앉아도 선 것같이 보였다.

아래 옷을 치장하는 것에 비하여 윗도리는 오히려 허술했다.

살빛 같은 연분홍으로 물들인 명주 속저고리 하나를 입고는 그 위에 바로 초록 삼회장 저고리를 입었다. 나비처럼 가벼운 저고리였다.

그리고는 끝으로 도포보다 커다랗고 호화로운 다홍의 활옷을 입고, 붉은 공단에 심을 넣어 봉황 무늬를 금박으로 찍은 대대(大帶)를 띠어 단단히 묶었다.

효원은 수모가 시키는 대로 팔을 날개처럼 커다랗게 벌리고 서서 숨을 들이쉬기도 하고 어깨를 들어올려 펴기도 했다.

도대체 가슴을 묶어내는 말기와 띠는 몇 겹이나 된단 말인가.

금방 질식이라도 할 것 같았다.

"인제 조금만 참어라. 신랑이 시원허게 풀어 줄 게다. 그 손이 약손이지. 넘의 손은 다아 소용없는 것이다."

재종조모가 농담을 던지자 방안의 부인들은 손으로 입을 가리며 웃었다. 그 웃음에서 은근한 비밀이 번져났다.

그러나 지금 그네는 혼자 앉아 있는 힘을 다하여 허리를 버티면서 무너질 것만 같은 몸을 견디고 있는 것이었다. 가슴에서 쥐가 나는 것 같았다. 한쪽이 저르르 저리기 시작하더니 그만 감각이 없어지는데, 주먹을 쥔 손이 힘없이 풀려 버린다. 손가락 끄트머리가 차게 식으며 저희끼리 선뜻하게 부딪친다.

효원은 그럴수록 숨을 가슴 위쪽으로 끌어올린다. 그리고 목에 힘을 모으고 턱을 안쪽으로 당겨 붙였다.

온몸의 감각은 이미 제 것이 아니었다.

금방이라도 몸의 마디마디를 죄고 있는 띠들이 터져 나갈 것만 같다.

그렇지만 효원은 꼼짝도 하지 않고 기어이 견디어 내고 있다. 그대로 앉아서 죽어 버리기라도 할 태세다. 그네는 파랗게 질린 채 떨고 있었다. 그만큼 분한 심정에 사무쳤던 것이다.

손가락 하나도 움직이지 않으리라.

내 이 자리에서 칵 고꾸라져 죽으리라. 네가 나를 어찌 보고…….

이미 새벽을 맞이하는 대숲의 바람 소리가 술렁이며 어둠을 털어내고 있는데도 효원은 그러고 앉아 있었다.

그네는 어금니를 지그시 맞물면서 눈을 감는다.

입술이 활처럼 휘인다.

대숲에서 일고 있는 새파란 바람 소리가 가슴에 성성하다.

대나무 잎사귀들이 칼날같이 일어선다.

벌써 장지문의 창호지에는 희부연 새벽 빛이 밀려오고 있었다.

닭이 홰를 치는 소리가 들려온다.

효원은 무엇을 결심한 듯이 허리를 젖힌다.

그리고 한삼을 걷어 올린 손을 뒤로 돌려 활옷의 대대를 풀었다.

툭, 소리가 나며 대대가 스스로 미끄러진다.

차근차근 겉옷부터 벗는 그네의 손은 침착하다.

벗은 옷은 한 가지씩 가지런히 개켜서 웃목의 병풍 앞에 포개 놓은 뒤 버선을 벗는다. 그것은 쉽게 벗겨지지 않는다.

겉버선이나 속버선이나, 기름종이를 발뒤꿈치에 대고 수모가 있는 힘을 다하여 신겨 놓은 것이라, 처음 신었을 때는 일어설 수조차도 없었다. 칼날을 밟은 것 같은 아픔 때문이었다.

방의 네 귀퉁이를 엉금엉금 걸어 보며 뒤뚱할 때,

"첫날밤에 신부 버선 벳기다가 뒤로 나가떨어져서, 병풍을 풍 뚫고 그대로 나가떨어져 머리방아 찧은 신랑 이얘기 생각나우?"

하고 당숙모가 웃음을 깨물며 말하자 한 부인이 손을 저으며 막는다.

"그게 얼마나 귀한 병풍인데 그만 구멍이 나서."

손을 젓는 부인이 얼굴을 붉히면서 웃음을 터뜨리는 양이, 본인의 이야기인 모양이었다.

"병풍만 뚫고 말었던가?"

"그보다 더 귀한 것은 없었고?"

모여앉은 부인들은 짓궂은 말꼬리를 이어가면서 웃었다.

효원은 그 이야기를 생각하며 드디어 버선을 벗어냈다.

콧등에 땀이 돋아나고 힘이 빠졌다.

갑자기 속박에서 풀린 발이 얼얼했다.

두 손으로 발을 감싸며 주무른 뒤, 그네는 다시 새 버선을 챙긴다.

초록 저고리와 붉은 치마로 갈아입으려는 것이다.

그리고, 큰비녀를 뽑더니 머리를 풀어 내린다.

숱이 많고 칠흑 같은 머리채다.

그네는 잠시 그러고 앉아만 있다.

네가 나를 어찌 알고…… 나를.

그 생각이 다시 한번 가슴속에서 부뚜질하며 치밀어 오른다.

숨을 가라앉히려고 경대를 앞으로 당겨 뚜껑을 연다.

귀목판에 생칠을 하고 백동(白銅) 장식을 붙인 경대의 거울이 일어선다. 거울 속에는 더 깊은 어둠이 고여 있었다. 아직 거울을 보기에는 이른 시각인가. 방안은 어느덧 희끄무레하건만 거울은 컴컴하다. 경대 서랍에서 빗치개를 꺼내 가리마를 타 보려고 하였으나, 손이 떨릴 뿐 얼굴도 보이지 않는데 제대로 될 리가 없었다.

그네는 빗치개를 힘없이 떨어뜨리며 등뒤의 신랑을 돌아본다.

아아.

그네는 아직도 잠들어 있는 신랑을 바라본 순간 그나마 지탱하고 있던 마음의 밑바닥이 흙더미처럼 무너져 내리는 것을 느꼈다.

가슴이 퍼엉 뚫리면서 그 한가운데로 음습한 바람이 지나가는 것도 역력히 느껴진다. 뚫린 자리는 동굴처럼 어둡고 깊었다.

아아…… 저런 것을 믿고…….

효원이 본 것은 신랑의 민숭머리였다.

배코를 쳤는가.

희끄무레한 어둠 속에 드러난 그의 머리통은 어린아이와 다름없이 동그랗고 작은데, 검어야 할 부분이 허옇다. 푸른 기운마저 돈다.

까까머리였던 것이다.

그 민숭한 모습이 효원에게는 그렇게 충격적이고, 까닭없이 절망스러웠다. 손바닥에 서늘한 땀이 배어난다.

이제야 막 보통학교를 졸업하고 고등보통학교에 들어간 지 한두 해 되었으니, 의당 머리를 깎았으련만, 그리고 그런 머리를 처음 본 것도 아니었건만, 효원은 가슴을 진정하기가 어려웠다.

비릿한 역겨움이 목을 밀어 올린다.

강모는 고개를 돌려 누우며 두 팔을 무겁게 들어 올린다. 무엇을 잡으려는 시늉을 한다. 효원이 의아하여 바라보았다. 그러나 그의 손은 허공에 잠시 떠 있다가 힘없이 떨어진다.

무슨 꿈을 꾸고 있는 모양이었다.

강모는 어느덧 매안의 아랫몰 밭둑머리에 서 있었다.

아른아른한 아지랑이가 향불 연기처럼 오르는 마을의 뒤쪽으로, 벼슬봉과 노적봉, 선녀봉들이 물결을 이루며 마을을 병풍같이 두르고 있다. 그 봉우리들의 소나무 빛깔이 신맛이 돌게 푸르다.

그리고 노적봉 아래 다소곳이 다정하게 엎드린 초가의 지붕 위로 햇살이 빗질하듯 내리고 있었다. 햇살은 너무나 고요하여 숨이 질린다.

그런데 사람들은 모두 어디로 갔는지 아무도 보이지 않았다.

집안에 소리 죽여 들어앉아 있는 것도 같고, 어쩌면 온 마을의 집집이 텅 비어 있는 것도 같았다. 괴괴하기까지 하였다.

강모는 홀로 아지랑이와 햇살 속에 서서 이상하게 숨이 막히고 고적했다. 그 고적이 우무같이 엉기어 내려앉는 햇살에 어깨가 무거웠다.

무거움에 핏줄이 짓눌린다.

햇살에 짓눌린 핏줄이 석류 벌어지듯 쩌억 소리를 낸다.

……강실아……

그는 자기도 모르게 손을 내밀었다.

밭둑머리 저쪽에서 연분홍 빛깔이 팔락 나부끼는 것이 보였다.

……강실아……

강모는 그게 강실이인 것을 금방 온 몸으로 느낄 수가 있었다.

그의 마음이 잦아들게 간절하여 연분홍 옷자락을 불러냈는지, 아니면 그네의 모습이 거기 먼저 보여 그가 불렀는지는 알 수가 없었다.

강실이는 오류골(悟柳谷) 작은집 사립문간의 검은 살구나무 둥치에 반쯤 가리어져 금방이라도 스러질 듯 보였다.

……강실아……

그러나 목소리가 되어 나오지 않았다.

강실이도 들리지 않는 모양이었다.

부를 수가 없으니 마음은 더 간절해져서 헛발을 딛는다.

아무리 발을 떼어도 제자리였다.

……이리 와, 강실아.

여전히 햇살은 두꺼운 장벽처럼 흔들리지도 않고, 강실이의 연분홍 옷자락은 그만한 자리에서 보일 듯 말 듯 나부끼고만 있다.

……나 좀 보아.

어쩌면 그것은 강실이가 아닐는지도 몰랐다.

그런데도 강모는, 어찌할 길 없는 마음이 뒤엉기어 사무치면서 핏줄이 땡기는 것 같은 아픔을 느꼈다.

그는 두 손을 내밀어 팔을 뻗어 본다.

그러나 무거운 햇살이 가로막을 뿐, 손이 닿기에는 너무나도 아득한 자리에 강실이는 서 있었다.

……나 좀 보아.

목소리가 터지면서 마음 놓고 부를 수 있었으면 얼마나 좋을까.

그러나 투명한 물 밑바닥에 가라앉은 것처럼 허위적거려지기만 할 뿐, 강모는 한 발자국도 더는 나아갈 수가 없었다.

햇살이 물엿처럼 녹는다.

그대로 숨이 멎어 버릴 것만 같았다.

다리와 가슴과 머리 위를 채우고 그보다 더 아득한 공중까지 넘치는 간절함이 강모의 목을 누른다.

……나 좀 보아.

순간, 강실이는 강모가 부르는 소리를 듣기라도 한 듯이 살구나무 저쪽에서 홀연 고개를 이쪽으로 돌렸다.

그러자 강실이의 모습이 선연하게 눈에 들어왔다.

그네가 다가온 것도 아니었는데, 그렇게 아주 가까이처럼 보이는 것이었다.

강실이는 연분홍 치마에 연두색 명주저고리를 입고 있었다.

그네는, 자주 고름을 손가락에 감은 채, 고개를 갸웃 돌리고 있어서 금방 돌아서 버릴 것만 같은 모습이었다.

햇살이 아지랑이에 일렁거리면서 강실이를 에워싸고 있다.

마치 그네도 아지랑이가 되어 흔들리는 것처럼 보인다.

연분홍 치마와 연두 저고리의 애달픈 빛깔이 흔들린다.

햇살은 강실이의 검은 머릿단에 푸르게 미끄러진다.

그 머리 위에는 눈부신 자운영(紫雲英) 화관이 씌워져 있었다.

진분홍과 흰색이 봉울봉울 어우러진 자운영 화관은 햇무리마냥 휘황하고도 아련하게 강실이의 머리를 두르고 있는 것이다.

그 햇무리가 광채를 뿜으며 강모의 눈을 아프게 쏘았다.

찔리는 것 같은 통증이었다.

그것은 초례청의 신부가 쓰고 있던 오색 찬란한 화관과 뒤범벅이 되어 강모의 가슴팍으로 쏟아진다.

흙더미 무너지는 소리가 났다.

사태가 난 것도 같았다.

햇살이 무서운 속도로 쏟아지며 무너진다.

……강실아아.

가슴 속살에 자운영 꽃잎이 톱날처럼 박힌다.

……아아.

강모는 가슴을 오그린다.

톱날에 베인 자리에서 피가 빠짓이 배어난다.

그러나 그 아픔은 어깻죽지에서 오는 것이었다.

누군가 강모의 어깨를 장작으로 후려쳤다.

한번만이 아니라 정신없이 내리치는 그 매는, 그것도 한 사람이 아니라 뭇사람이 한꺼번에 때리는 몰매였다.

강모는 앞으로 고꾸라졌다.

덕석에 말어라.

쉬어 갈라진 그 목소리는 오류골 숙부의 것이 분명하다.

이놈, 이 인륜 도덕이 무언지도 모르는 천하에 못된 노옴.

짐승 같은 놈. 네 이노오옴.

가문에 먹칠을 하고 상피(相避)붙은 네 놈이, 그래 사람이란 말이냐. 사람의 가죽을 쓰고 네가 이놈, 감히 어디서.

햇살처럼 몰매가 쏟아진다.

비명도 없이 강모는 매를 맞는다.

돌팔매가 날아온다.

찢어지고 깨진 강모의 피투성이가 된 몸을 누가 뒤에서 순식간에 덕석으로 덮으며 두르르 말아 버린다.

허억.

강모는 숨이 막혀, 두 손으로 덕석을 밀어내며 벌떡 일어나 앉았다.

꿈에서 깬 그는 비로소 긴 숨을 내뿜었다.

식은 땀이 축축하게 배어났다.

아직 방안은 날이 채 밝지 않아, 땀이 번지어 일그러진 그의 얼굴을 감추어 주고 있었다. 그는 무망간에 웃목의 신부를 바라보았다.

신부는 녹색 저고리에 다홍치마를 받쳐 입고, 장지문 쪽으로 돌아앉아 머리에 비녀를 꽂는 중이었다. 강모에게는 그 뒷모습만 보였으나, 그가 일어나는 기척이 있었는데도 그네는 돌아보지 않았다. 비녀를 다 꽂고 나서도 밀기름 바르는 시늉을 하며 쪽 지은 머릿결을 침착하게 다듬고만 있을 뿐이었다. 그 뒷모습이 단호해 보인다.

꿈에서 막 깨어난 탓일까.

그보다는 낯설고 어려운 그네의 뒷모습 때문일까.

가슴이 무겁고 답답하다.

강모는 문득 꿈에 자기를 숨막히게 감았던 것은 덕석이 아니라, 어쩌면 강실이의 머리 위에서 빛나던 햇무리가 아니었던가 싶어진다.

깨어난 지금도 그 햇무리는 온 몸을 에워싸고 동여매면서 드디어는 모가지까지 감아 올리며 숨을 조이는 것 같기만 하다.

# 3 심정이 연두로 물들은들

큰사랑의 누마루 아래 토방에서 안서방은 사기그릇 조각을 빻고 있다. 그는 이빨 빠진 대접과 접시 몇 개를 가져다 놓고, 하나씩 깨뜨린 뒤에 오목한 돌확에다 절구질을 한다.

돌확이라고 말하지만 그것은 뒷산 밑 계곡에서 주워 온 것으로, 크기가 제법 맷돌만한데 가운데 부분이 저절로 패어 있어서, 갬치 먹일 사기가루 빻는 데는 아주 제격이었다. 그 속에 그릇 조각을 집어 넣고는 손 안에 부듯하게 잡히는 굵은 돌로 잘게 부수면, 조각들이 밖으로 튀어 나가지도 않고 흩어지지도 않아 좋았다.

안서방의 손끝에서 몽글게 가루가 되고 있는 사기 조각들이 겨울 햇빛을 받아 차갑게 반짝인다.

마루끝에 걸터앉은 강모는 연자새에 감긴 명주실을 만지작거리며 안서방이 하는 일을 내려다 본다.

"부레풀은 끓여 놨어?"

민어 부레를 끓여 만든 아교가 다 되었는가 묻는 말이다.

"하먼요."

안서방은 등을 구부린 채로 대답한다.

그의 손등에서도 은빛 가루가 반짝거린다.

손등만이 아니라, 토방 주변에는 여기저기서 생선 비늘처럼 햇빛이 조각난 채 빛나고 있다.

안서방은 강모의 혼행 때, 청사등롱을 잡았던 하인이다.

그러나 말이 하인이지, 그는 강모의 조모 청암부인이 신행 올 때 청암(碃菴)의 친정에서부터 교전비와 함께 데리고 온 사람이라, 그만치 이 집과는 숙연이 깊다 할 처지였다.

그러니 하인이라기보다는 집사라는 편이 옳은 사람이라고 하겠다.

그의 나이는 육십 중반을 벗어나고 있는 것처럼 보였다.

강모는 안서방의 구부린 뒷등에 업혀서 시오리 바깥의 보통학교를 마친 것이나 다름없었다. 그의 등은 충직하였다.

꽃잎같이 가벼운 어린 도련님을 업고 학교로 가자면 매내골 학동 오신리(梧新里)까지, 밤두내 고을 지나 모사정 지나 고개 하나를 넘고, 고개 아래 물을 건너야 했다.

그 고개는 마을 뒤쪽에 검푸른 봉우리를 하늘로 들고 있는 팔봉산(八峰山)의 맥이 멀리 흘러내린 한 자락으로, 예전부터 늦바우고개라고도 하고, 늦바우재라고도 불렀다.

지리산의 장엄하고도 웅장한 자태가 육안으로 보이는 것을 비롯하여 매안 마을의 사방은 겹친 산세에 에워싸여, 앞쪽으로 트인 들판만 아니라면 골짜기나 다름없는데 여기서 재 너머 학교에 다닌다는 것은 사실 그만큼 어려운 일이기도 했다.

문중(門中)의 같은 나이 또래들도 물론 강모와 함께 보통학교에 입학하였으나, 아무도 안서방이 강모를 업고 다니는 것을 이상하게 생각하지 않았다. 오히려 그것은 당연하기조차 하였다.

나중에 졸업반이 가까워지는 학년에 오르자 강모도 문중의 다른 형제들과 같이 걸어서 다녔지만, 그래도 날이 궂거나 몸이 조금만 언짢다 해도 안서방은 그렇게 강모를 업고 다녔다.

나이 젊은 종보다 편안한 그의 걸음은 충실하고도 빨랐다.

그러나 이 늦바우고개에 이르면 반드시 한 번 쉬었다.

소피(所避)를 하라는 것이었다.

강모도 으레 늦바우고개쯤에 이르면 아랫배가 팽팽해지고 내리고 싶어져서, 내리자마자 얼른 다박솔숲 사이로 들어갔다.

숲속 사이에는 분홍 진달래가 수줍은 듯, 자지러질 듯 피어 있어서 강모를 깜짝 놀라게도 하였고, 으름이며 머루, 다래들이 손만 뻗치면 얼마든지 잡히기도 하였다.

그뿐이랴. 만지기도 아까운 빨간 열매를 줄넝쿨로 달고서 다른 나무 줄기를 휘감고 있는 맹감이 지천으로 익어 있기도 했다.

그리고 뻐꾸기며 소쩍새, 멧새들의 울음 소리들이 저희끼리 부르고 화답하며 포르릉 나뭇가지를 차고 날기도 하였다.

꼭 참새처럼 생겼는데도 강모의 손가락 길이 두 배는 될 것 같은 밤색 꽁지를 흔들며 날아오르는 멧새의 앙징스러움이라니.

담적갈색, 암갈새, 검은색, 회색이 물들여 놓은 것처럼 자르르 윤이

나는 깃털 사이에, 유독 얼굴과 목은 하얗던 어여쁜 멧새가 날아가는 고개의 수풀은 진한 솔 향기를 뿜어내곤 하였다.

솔숲에서 나와 보면 안서방은 늦바우 위에 올라앉아서 들판을 묵묵히 내려다보며 곰방담배를 피우고 있었다.

늦바우는 평평하고 넓은 안반 같은 바위였다.

장정 서넛은 너끈히 앉을 수 있는 넓이였고, 걸터앉기에도 알맞은 높직한 이 바위는 매안에서 남원으로 가는 장길에서 크낙한 위안거리가 되어 주었다. 마을 앞쪽으로 들판을 가로질러 기차가 석탄 연기를 검게 내뿜으며 지나가게 된 것은 불과 몇 년 전이다. 그러니, 그러기 전까지는 너나할 것 없이 장날이면 이 고개를 넘어야 했다.

들판 쪽으로도 길이 없는 것은 아니었지만 그것은 마을과 마을을 잇는 길이어서 한없이 돌게 되어, 차라리 좀 험하고 힘들어도 이 고갯길을 넘어가는 쪽이 훨씬 나았다.

늦바우고개는 늘 호젓했다.

그러나 장이 설 때는 사람들의 말소리가 끊이지 않았고 사람들은 이 고갯마루에 오면 반드시 쉬어갔다.

알맞게 다리도 아프고, 숨도 차며, 볼 일 생각도 나기 때문이었다.

그런 사람들에게 이 늦바우야말로 참으로 반갑고 고마운 자리가 아닐 수 없었다. 그래서 그런지 늦바우는 산중에 있는 바위답지 않게 반드러운 질이 나 있었다.

하기야 설령 거칠고 비틀어진 바위였다 할지라도, 그 많은 세월 동안 그렇게 많은 사람이 앉았다 간 자리라면 저절로 닳아지고 질이 나서 변하지 않을 수 없었을 것이다.

길가에 나앉은 이 바위에 올라앉으면 한눈에 들판이 내려다보인다.

그것은 남동쪽으로 멀리 보이는 지리산의 병풍 같은 품 앞에, 그보다 좀 낮으나 짙고 옅은 겹겹의 파도처럼 능선을 긋고 있는 우뚝우뚝한 산줄기에까지 가서 찰랑찰랑 닿아 있었다.

들판의 사방은 멀게 가깝게 산으로 에워싸여져서 지세로 본다면 호수나 방죽 같은 모양을 이루었다

"되렌님, 저그 뵈능 게 다아 할머님 땅인디요, 저걸 할머님 혼잣손으로 이루셌지요. 그렁게 되렌님은 넘의 땅 하나도 안 밟고 쩌어 산 밑이까지 가실 수 있지라우."

맨 처음 늦바우고개에 강모를 내려놓고 소피를 시킨 다음 안서방이 한 말은 그것이었다.

강모는 속으로 놀랐다.

저 바다 같은 들판이 모두 할머니 것이라니……. 가물가물한 산 밑에까지도. 그것은 얼마나 광활하고도 아득한 넓이였는지.

그때 이상하게도 강모는 지질리는 듯한 두려움을 느꼈다.

"할머님 땅은 산 너메도 들 너메도 얼매든지 있지요."

그날 강모는 학교가 파하고 집으로 돌아와서 할머니에게 물었다.

"할머니, 안서방 말이 정말인가요?"

할머니 청암부인이 강모의 말에 웃으면서 고개를 끄덕였다.

"그 들판은 매화낙지다. 산에 가로 막혀서 더 뻗어나가지 못한 것이 서운은 하다만, 땅의 지세가 아주 좋으니라."

"매화낙지?"

"매화 매(梅), 꽃 화(花), 떨어질 락(落), 따 지(地), 그렇게 쓰지."

"꽃이 떨어지는데 무엇이 좋은가요?"

"이 사람아, 꽃은 지라고 피는 것이라네. 꽃이 져야 열매가 열지. 안 그런가? 내 강아지."

청암부인은 어린 강모를 무릎에 올려 앉히며 궁둥이를 토닥여 주었다. 토닥이는 소리가 강모의 가슴을 쿵쿵 울리게 하였다.

그날 밤, 강모는 그 아득한 들녘 먼 곳까지 하염없이 하염없이 매화 꽃잎이 날리는 꿈을 꾸었다. 그것은 온 마을의 지붕과 언덕, 그리고 하늘을 자욱하게 덮으며 눈처럼 날리었다.

어찌 보면, 그 꽃잎들은 오류골 작은집의 토담가에 서 있는 늙은 살구나무에서 휘날리는 연분홍 살구꽃잎인가도 싶었다.

그만큼 작은집의 살구나무는 우람한 아름드리였던 것이다.

강모와 한 살 차이였던 사촌누이 강실이는, 살구나무 아래 앉아서 소꿉장난하는 것이 일이었다.

납작한 판자 위에 사금파리들을 늘어놓고, 솔잎이며 싱건지 나물 같은 것, 그리고 황토흙을 빚어 만든 시루떡과 그 시루떡에 좁쌀이나 수수를 박은 콩떡 들을 챙길 때, 작은 콧등에는 땀방울마저 솟아났다.

그리고 모처럼 얻어내는 조개껍질이야말로 잔칫상을 차리기에는 오금이 저리게 즐거운 그릇이었다.

떨어진 살구꽃잎을 수북이 담아 밥상을 보아오면 강모는 나뭇가지 젓가락으로 꽃잎을 집어먹는 시늉을 하는 것이었다.

"맛있어?"

"응."

"더 주까?"

"응."

그러면 강실은 다른 조갑지에다가 또 꽃잎을 수북이 담아 주었다.

그, 빛깔이 비치는 둥 마는 둥 하는 엷은 분홍의 꽃잎들은 강실이의 보얀 뺨과 더불어 강모를 까닭 모르레 설레게 하였다.

강실이는 같은 사촌간이라도 수천(守泉) 숙부의 아들 강태(康泰)보다는 강모와 훨씬 잘 놀았다.

강태는, 강실이의 소꿉동무 같은 것을 해 주는 일은 거의 없었다.

성질이 급하고 날카로운 강태로서는 꽃잎으로 밥을 먹는 따위의 일에 관심조차도 없었으며, 틈만 나면 칼을 들고 무슨 연장 같은 것을 깎아 만드는 것이 일이었다.

강모는 나중에 문중의 형제들로부터 놀림을 받게 될 때까지도 강실이와 어울려 소꿉을 놀았었다. 그러나 안서방에게 업히지 않고 혼자 학교에 갈 무렵, 강실이의 살구나무 밑에도 자연 가지 않게 되었다.

강실이도, 언제부터인가, 방안으로 들어앉아 바느질을 배우고 수를 놓는 일에 시간을 보내게 되고 말았다.

"이만하면 되얏지요? 인자 갬치를 멕이까요? 이번 연날리기는 맡어놓고 서방님이 일등 허실 거이구만요."

안서방은 허리를 펴며 강모에게 말한다.

이제, 사기가루를 부레풀에 개어 자새에 감긴 명주실에다 칠하면 된다. 그 실을 연자새에 감아 놓으면, 실은 반짝반짝 빛나면서 두 배로 불어나는 것 같아진다. 풀을 먹였기 때문이다.

갬치 먹인 실은 여간 조심하지 않으면 베이기 십상이다.

마치 실이 톱날처럼 사나워지는 것이다.

"인자 보름도 메칠 안 남었는디, 그 동안에 실컨 날리시오."

안서방이 대접에 담긴 부레풀에 사기가루를 털어 넣는다

정월 보름이 지나고도 연을 날리면 '고리백정'이라고 욕을 듣는다. '상놈'이란 꾸중도 내린다. 그러나 정초에 세배를 돌고 나서 대보름날까지, 마을에서는 소년이나 어른이나 모두들 연날리기에 정신이 없다.

보름날 밤에는 논배미에 쥐불을 놓고

"망울이야아."

"마앙우울이야아."

하며 함성을 지른다.

그리고 마을 한가운데, 생솔가지를 집채처럼 무더기로 쌓아 놓고 달집을 지어 불을 지르며, 그 타오르는 불길 속에 여러 가지 잡동사니 태울 것들과 그해 정초까지 날린 연을 모조리 던져 넣어 버린다.

아무리 아까운 새 연이라도 어쩔 수 없는 일이었다.

보름날 밤에는, 휘영청한 달빛과 마을의 달집이 타는 불꽃, 논배미의 쥐불이 일렁이며 타오르는 연주황의 불혓바닥이 한 덩어리가 되어 온통 마을 전체를 함성과 흥겨움의 도가니로 만들고 만다.

더구나 내일은 연싸움이 있는 날이다.

구로정(九老亭) 앞 언덕빼기에 모여서 시합을 하기로 했으니, 집집마다 연줄에 갬치를 먹이느라고 바쁠 것이다. 부레풀을 만들기가 수월치 않은 집에서는 밀가루나 찹쌀로 풀을 쑤어도 좋다.

강모는 연날리기에 자신이 있었다.

미리 탄탄한 꼭지연에 붉은 누깔을 달고, 하늘로 치솟아 오르려는 용까지도 꿈틀꿈틀 그려 넣었다. 비늘도 발톱도 그렸다.

그러나 도무지 흥겹지가 않았다.

아까 청암부인에게 들은 말 때문인지도 몰랐다.

작은사랑에 앉아 제가 만든 연에다가 공들여 청룡을 그리고 있는 강모에게 큰방으로 들라는 전갈이 왔었다.

붓을 놓고 안채로 건너갔을 때, 청암부인과 이기채, 그리고 수천 숙부 기표(起杓), 오류골 숙부 기응(起應)이 둘러앉아 있었다.

무슨 이야기들을 하는 중이었는지, 표정들이 무거웠다.

강모는 순간 마음이 철렁했다.

"강모야."

청암부인이 목소리를 누르며 부드럽게 불렀다.

이기채는 크흐음 헛기침을 했다. 기침 소리에 송곳 같은 힘이 들어 있는 것이, 못마땅한 기색을 역력히 드러내고 있었다.

마침 세배꾼이 뜸한 틈을 타서 부른 것이 틀림없었다.

사실, 섣달 들면서부터 끊임없이 들고나던 사람들과 정초의 세배꾼 무리에 밀려 강모는 집안 어른들과 얼굴 마주칠 시간조차도 거의 없다시피 했었던 것인데.

"너, 대실에 다녀와야지?"

청암부인이 말끝을 누른다. 그러면서 윗몸이 강모 쪽으로 기울어진다. 강모는 그 서슬에 몸을 흠칠하며 뒤로 물러앉는다.

지금 청암부인의 말은 묻는 형식이지만 속은 명령이나 한가지다.

강모는 묵묵히 장판을 내려다보았다.

"설을 쇠었으니, 빙장어른, 빙모님한테 세배하러 가야지."

대답이 중치에 막힌다.

"그간 편지는 한 번이라도 했었느냐?"

"……."

"기다리는 사람 생각도 해야지, 어찌 네 형편대로만 한단 말이냐."

방안 사람들도 모두 말이 없다.

특히 이기채의 입술은 더욱 가느다랗게 힘주어 다물렸고, 눈살이 꼿꼿하다. 그는 청암부인의 분부가 마땅치 않기라도 한 것인지.

기표와 기응은 상체를 보이지 않게 좌우로 흔들고만 있다.

"사람이 그리허면 못쓴다. 모진 마음이란 서로 안 먹는 것이 좋으니라. 남남끼리도 그럴진대 하물며."

그러자 이기채가 입을 열었었다.

"신행까지 아직도 창창허게 남었는데 천천히 가지요, 뭐. 저도 아직 학생이니 헐 일도 있을 것이고."

"아무리 헐 일이 많다손 치더라도 사람으로서 인륜의 근본을 어기면서까지 헐 일이란 무엇인고."

"아직 나이 저렇게 어린 것이, 인륜이며 음양이 무언지 알겠습니까?"

"모르면 가르쳐야지."

"가르친다고만 되는 일인가요? 다 때가 있는 법이지요. 묵신행 이삼 년 걸리기 예산데, 너무 서두르지 마십시오."

"서두르다니……, 저 애 혼행 다녀온 것이 벌써 작년 가을 이야기 아닌가. 해를 넘겨 보름이 가까운데 아직까지 재행(再行)도 안 가고 있는 것을 두고만 보고 있어? 편지 한 장도 없이. 그런 것을 나이 탓으로만 돌린단 말인가. 열다섯이 적은 나인가? 인제 설도 쇠고 했으니 열여섯이야. 열여섯이면 호패(號牌)를 차는 나이야."

"억지로야 그것이 되는 일입니까?"

이기채는 확실히 무엇인가 사돈댁에 대하여 틀려 있었다. 혼행길에서만도 그러지 않았는데, 상객을 다녀온 뒤, 말로는 하지 않았었지만 몹시 불편한 기색을 감추지 못했다.

"강모야, 할미한테 말해 보아라. 언제 가겠느냐?"

청암부인이 강모 앞으로 허리를 구부리며 물어 본다.

목소리는 부드러웠다. 그러나, 눈매에 엄격한 서리가 서려 있다.

그 눈매의 서리 때문에, 사람들은 부인 앞에서 말할 때 보통은 고개를 잘 들지 못한다. 멋모르고 이야기하다가 부인과 눈이 마주치는 순간, 까닭 모르게 이쪽이 얼어붙기 때문이었다. 그것은 대소가에서나, 호제, 하인, 비복들이나 과객이나 마찬가지로 그랬다.

그래도 비교적 양자 이기채는 그 깐깐한 성품답게 자기 할 말을 하는 편이었으며, 청암부인 또한 그런 그의 언행을 나무라지 않았다.

강모는 아직 연소한 탓도 있었으나 일찍부터 부인의 보살핌을 지극하게 받은 고로 할머니가 그렇게 어렵지만은 않았다.

그렇다 하더라도 그는 청암부인의 심기가 지금 어떠한가를 헤아리지 못하는 것은 아니었다.

그네의 심중 밑바닥에 고여 있던 어떤 힘이나 노여움이 솟구칠 때의 추상(秋霜) 같고도 뇌성(雷聲) 같은 기세를 강모는 잘 알고 있었다.

도리에 어긋난 일을 그네는 그냥 넘겨 본 일이 없었다.

그래서 강모는 할머니가 누구보다 어렵기도 했다.

"말을 해 보아라."

강모는 여전히 입이 떨어지지 않았다.

"너 아직 어린아이 티를 못 벗었구나. 인제 너는 새서방이니라. 어른이야. 어리광을 하고 있을 때가 아니다."

청암부인이 허리를 곧추세우고 정좌하였다.

"백모님. 제가 사랑으로 데리고 가서 타일러 보지요. 알아듣게 이르겠습니다."

숙부 기응이 결국 강모를 모면시켜 주었다.

본디, 이기채와 기표, 기응은 동복(同腹) 형제였다.

그러나 대종가(大宗家)의 종손인 준의(俊儀)가 그 나이 열여섯 살을 가까스로 넘기고 세상을 떠났을 때, 청암부인은 열아홉의 나이로 혼자 남게 되었던 것이다.

몇 년의 세월이 지난 뒤, 준의의 아우 병의(秉儀)가 성혼(成婚)하여 그 장자 기채를 큰집으로 양자하였다.

부인이 스물다섯 살에 기채를 양자로 맞이하였는데, 기채도 벌써 사십을 넘어 서너 고개에 이르니, 청암부인은 어느덧 예순여덟이라. 고희 일흔의 가파른 마루턱에 들어서고 있는 셈이다.

"딸 가진 쪽의 마음은, 아들하고는 또 다른 법이니라. 사람의 마음을 근심으로 졸아들게 하는 일이란, 몹쓸 일 중에서도 가장 몹쓸 일. 처지를 바꾸어 생각해 봐라. 당장에 우리들도 강련이 일로 얼마나 근심을 허는고. 딸자식이란 키울 때도 정성이 열 배나 더 들지만, 시집을 보내고 난 다음이 더 근심거리인즉."

강련(康蓮)은 강모의 큰누이로, 멀리 황씨 문중으로 혼인하여 간 사람이다. 강련의 이름이 나오자 이기채의 미간이 날카롭게 찌푸려진다.

"나가 보아라. 사람의 마음이 먹은 대로 되는 것은 아니다만, 안 가는 마음이라도 그저 자꾸 기울이면 자연 흐르고 고이게 마련이니라. 물길이나 같지. 어찌 되었든, 이번 정초에는 대실에 꼭 다녀오너라. 늦어도 보름을 넘기지 말고."

큰방에서 기응을 따라 대청으로 나오는데, 건넌방의 문이 열리며. 어머니 율촌댁이 내다본다. 기응은 그 기척을 알아차리고

"이따가 사랑으로 나오니라."

하더니 혼자 토방에 내려선다.

율촌댁은 큰방에서 나는 소리를 내내 듣고 있었던 것이다. 혼자 이쪽 방에서 마음을 조이고 있다가 문 열리는 소리에 그네는 강모를 가만히 부르고 싶어 내다보았다.

강모는 건넌방으로 들어가 아랫목에 책상다리를 한 채 입을 다물고만 앉아 있었다. 율촌댁이 모반에 강정이며 약과를 담아 내놓는다.

"좀 먹어라."

입맛이 당길 리가 없다.

그것을 알면서도 율촌댁은 말이 없는 강모의 손에 약과 한 개를 굳이 들려 준다.

보름이 지나고 언뜻 며칠 뒤에는, 학기가 시작되어 전주(全州)로 가 버릴 아들이다. 무엇 하나라도 더 먹이고 싶은 심정에 그네는 강모만 보면 먹을 것을 내놓지만 그는 거의 아무것에도 손을 대지 않았다.

손에 들려 준 약과를 다시 모반에 담아 버리고 강모는 일어선다.

율촌댁이 앉은 채로 아들을 올려다본다.

할 말이 있다는 얼굴이다.

"사랑에 나갈라요. 오류골 숙부 기다리실 텐데."

겨우 밀어낸 한 마디를 남기고 강모는 그냥 건넌방에서 나오고 말았다. 그러나 바로 사랑으로 들지 못하고 누마루 근처에서 서성거리며, 안서방이 사기가루 빻는 것만 바라보고 있는 중이다.

"강모 안 들어오냐?"

작은사랑방에서 기응의 목소리가 토방으로 들려왔다.

아마, 강모가 밖에서 서성거리는 것을 눈치로 느낀 것 같았다.

강모는 짜증이 역력한 발짓으로 신발을 댓돌 위에 팽개치고 작은 사랑으로 들어간다.

그것은 부친 이기채에게보다 숙부 기응에게 훨씬 친근하게 마음을 놓는 강모의 속마음이 그렇게 나타난 것이었다.

"차다. 이 아래로 내려오니라."

"괜찮아요."

"이리 와아. 여기는 뜨시다."

강모는 아랫목으로 내려가 기응의 곁에 앉는다.

기응은 모색이 잘 생긴 편은 아니다. 그저 순후질박한 모습이라고 할까. 꾀가 없는 천성을 말하듯 그의 눈은 항상 담담하고, 입술에도 욕심이 물려 있지 않다. 그러나, 결단력이 없어 자기 앞을 각단지게 꾸려나가기 힘든 사람처럼도 느껴진다.

어쨌든 강모는 오류골 숙부를 대하면 마음이 푸근하다.

은연중에 청암부인의 서릿발 같은 기상, 이기채의 놋재떨이 같은 강단(剛斷)에 짓눌리며 가슴을 제대로 못 펴고 자라난 탓일까.

그래서 자연 틈만 나면 오류골 작은집으로 내려가게 되고, 가면 그곳에는 강실이가 있었다.

"아나, 여기, 용을 그리다가 말었네. 마저 다 그리고 저녁에 집으로 오니라. 식혜나 한 그릇 먹자. 이얘기는 그때 허기로 하고."

기응은 꼭지연을 강모 쪽으로 밀어 주며 그렇게만 말하고 나갔다.

기응이 나간 뒤, 벼루를 끌어당겨 붓을 적시었으나, 도무지 머릿속이 어수선하여 용이고 무엇이고 마음에 없었다. 그래서 나와 버렸다.

"다 되얏네요. 이리 주시지요."

안서방은 부레풀에 개어 넣던 사기가루를 털며 강모의 손에 들고 있는 자새를 달라고 한다. 손바닥에서 푸르르 가루들이 반짝이며 날아 떨어진다.

어느새, 짧은 겨울 해가 설핏 지려고 한다.

지대가 높은 산 밑의 집이라 이씨 문중 대종가에는 저녁밥 짓는 연기에 섞여 벌써 푸릇한 집 그늘이 드리워지기 시작하고 있다.

"마님 지싱가……."

대문을 들어서는 것은 아랫몰에 사는 타성(他姓) 두 사람이다. 아마 세배를 오는 모양이었다. 그들이 들어서는 것을 보고 안서방이 풀그릇을 토방에 놓고 일어선다.

"나, 오류골 작은집에 가."

강모는 일어서는 안서방의 뒤에 그렇게 말하고, 공례(恭禮)하여 강모에게 고개를 수그리며 웅숭웅숭 마당으로 들어서는 사람들과 엇갈려 솟을대문을 나선다.

저만큼 눈앞에 보이는 논밭에는 아직도 잔설이 남아, 기우는 저녁 햇빛에 주황으로 물들고 있었다.

내려다보이는 지붕들의 한쪽에도 녹다 남은 눈이 쓸쓸하다.

강모는 발로 돌멩이를 차 본다.

그래도 웬일인지 마음은 허전하다.

대문 양쪽에 서 있는 늙은 대추나무는 이파리 하나 없이 스산한 잔가지를 덩굴처럼 늘이운 채 저녁 바람에 흔들리고 있다.

춥다…….

암·수가 마주 보고 서 있는 은행나무도, 앙상한 가지를 손가락같이 뻗치며 겨울 하늘을 향하여 떨고 있다.

강모는 목을 한 번 움츠렸다 펴고는 명주목도리를 다시 감는다.

오류골 작은집은, 대문을 나서면 바로 내려다보인다.

종가의 대문 아래 두번째 집은, 수천 작은집, 기표가 살고 있고, 그 건너 나지막하게 엎드린 초가가 기응의 집이다.

허물어질 듯한 토담에 저녁 황혼이 쓸리고 있다.

강모가 살구나무 아래서 한 번 멈추어 섰다가 마당으로 들어갔을 때, 마침 강실이는 부엌에서 나오고 있었다.

두 손에 기명(器皿) 물이 담긴 함지박을 들고 있는 것으로 보아, 부엌 앞의 수채에 물을 버리려고 나온 모양이었다.

함지박에서는 김이 오르고 있었다.

그릇을 씻은 물인가…….

강실이는 함지를 든 채로 강모를 바라보았다.

그네는 연분홍 치마에 노랑 저고리를 입고 있었다.

강모에게는 낯익은 빛깔이었다.

작년에도, 재작년에도, 강실이는 설빔으로 같은 옷을 입었었다.

솜씨가 음전한 오류골 작은어머니는, 강실이의 키가 크는 것에 따라 입었던 옷을 뜯어 다시 짓는데도, 언제나 마치 새 옷처럼 만들어 내는 것이었다.

물론 청암부인이 세(歲)안에 미리 강실이의 설빔 몫으로 명주를 내리기도 했었으나, 오류골댁은 강실이한테 곱게 한 번 대보기만 하고는, 보자기에 싸서 반닫이에 넣어 두고 말았다.

혼수로 아끼는 것이리라.

재작년 강모가 보통학교를 졸업하던 해의 정초에, 강모는 연분홍의 치마에 연노랑 명주저고리를 입은 강실이와 마주치면서, 무엇에 호되게 맞은 것처럼 순간 정신이 혼미했었다.

늘 보던 사람을 보고 그렇게 놀랄 수가 있는 일일까.

아무래도 알 수 없었다.

청암부인 옆에 앉아 세배꾼들과 더불어 화롯불을 쪼이며 홍소를 터뜨리고 있을 때, 강실이가 세배를 드리러 올라온 것이다. 장지문을 열고 들어오는 강실이는 지금까지 보아 오던 그네가 아니었다.

아아.

강모는 가슴의 핏줄을 갬치 먹인 실로 베이게 동여매는 것 같은, 이상한 아픔을 느꼈다.

가슴을 오그렸다.

막힌 핏줄이 펄떡펄떡 뛰는 소리가 자기 귀에도 역력히 들렸다.

사람들은 그런 강모에게는 아랑곳하지 않고 화사하게 둘러앉아 항렬대로 돌아가며 강실이의 세배를 받는 것이었다.

"아이구. 인제 우리 강실이가 처녀가 다 되었구나. 시집가야겄다."

청암부인이 모반에 엿을 담아 내주며 강실이의 손을 잡았다.

강실이는 손을 잡힌 채 고개를 외로 돌리며 얼굴을 붉혔다.

그네의 검은 머리단 끝에는 검자주 제비부리 댕기가 물려 있고, 수줍음에 물이 든 귀와 흰 목의 언저리에는 살구꽃빛이 돌았다.

그리고 거기에 몇 오라기의 잔머리가 애잔한데, 그네의 둥근 어깨는 강모의 마음에 야릇한 충격을 주었다.

휘어잡아 보고 싶은 심정을 내리누르는 소리가 가슴을 울렸다.

장지에 은은히 비쳐드는 밝은 햇빛을 등지고 앉은 그네의 연노랑 어깨 너머로, 완자(卍字)살창은 햇빛의 그림자를 드리우고 있었다.

강모는 그날 밤 잠을 이루지 못하였다.

그리고 그렇게도 스스럼없이 드나들던 작은집에, 이제는 한 번 가려면 몇 번이나 마음을 다져 먹어야만 했다.

그러나 그럴수록 얼굴이 꽃빛으로 물들며 고개를 외로 돌리던 모습과 그 목 언저리 둥글고 어여쁜 어깨가 숨막히게 떠오르곤 하였다.

그것은 누구에게도 말할 수 없는 심정이었다.

때로는 그 심정 때문에 그대로 오그라져 버릴 것도 같았고, 어쩌면 터져 버릴 것도 같았다.

그래서 어느 날은 참지 못하고 대문까지 내려왔다가, 작은집의 검은 살구나무 둥치에 마음이 부딪치면서 덜컥, 자물쇠통 잠기는 소리가 나 더는 못 가고 그대로 돌아서곤 하였다.

그러면서 강모는 고보(高普)에 가기 위해 매안을 떠났던 것이다.

어쩌면 그것이 강모로서는 다행한 일이었는지도 모른다.

그러다가 작년 설에, 지난 해와 같은 설빔을 입고 강실이가 종가

(宗家)에 세배하러 왔을 때, 강모는 곳날이 정해지면서 반갑고도 애처러운 심정을 금하지 못했다.

형언할 길 없는 설움 같은 것이 마음을 사로잡는 것이었다.

무엇이든지 한 가지 주고 싶은 간절함이기도 하였다.

강실이는 한 해 사이에 몰라보게 달라져 있었다.

둥글고 도톰하던 두 볼이 갸름하게 흘러내리고, 눈매의 그늘은 잠잠하면서도 깊어진 것이다.

그것만으로도 강모는 가슴이 사무쳤다.

한두 번 마주쳐도 강실이는 강모를 바로 안 보고 비스듬히 얼굴을 돌리곤 했다. 그런데 왜 지난 가을, 대실의 신방에서 꿈에 본 강실이는 연두 저고리를 입고 있었는지 모를 일이었다. 그 연두의 빛깔이 지금도 선연히 가슴에 번지고 있는 것을 강모는 느낀다.

"…… 오라버니."

강실이는 부엌 바라지 앞에 선 채로 그렇게 말했다.

그 목소리에 김이 서려 있었다.

그네가 들고 있는 함지에서 김이 오르고 있는 때문일까.

그네의 얼굴도 김에 부옇게 어리어 잘 보이지 않는 것 같았다.

강모는 사립문간에 붙박인 듯 서서 차마 발을 옮기지 못하고 그런 강실이를 바라보았다.

그의 가슴에도 자욱한 김이 서린다.

그것이 속에서 식으며 물방울로 맺힌다.

그대로 눈물이 배어 나올 것만 같다.

"추운데…… 들어가세요."

그래도 강모는 그 자리에 서 있기만 한다.

가슴에 서렸던 물방울이 차갑게 줄을 그으며 복판으로 미끄러진다.

강실이는 강모와 한 살 차이일 뿐이었다.

그리고 얼마나 허물없는 소꿉친구였으며, 정다운 오누이였던가. 지난 가을까지만 하여도 아무렇지도 않게 말을 놓고 지냈었는데.

……지금은 다르다.

아니, 그것은 '지금' 달라진 것이 아니었다.

그렇다.

바로 그때부터 그렇게 달라졌었다.

지난 시월, 대실에서 혼례를 마치고 매안으로 돌아왔을 때.

그토록이나 마음 무겁고, 선뜻 동구 안으로 발을 들여놓기 어려웠을 때. 마치 달걀의 흰자위처럼 우무질로 투명하게 엉겨 있는 것같이 느껴지던 마을은, 이상하게도 강모를 혀끝으로 밀어내고 있었다.

(……강실이를 어찌 볼꼬……)

강모는 얼굴이 후끈 달아 올랐었다.

어쩌면 강실이는, 그 우무질의 속속 깊숙이 감추어지고 숨겨져 버려서 다시는 얼굴마저도 볼 수 없을 것만 같았다.

왜 그렇게도 마을은 낯설고 어색하였던가.

아아.

강모는 고개를 들어 하늘을 보았다. 그리고, 구로정의 둔덕에 서서 강실이의 집, 살구나무를 내려다보았다.

각성(各姓)바지들이 호제들과 어울려 살고 있는 민촌 거멍굴[黑谷]을 지나올 때도, 그들은 나락을 찧다 말고 일손을 멈춘 채, 혹은 콩

타작 한 것을 도리깨질하다가, 연자매를 돌리다가, 강모의 일행이 지나가는 것을 바라다보았다. 무엇인가 부러운 듯한 시선과 함께, 자기들끼리 한 말이지만 강모에게도 그대로 들리는

"얼매나 좋으까이……."

그러더니, 아랫몰, 중뜸을 지나 구로정에 이르자, 문중에서도 마중을 나왔다.

"새신랑 오는가?"

"장가드는 것이 좋기는 좋구나. 그새 신색이 훠언해졌구나."

"밤새 안녕허시냔다드니, 강모야말로 밤새 어른이 되어 버렸네에."

그러나 강모의 귀에는 그런 말들이 한낱 바람 소리와도 같이 들렸다.

원뜸으로 올라가는 고불고불한 고샅만이 하얗게, 멀고 먼 길처럼 놓여 있었다.

그리고 구로정에서도 한눈에 들어와 보이는 오류골 작은집의 늙은 살구나무 둥치만이 어두워지는 만추의 하늘을 떠받들며 거멓게 드러나 보였다.

혼례를 올린 후 인재행(引再行)을 마치고 삼 일 만에 신랑과 함께 신부가 시댁으로 신행을 오는 집안도 더러 있기는 하였지만, 반가(班家)의 법도로는 그럴 수 없는 일이었다. 삼일신행(三日新行)은 상민들이나 하는 짓이라고 했다. 그리하여, 양반 가문의 신부는 신랑을 홀로 보낸 후 친정에 남아 있다가, 다시 좋은 날을 받아 우귀(于歸)를 하는 것이다. 시댁에 처음으로 들어가는 그날까지 보통은 일 년이 걸리기도 하고, 길면 삼 년도 걸린다. 물론 양가의 피치 못할 사정이 있을 때는 몇 달 만에 신행을 하기도 한다. 그렇지만 웬만한 경우에는 일 년 정도는

묵히는 것이 상례였다.

사람들은 그런 풍습을 '묵신행'이라 불렀다.

그러니 강모는 신부를 데불지 않고 혼자 돌아왔지만, 대소가에서는 두 사람이 함께 온 것이나 진배없이 하례하였다.

"큰일났구나. 이제 몸은 매안에 있고 마음은 대실에 가 있을 것이니, 강모 키가 삼천 발이나 되겠다."

"베갯머리 허전해서 밤이면 잠을 어찌 들꾸?"

"하릴없는 노릇이지 별 수 있겠나? 만리 같은 남도 땅 대실에는 혼자서 남 몰래 몽중에나 오갈 수밖에."

"처음엔 다 그런 것이니라. 그 고비에 정 들으라고 떨어져 있는 것이매, 너무 상심은 말 일이야."

"그나저나, 학생 서방님, 이제 콩밭에다 혼을 다 뺏기게 생겼으니, 서안(書案)을 멀리하면 장래 일이 근심이로세."

떠들썩한 하객들의 웃음 소리에, 문득 대실의 초례청과 음식 냄새, 기러기 코에 걸려 있던 청실 홍실이 나부끼며 강모의 뒷머리를 휘감아 짓눌렀다.

강모는 웃지도 않았다. 그러다가 사람들이 눈치 못 채게 슬그머니 방안에서 빠져 나와 마당에 섰을 때, 하늘에는 별이 총총하였다.

소맷자락과 목 언저리로 싸늘한 밤 기운이 스며들었다.

그때 강모는 중문 곁에 서 있는 그림자를 보았다.

그림자는 막 중문으로 들어서려는 것도 같았고, 중문을 나서려는 것도 같았다. 어쩌면 그렇게 그 자리에서 머뭇거리며 들지도 나지도 못하는 것 같기도 했다.

어두워진 반공(半空)에 우두커니 서 있는 중문의 기둥은 검은 그늘이 드리워져, 거기 서 있는 사람을 감추어 주고 있었다.

"……강실아."

강모는 그렇게 불렀다. 그림자는 순간 멎은 듯이 조용해졌다.

강모는 가까이 가지 못하였다.

"왜 안 들어와?…… 들어와."

아마도 그네는 숙부 내외를 따라 큰댁으로 올라왔던 길인 듯싶었다. 그런데 오류골 숙부 내외와 강태는 사람들이 들어차 웃음 소리로 넘치는 큰방에서 보았지만, 강실이는 눈에 띄지 않았었다.

강모가 그 자리에서 걸음을 멈추어 서 버리자 강실이 쪽에서 주춤주춤 움직였다. 망설이는 기색이 역력하였다.

"혼행길은, 무사하……셨어요?"

그 더듬거리는 말의 끄트머리 때문에, 강모는 순간 아찔하였다.

무사하……셨어요?

……셨어요……?

마음이 서늘하게 식으며 가라앉는 것이었다.

그렇게 강실이가 멀게 느껴진 것은 처음이었다.

그것은 강모의 탓이 아니라, 그네가 그만큼 멀찍이 비켜서버린탓이었을까.

강모의 혼인으로 인하여 강실이의 말투가 바뀐 것이다. 그것은 그를 어른으로 대접하는 당연한 절차였건만, 얼마나 어색한 일이었던가. 무거운 덩어리 하나를 삼킨 것 같았었다.

그런데 그 강실이가 지금 그때처럼 머뭇거리며 함지박을 들고 저만큼 빗기어 서 있는 것이다.

"누구 왔냐?"

방안에서 기웅의 소리가 들려오자, 그때서야 강모는, 저예요, 하고 걸음을 떼었다.

저녁 까치가 집을 찾아오고 있는지 허공에서 까작까작 소리가 울린다. 잔설을 스치는 바람 끝이 차다.

"그래, 개학은 언제 허는고……."

기웅은 알고 있으면서도 말의 허두를 그렇게 꺼낸다. 아까 참에 큰집에 들렀던 강태도 강모와 두 학년 차이로 전주고보(全州高普)에 다니고 있어서 학교 소식을 들었던 것이다.

"암만해도 객지란 내 집 같지 않은 법이라 고생 많이 될 것이다."

기웅의 말 사이에 바람 소리가 섞인다.

강모는 그런 말들을 듣고 있지 않았다. 기웅도 들으라고 하는 말은 아니었다. 숙질은 서로 말이 끊긴 채 앉아만 있다. 말이 끊어진 사이로 부엌에서 조심스럽게 그릇 씻는 소리가 달가락 달가락 들려온다.

그 소리는 강모의 마음에 음향을 울리며 얹힌다.

"낯 모르는 사람끼리 처음으로 만나서, 무슨 정이 그렇게 샘물같이 솟아난다냐. 사람의 정이란 나무 키우는 것 한가지라. 그저 성심껏 물 주고 보살피고 믿어 두면, 어느새 잎사귀도 나고, 꽃도 피고, 언제 그렇게 됐는가 싶게 열매도 여는 것이다. 생각해 봐라. 아무리 좋은 나무라도 울안에 갖다가 심어 놓고 천대허면 못 크는 법이 아니냐……. 정도 그와 꼭 같으다. 이왕에 정해진 일, 이제 와서 물릴 수도 없는 것이고……, 내 맘 하나 먹는 것에 따라서 여자의 한평생이 죽고 사는 일이 달렸다면, 어쩌든지 내가 맘을 다숩게 먹어야지…… 안 그러냐…….
사람 하나 잘못되는 것…… 순간의 일이지."

한참만에야 입을 연 기응은 등판을 당겨 부싯돌을 그으며, 한 마디 한 마디씩 끊어가며 천천히 말한다.

목소리에 등잔불의 그을음이 섞여든다.

"생각허면…… 네가 여느 손자하고 어디 같은 손자냐. 그게 이렇다. 이름이 같다고 몫이 다 똑같은 것이 아니지. 너는 이 집안의 대종손이란 말이다. 너도 알다시피 청암할머니가 그 어떤 분이시냐. 비단 이씨 문중에서만 어른이신 것이 아니지 않느냐. 이 남원 군내에서는 그 이름이 울리지 않은 데가 없으니, 일찍이 소년의 나이에 청상으로 홀로 되셔서 오늘날을 이루기까지 그 양반의 고초가 어떠했는가는 더 말할 것도 없고. 그 어른의 의지는 누가 감히 흉내를 못 내게 대단한 것이지. 그런 양반의 손자로서 너도 남달리 처신을 해야 할 것이다."

바깥에 잔바람이 지나가는가.

문풍지가 더르르 울리더니 등잔불이 흔들린다.

자박 자박 자박.

정지에서 헛간 쪽으로 가는 발자국 소리가 불꼬리를 밟는다.

강모는, 검은 그을음을 뱉으며 잦아드는 작은 불이파리를 바라본다. 그리고 강실이가 지나간 자리에서 일어난 바람이 문틈으로 스며들어 이렇게 불꽃이 흔들리는 것을 사무치게 느낀다.

"그러고오."

기응은 다시 말머리를 잡는다.

"할머님도 이제는 연만허시다. 어른이 몸소 생산은 못하셨지마는 양자허신 아드님이라도 손(孫)이 많았더라면 좋았을 것을. 너 하나를 독자로 두었을 뿐이니 마음에 근심이 크실 게 아니냐. 네 위로 누이가 둘이 있었다고 하나, 작은누이는 그렇게 실없이 일찍 죽어 버리고, 큰누이 강련이만 해도 온전타 허기는 어려운 사람……. 집안 내력이 이러고 보니, 네가 아직 나이는 어리다만 어른 노릇을 해야 할 처지다. 그저 종가집이 흥해야 문중도 흥허는 법, 수양산 그늘이 강동 팔백 리라고 네 한 몸이 너 하나의 몸만은 아닌 것이다. 어쨌든지, 이번 일은 할머님 말씀대로 해라. 아, 그러고 할머님이나 네 아버님이나 모두 손자도 기달리시는데, 네가 그 소원을 풀어 드려야지, 안 그러냐?"

강모는 기응이 농담 삼아 덧붙인 끝의 말에, 속에서 불끈한 것이 치밀어 오른다. 그것이 결코 단순히 농담만은 아니라는 것도 강모의 심사를 북돋우는 것이었다. 그러나 그것보다는 살갗을 거꾸로 거스르며 돋아나는 수치심이 소름처럼 끼치는 것은 웬일인지 모를 일이었다.

(아들? 내가…… 아들을?)

강모는 가슴이 손바닥만하게 좁아진다.

그리고 그것은 이빨을 물듯이 오그라들어 주먹이 되어 버린다.

"그만 가볼랍니다."

그 주먹이 목구멍을 치받기라도 하는 것처럼 강모는 통명스럽게 말을 내뱉는다.

"왜 그새 가게? 저녁이나 먹고 가지. 이얘기도 아직 덜했는데."

"그냥 가지요 뭐."

기응은 잠시 입을 다물고 있다.

"그럼 그래라."

그의 목소리가 무겁다.

강모는 등잔 불빛을 털고 일어선다.

"어른 말씀 듣는 게 도리다. 심정 상허지 말고……."

"……."

"아조 어둡기 전에 그럼 어서 올라가그라."

"예."

강모는 건성으로 대답하고 컴컴한 마루로 나선다.

이미 날이 어두워져 있었다.

야기(夜氣)를 띤 밤바람이 싸르락 뺨에 닿는다.

"참, 너 인월(引月)아짐댁에 세배 갔었드냐?"

강모의 뒤를 따라 나온 기응이 잊었다는 듯이 묻는다.

"……아니요."

강모가 마루 끝에 선 채 대답한다.

"잊어 버리지 말고 꼭 가서 뵙도록 해라. 적적허실 텐데."

"예."

"사람이 도리를 다 챙기고 살자면 끝도 한도 없는 것이다마는, 그래도 그런 것을 늘 영념해 두어야지."

"예."

"대답만 허지 말고."

강모는 이번에는 대답 대신 토방으로 내려선다.

밤 기운이 밴 신발이 차다. 그래서일까. 몸이 오스스 떨린다.

"왜, 갈라고? 저녁 다 해 놨구마는."

마당의 기척을 알아차렸는지 오류골댁이 행주치마에 손을 닦으며 정지에서 나온다.

"올라가서 먹지요."

"아니 왜 그렇게 금방 일어나? 아무것도 안 먹고는."

"또 내려오께요."

"오기는 언제 또 올래? 말이 쉽지. 그래 너는 작은집이 무슨 몇 천리 길이라고 그렇게 한 번 오기가 어려우냐? 오며 가며 좀 들어오지……. 넘의 집같이 사립문 앞을 그냥 지내가아. 늘."

오류골댁은 아무래도 서운하고 아쉬운 기색이었다.

그만큼 강모는 모처럼 온 것이다.

"아, 들어가그라아. 내가 금방 저녁 채려 주마."

"괜찮어요."

"너야 괜찮겄지마는 내가 서운해서 안 그러냐……. 들어가그라, 응? 오래간만에 강실이랑도 놀고. 그럼 식혜라도 한 그릇 마시고 가렴."

"집에 가서 먹지요."

"차암, 너도……. 누가 큰집에 식혜가 없어서 그런다냐……."

그래도 강모는 발끝만 내려다본다.

"기어이 갈래?"

오류골댁은 할 수 없다는 듯이 묻는다.

"그럼, 저 올라갈랍니다."

"그래라. 정 네가 그러면 어쩌겄냐. 저녁 다 됐는데 밥이나 한 그릇 따숩게 먹고 가면 좋겄그만."

강모는 그런 오류골댁에게 인사를 하고 돌아선다.

사립문 쪽은 더욱 어두웠다. 초생달이 하늘 한 귀퉁이에 걸려 있으련만 어둠을 비추기에는 너무나 가냘픈 것일까.

찬 별빛만 몇 개 보인다.

"강실아."

오류골댁이 정지에 대고 딸을 부른다.

"오라버니 등(燈) 좀 잡어 줘라."

그 말끝에 강실이는 소리도 없이 등롱을 들고 마당으로 내려선다. 강실이 비추는 등불의 불빛 때문에 강모의 그림자가 사람보다 먼저 사립문을 나선다.

"…… 가시지요."

강실이는 강모 곁으로 다가서서, 한참만에야 그렇게 말했다.

거의 들리지도 않는 잦아드는 소리이다.

그네가 들고 서 있는 등롱의 창호지 안쪽에서 붉은 불꽃이 은은하게 비친다. 그것은 불빛인데도 젖어 보인다.

"…… 길이 어두워서 …… 밤길이라 …… 발 밑에 잘 보고 가시어요." 강실이의 목소리가 귀에 젖는다.

어깨가 금방이라도 손 안에 잡힐 듯하다.

어쩌면 강실이는 없는 것인지도 몰라. 목소리만 나를 젖게 하고, 옷자락 빛깔만 나부끼면서, 강실이는 정말로는 없는 것인지도 몰라.

아아, 강실아, 둥글고 이쁜 사람아. 네가 없다면…… 네가 없다면…… 나의 심정이 연두로 물들은들 어디에 쓰겠느냐…….

강모는 사립문간에 서서 하늘을 올려다보았다. 차가운 겨울밤의 별빛들은 영롱하게 부서지며 바람에 씻기우고 있었다.

"나 갈라네."

한 걸음을 떼며 목에서 밀어내듯 강모는 말했다.

"조심해서."

"응."

대답 소리가 목에 잠긴 채 갈라진다. 사립문간에 강실이를 남겨 두고 집으로 올라가는 발걸음에, 뒤에서 비춰 주는 등롱의 불빛이 걸려 긴 그림자를 만들어 준다. 몇 걸음 가다가 뒤를 돌아보며

"들어가아."

하고 강모가 손을 들어 보인다.

강모의 눈에는 등롱의 불빛만 어둠 속에서 주황으로 번지고 있을 뿐, 강실이의 모습은 어둠에 먹히어 보이지 않았다.

컴컴하게 솟아 있는 솟을대문에까지 와서 돌아보았을 때도 등롱은 그렇게 아슴하게 비치고 있었다.

강모는, 보이지도 않겠지만, 강실이를 향하여 다시 한 번 손을 흔들었다. 그러면서 속으로, 지금 강실이도 나한테 이렇게 손짓을 하고 있는지도 몰라, 하고 생각하였다.

# 4 사월령

비가 흐뭇하게 온 끝에 볕이 나서, 일기는 더할 나위 없이 맑고 화창하였다. 모내기를 하기에는 짜 맞춘 것 같은 날씨이다.

겨울이 끝나고 해토(解土)가 시작되면서 겨우내 얼어 붙었던 땅은 서서히 녹아 내리고 추위에 굳은 흙이 그 살을 풀었다.

그러고는 엊그제 가래질을 했던 듯싶은데, 벌써 골짜기마다 뻐꾸기 소리가 한창인 것이다. 뻐꾸기가 한 번 울면 진달래가 피어나고, 또 한 번 울면 버들잎이 피어났다. 그 새 소리에 눈짓하며 꽃들이 진다. 종달이도 명랑하게 지저귄다.

건듯 바람이 소리와 향기를 싣고 들판으로 불어오건만, 논에 엎드린 사람들은 등이 따갑다. 들판에는 못줄이 색동 헝겊을 달고 금을 긋는다. 사람들은 허옇게 엎드려 못줄에 맞추어 나란히 모를 심고 있다. 바람에 헝겊의 색색깔이 팔락거린다. 못줄을 잡은 사람은 논의 이쪽과 저쪽 두렁에 서서 손을 높이 흔들며 소리를 질러 서로 신호한다.

이른 새벽, 채 닭이 울기도 전부터 모여앉아 모를 찌기 시작하였는데도 들일은 이제야 초반이다.

하늘의 해는 아직도 어리고 젊다.

"올 좀생이보기가 어쨌등고."

맨다리에 닿는 논물 기운이 싱그럽고, 발가락 사이에서 미끈거리는 진흙 감촉이 간지러운 옹구네가 옆에 엎드린 평순네에게 묻는다.

입으로는 말을 하지만 손놀림은 빈틈이 없다.

"아조 나란히 슨 것은 아니라도 별들이 기양 앞스거니 뒷스거니 서로 다투등만."

"그리여? 그러면 올 농사는 갠찮겄네?"

"두레 시작헌 날 안서방이 날씨 좋다고 안 그러등갑네. 좀생이나 그 날 날씨나 다 좋다고, 좋아라 해쌓등만."

두 사람은 엎드린 채 말을 주고받으며, 모는 모대로 부지런히 심느라고 숨이 턱에 걸린다.

좀생이는 묘성(昴星)으로, 얼른 보면 육련성(六連星)이라 나란히 별 여섯 개가 빛나는 것 같지만, 실제는 백이십여 개 작은 별들이 모여서 성군(星群)을 이룬 것인데, 농사에 아주 중요한 점을 쳐 준다. 좀생이와 달이 나란히 가거나 혹은 조금 앞서 가면 풍년이 들고, 반대로 좀생이와 달이 멀리 떨어져 있으면 흉조라, 농사를 망친다 했다. 음력으로 이월 초엿새날, 사람들은 별이 뜨기를 기다려 마당에서 하늘을 올려다보며, 그 좀생이별들이 부디 풍년을 점쳐 주었으면 하고 바란다. 좀생이가 보여 주는 풍흉의 예언은 한 번도 틀려 본 일이 없노라고 노인들은 말하곤 하였다.

"아, 그렁게 그거이 언제쩍 이얘기여? 기양 달이나 별이나 모도 한 발씩이나 떨어져서 여그저그 사방에 흩어져 갖꼬 어디가 백혀 있능가 잘 찾어지도 않드라고. 아이고 어쩌끄나, 속으로 걱정은 되얐지만 설마 별이 그런다고 참말로 흉년이 들라디야, 그랬드니마는 머엇을, 그해 가실에는 애들 멕일 것도 못 거두고 말어 부렀제이."

그런데, 동국세시기(東國歲時記)에는

"이날 초저녁에, 좀생이 별 셋이 달 앞에서 고삐를 끄는 형상을 이루며 그 거리가 서로 멀면 풍년이 든다."

하였고, 또 해동죽지(海東竹枝)에서는, 좀생이를 낭위성(郎位星)으로 간주하여 적었으니.

"이 별들이 달 뒤 열 자 거리쯤을 따르면 풍년이 들며, 달보다 열 자쯤 앞서면 흉년이 든다."

라 했다. 그런가 하면 열양세시기(洌陽歲時記)의 이월묘숙점세조(二月昴宿占歲條)의 기록에는

"농가에서는 초저녁에 좀생이를 보아 별이 달과 떨어지는 원근으로 그 해의 풍흉을 점치나니, 이들이 나란히 가거나, 또 한 자 안에 있으면 좋다고 하고, 만일 앞서거나 뒤섬이 많이 떨어지면 그해는 장차 흉년이 들어, 어린아이들도 먹을 것을 못 보리라 하는데, 징험(徵驗)하건대 아주 잘 맞느니라."

한 것을 보면 서로 말이 다른 부분도 있지만, 예나 지금이나 천지의 조화와 일월성신(日月星辰)의 움직임에 인간사(人間事) 길흉과 운수를 걸어 보고 싶은 심정은 다름이 없는 모양이다.

그러나, 청암부인은 늘 그렇게 말했다.

"인력이 지극하면, 천재(天災)를 면하나니……."

오늘, 이 들일은 청암부인의 논에서 하고 있는 중이다.

문중의 다른 논에도 물론 모내기를 해야 하지만, 청암부인댁의 일에 비할 수가 없었다.

이 댁 농사는 그만큼 엄청났다.

우선 매안 근처뿐만이 아니라, 보절(寶節)·산동(山東)·삼계(三溪)·임실(任實)·동계(東溪)·덕과(德果) 등은 말할 것도 없고 주생(周生)·금지(金池)·곡성(谷城) 일대, 그리고 경상북도와 접경을 이루고 있는 동면(東面)·산내(山內)에까지도 사음(舍音)을 두었다.

그러나 청암부인으로서는 항상, 이 매안의 지세가 서운하였다.

토질이 척박하고 평야가 없었으며 물이 모자라는 점, 그리고 들이 더 넘쳐갈 수 없도록 사방을 에워싸고 있는 산이 흙덩어리와 잔솔밭 이외에 크게 쓸모가 없는 것들이 마음에 차지 않았던 것이다.

부인의 위세와 기상으로는, 산이라도 허물어서 옥토를 만들고 싶었으나, 그도 어쩔 수 없는 일이기는 했다.

하지만 때때로, 무너져 가는 고가(古家)의 지붕과 묵은 흙냄새를 풍기며 푸슬푸슬 먼지를 날리던 행랑채, 덩그러니 집채만 남았을 뿐, 거기 사람의 훈김 없던 열아홉의 시절을 회상하면, 이만한 정도라도 위안이 되기는 되었다.

청암부인이 '이만한 정도'라고 하는 것은, 삼천 수백 석을 이름이었다. 소문에는 그네가 오천 석을 한다고 하였지만, 아주 대풍이 든 해라면 거의 사천 석을 바라볼 때도 있었으나, 그것은 드문 일이고, 대체로 평년작이면 그쯤되었다.

그네는, 머슴이 발로 힘없이 한 번 찼을 뿐인데도 그냥 주저앉아 버리던 행랑의 벽을 생각하면 지금도 웃음이 난다.

더욱이 형식뿐인 외양간이랴.

기구하게도 흰 덩(가마)을 타고, 처음 이 대종가의 문턱에 들어설 때 코에 훅 끼쳐 온 것은 곰팡이가 끼인 흙냄새였다.

그리고 그네를 집안에서 맞이해 준 사람은, 마님이라고도 불리지 못하던 한 과수댁이었다.

그 여인은 허물어지고 있던 검은 고가의 대청마루에서 그림자처럼 내려와, 어린 청상(靑孀) 청암부인의 손을 부여잡았다.

아무 말도 하지 못하고 다만, 손등을 어루만지며 쓰다듬기만 하는 그 과수댁의 소복이, 청암부인의 흰 댕기와 더불어 이가 시리게 푸른 빛을 뿜어냈었다.

그때의 그네로서는, 이씨 가문의 선대에서 무슨 이유로, 다른 곳의 산수를 다 두고 이곳에 자리를 하였는지 알 까닭이 없었다. 다만, 낙향하여 토반(土班)이 된 문중의 대종가로 십오륙 대를 면면히 이어내려 온 몇 백 년의 세월이 마을에 가라앉아 고여 있음을 느꼈다. 그리고 학문은 높았으나 벼슬에 탐욕하지 않았던 은사의 가르침이 그 세월 속에 땀내처럼 절어 있는 것도 느껴졌다.

이상한 일이었다.

선비의 집에서 올바른 가풍에 젖어 단아하게 성장한 청암부인으로서 가군(家君)의 문중에 대하여 그런 고지식함과 일종의 남루를 느꼈다면, 그 원인은 어디에 있었을까.

단순이, '묵신행'을 온 자기를 신부로 맞이해 줄 신랑이 이미 타계하고 없는 빈 집으로 자기가 들어가고 있었기 때문일까.

더욱이 여러 부인을 기구하게 잃고 빈 등걸이 다 되어 버린 시아버지 홀로 퇴락한 사랑에 그늘처럼 음울하게 누워 있는, 그야말로 텅 비어 버린 듯한 집채를 향하여 열아홉의 나이로 신행을 하는 걸음이었으니, 그렇게 보일 수도 있었으리라.

그네의 시부(媤父)는 처덕(妻德)이 박복한 사람이었다.

본인 자신 영민하여 일찍이 시재(詩才)에 능하였고, 성품도 활달했던 그는 부모가 물려준 재산과 스스로 닦은 학덕으로 가히 일가의 종손다운 풍모를 지키기에 부족하지 않은 사람이었다.

그의 부친은, 그에게 칠팔백 석 추수는 실히 되는 농토를 위토와 함께 남겨 주었다.

그러나 그의 운이 그뿐이었던가.

초취(初聚)의 여인 반남박씨(潘南朴氏)는 슬하에 아무 소생도 남기지 못한 채 어이없게도 스물세 살에 세상을 떠났다.

그네는 행실이 음전하고 심덕이 깊은 사람이었으나, 몸에 찬 기운이 있어 늘 수족이 저리는 병으로 고생을 많이 했었다. 여름이면 맨발로도 땀이 나는데, 겹버선을 신고도 발이 시리다고 하였다.

박씨의 나이 열여섯에 혼인하였으니 스물세 살까지, 만 육 년이 넘게 산 셈이었다. 소생이 있으려면 얼마든지 있을 법도 한 나이였지만, 늘 추운 듯한 얼굴로 방안에만 있다가 먼저 가고 만 것이다.

그네가 이승을 떠날 때, 시부의 나이는 스물한 살이었다.

혈기 방장하고 포부가 남다를 때였다.

"사람이 음양으로 한 번 만나 작배(作配)하였으면 백년을 해로하고 갈라져도 길다고는 못할 세월이건만, 그 양반의 운수가 사납고 내외 이생에서의 인연이 그것뿐이셨던 모양이오. 만나는 배필마다 그리 못 만날 사람 같지는 않았던 것 같은데, 전생에 지어 놓은 연분이 그렇게 밖에 없으셨는가."

과수댁은 더듬더듬 말했었다.

문중에서는, 박씨부인의 탈상이 있고는 바로 재취를 맞이할 절차로 분주했다고 한다.

종부 없는 종가를 그대로 두어서는 안되기 때문이었다.

그러나 웬일인지 청암부인의 시부는 쉽게 재취를 하지 않았다.

무엇인가 한 풀 꺾인 듯한, 힘 없는 모습으로 서안 앞에 앉아 있거나, 기껏 멀리 출입한다고 해도 그저 삼계석문(三溪石門) 옆 정자 구로정 정도밖에는 나가지 않았다. 그는 누구와 별로 말도 나누는 것 같지 않았고, 말을 나눈다 하여도 의례적인 몇 마디가 고작이었다.

그런 날이 하루 가고 이틀 가며 어느 결에 한 삭 두 삭 지나고, 어언 해가 바뀌었으나, 그의 침중함은 더욱 깊어지기만 할 뿐이었다.

누가 보아도, 빛이 가시어 안색이 창백한 얼굴과 육덕(肉德)이 깎인 그의 어깨는 점점 각이 지기 시작하였다.

헌출한 몸에 혈색 또한 남다르게 밝아서 풍신이 좋던 그가, 일생 바짝 마른 몸으로 지내게 된 것은 그때부터라고 보아야 했다.

애석하게도 일찍이 별세한 선친을 대신하여 숙항(叔行)들이 서둘러 그의 재취가 진행되고 있을 때, 그는 자기 종항(從行)중의 한 사람에게 그런 말을 했었다고 한다.

"발이 찬 사람이었네. 손도 찼지. 그래도 내 맘에는 발이 더 찼던 것 같구만. 아마, 손은 아무래도 좀 움직이고 발은 가만히 두어서 그랬던가……. 속에 있는 말이라고 입 밖에 잘 내는 사람도 아닌데, 발이 시리다고는 몇 번 하데. 나는 몸이 다순 사람이라, 손으로 두 발을 감싸서 한참을 녹여 주면, 부끄러워 말은 못허고 얼굴만 숙이고는, 그만허시지요, 인제 다수어요, 그것이 전부라……. 한번은 그런 일도 있었지. 잠결에 깨서 돌아보니 이 사람이 저쪽 끄트머리 자리에 등을 돌리고 누웠어. 잔뜩 오그리고 돌아누워 있길래, 어디가 불편한가 걱정이 돼서 깨웠지 않았겠나. 그 사람이 그때 허는 말이, 날도 차운데, 행여라도 잠결에 자개 손발이 나한테 닿을까 봐 그랬다는 게야. 허, 참. 그 사람이 가고 나서는, 이따금씩 그때 생각이 나. 무심한 사람. 얼은 손발로 얼마나 먼 길을 그렇게 옹크리며 가고 있는고……. 나한테 찬 기운 안 끼칠라고 그렇게 서둘러 갔는가."

그러면서 한숨 끝에

"이렇게 앉었다가도 문득, 손 안에 잡히던 발이 서늘하게 전해져 오네. 그럼 그냥 전신이 식어드는 것 같어서."

하고 말했다는 것이다.

어쨌든 그는 재취의 여인을 맞아들였다.

청주한문(淸州漢門)의 따님이었다. 별다른 특징이 있는 모색도 아니고 사람의 성품 또한 무던하였다. 비록 가문 있는 집안의 종손이라고 하나 재취의 자리임이 꺼려지지 않는 것도 아니었을 텐데, 그런 내색은 조금도 없었다. 그리고 선대에 물려받은 농토가 어느 결에 삼사백석이 줄어들어 조금씩 알게 모르게 살림에 표가 나고 있었는데도,

그다지 큰 근심을 하지 않았다.

초취의 박씨와 사별한 후, 특별히 무슨 실책을 한 것도 아닌데, 그렇게 푼돈처럼 농토가 새어 나가기 시작한 것이, 불과 몇 년 사이에 몇백 석을 잃게 되었던 것이다.

문중에서는, 시부의 실심(失心) 때문에 그러한 것이라고 걱정하였다. 웬만하면 자식도 하나 낳지 못하고 가 버린 여인에게 그다지도 마음을 기울여 실심을 하겠느냐고 했다가도, 사람의 정이란 다 각각 양색(樣色)이 다른 것이니 그 속을 누가 알겠느냐고, 모이기만 하면 목소리를 낮추어 수군수군 이야기했다.

그런데도 한씨부인은 그런 일들에 거의 괘념하지 않는 것 같았다.

그저 담담한 기색으로 안방에서 대청으로, 대청에서 장독대로 오가면서 집안일을 살피었다.

천성이 그러한가.

무슨 일에든지 속을 끓이는 법이 없었다.

시부가 몇 날 며칠을 사랑채에서 지내며 밤낮으로 서책에만 골몰하여도, 그저 범연한 일로 여기었다. 보름을 그리하여도, 그런대로 한 달이 지나가도 낯색이 변하지 않는 것 같았다.

그렇다고 심정을 다스리려 애쓰는 기색이 드러나는 것도 아니었다.

그네는 건강도 좋은 편이어서, 까다로움 없이 수북수북 밥그릇을 비우고, 한가로운 시간이면 침선(針線)도 멀리하지는 않았다.

그렇게 무던한 그네의 성품 때문이었던지, 한씨가 재취로 들어온지 구 년이 막 넘어설 무렵에는, 슬하에 두 아들을 두게 되었다.

장남 준의와 차남 병의였다.

연전(年前)에 한씨부인이 장남 준의를 낳았을 때, 문중에서는 물론이지만, 시부 자신이 크게 기뻐했었다. 그는 정말로 얼마 만에 파안대소하였다.

그의 나이도 어느덧 서른을 넘기게 되었으며 무엇보다도 대종가의 종손이 튼실하게 태어난 것에 대한 감사의 마음으로 가득 찬 시부가 부인 한씨를 눈에 띄게 아끼기 시작한 것도 그 무렵이었다.

그런데도 한씨는 예나 다름없이 수굿한 모습으로 나날을 보냈다.

그러다가 차남 병의를 낳았다.

"참으로 사람의 복이란 심성을 닮는구나."

"그렇게 어질고 무던하더니만, 아슬아슬 손 귀한 집에 떡두꺼비 금쪽 같은 아들을 하나도 아니고 둘이나 낳아 주다니. 이대로라면 셋을 못 낳을까?"

"열이면 어때? 스물이면 마다하리. 이제 종갓댁 운세도 점차 피어나려나 보네. 십오륙 년을 두고 가라앉기만 하더니, 이제서야 조상의 음덕 양광이 비치려는가."

그러한 칭송들이 화사하였다.

종가는 단순히 큰집이라는, 대대로 맏이의 집안이라는 의미만 가지고 있는 것이 아니기 때문에 문중의 기쁨은 그만큼 컸던 것이다.

제사 때에 첫번으로 신위(神位)에게 술을 드리는 초헌(初獻)은 말할 것도 없이 언제나 종손이 먼저 드린다.

제사에서의 위치도, 문중의 원로 어른인 문장(門長)은 좌중에 끼어서 있지만 종손은 맨 앞자리 한가운데 혼자 앉는다.

종회(宗會)도, 문중에서 항렬과 나이가 제일 위에 있는 문장의 집에

서가 아니라, 종손의 집안 종가에서 열게 되며, 종중(宗中)의 모든 기록 문서는 반드시 종가에 보관하여 대대로 전하게 한다.

그뿐이 아니다.

종회에서의 자리도, 종손이 문장보다 상좌(上座)에 앉는 것이다.

비록 종손이 이제 이십도 채 못된 홍안의 소년이라 할지라도, 백발의 수염을 늘이운 문장보다 윗자리에 앉아야 하는 것이다.

"종손은 종중의 기둥일세. 우리들은 가지야. 종손은 대대손손 바른 핏줄을 보전하여 우리 가문을 이어가야 하느니."

문장은 어린 종손에게 몇 번이고 이른다.

그러나 사람들은 문장 또한 지극한 심정으로 받들고 존경하였다.

그는 종손을 소중하게 보호하여 지켜 주고, 또한 어른으로서 문중을 지도해 주는 크나큰 힘이 되고 있기 때문이다.

그러니, 종가의 번성은 일문(一門)의 뿌리가 깊고도 탄탄하게 뻗어 나가는 것과 같고, 문중의 창성은 일문의 줄기와 가지가 울창 무성하게 우거지는 것과 같다고 여겼다. 그래서 사람들은 종손을 귀하게 아껴 존중하고, 또한 문장을 받들어 존경하였으니, 그 두 사람의 존재야말로 문중의 다른 대소가에는 하나의 상징이었으며, 구심점이 되는 구체적인 세력이라고 할 수 있었다.

문장은 종손부 한씨의 부덕을 치하하였다.

그리고 종가가 번창하는 이 분명한 조짐에 대하여 진심으로 감축하였다. 그것이 어디 비단 문장 한 사람에게만 그러하였으랴.

어느샌지 모르게 남의 손으로 넘어가 버린 종가의 농토가 이제 겨우 삼백 몇 십 석밖에 남지 않은데다가, 해마다 불어나던 위답(位畓)

위전(位田) 등의 종토(宗土)마저도 위태위태하게 관리되고 있는 금석(今夕)에, 비로소 한숨이 트인 셈이니 문중의 사람들도 덩달아 마음이 놓이는 것이었다.

그러나, 호사(好事)에는 다마(多魔)라고 하였던가.

어찌 그리 선인들이 남긴 말에는 틀림이 없는 것일까.

여러 사람에게 무던하였고, 본인 자신도 늘 마음을 평정하게 가지던 그 심덕으로 보나, 잔병 치레 한 번 하지 않았던 실한 몸으로 보나, 그렇게 어이없이 변을 당하리라고는 아무도 예측하지 않았던 일이었는데……. 그네는 병의를 출산한 지 두 달 만에 그만 숨을 거두고 말았다.

산욕열(産褥熱)이었다.

"세상이 고르지 못한가…… 사람이 같은 일을 두 번씩 겪는 경우가 흔치 않은데 이것이 웬일일까요?"

"그러게나 말이야. 박복한 양반…… 인제서야 겨우 마음 좀 돌려서 다숩게 지내려는가 싶었드니만 무슨 신수가 그렇게 사나우신고."

"도무지 요사(夭死)할 사람 같지가 않든데, 그렇게 후덕하고 한가로운 부인의 성품 어디에 그런 단명을 타고났던가."

"누가 아니랍니까. 그래도 천만의 다행으로 아들을 둘이나 남기고 갔으니 불행 중에 다행한 일이올시다."

"다행이나마나, 이제야 핏덩어리, 짜박짜박 걷는 애기에다 젖 먹는 갓난 것 형제 일도 보통 일이 아니네."

"저 사람의 성품으로 삼취(三娶)를 허겄는가. 재취도 그토록이나 안 하려던 게 바로 엊그제 아니라고? 허나, 사람이 작배허지 않고 혼자서는 지낼 수 없는 법, 그 일만 해도 한 짐거리 근심이네."

"나이나 좀 지긋헙니까…… 이제서야 막 서른 안팎에 두 번씩이나 그런 흉사를 당허다니요, 참 . 인생 초장에."

"모친 한 분만이라도 생존하여 계시다면 정황이 이렇게나 적막 강산 같지는 않을 것이네."

"사람 사는 집이란, 여자가 있어야 안팎으로 훈김이 어리는 법인데."

시부의 조항(祖行)과 숙항의 어른들이 마주 앉기만 하면 어두운 얼굴로 음성을 낮추어 염려하고 의논하는 것은 그 일이었다.

그러나, 오히려 시부는 초취 박씨를 잃었을 때보다 태연해 보였다. 사람들은 그래서 더욱 조마조마하여 마음을 놓지 못하였다.

"저 사람이 왜 저러까……."

"아예 넋을 놓아 버리고 만 것은 아닌가 모르겄네."

"심기가 허해서 금방이라도 쓰러질까 싶으드니마는 저렇게 침착헌 것을 보니 외려 더 맘이 쓰이지 않는가."

한씨부인 시신에 염습(殮襲)을 하려고, 자단향(紫檀香)을 물에 끓이고 있을 때, 그 향기가 무겁고 눅눅하게 집안을 누르는데, 시부는 눈을 지그시 감고 담담한 얼굴로 앉아 있었다.

사람들이 죽은 한씨부인의 두발을 감기고 빗질을 한 뒤, 목건(沐巾)으로 물기를 닦아 낸 끝에 낙발(落髮) 몇 오라기가 떨어졌다. 염습을 하던 부인은, 낙발을 한 오라기도 떨어뜨리지 않고 종이에 싸서 작은 명주 주머니에 담아 넣었다. 사람이 죽으면 머리카락에도 힘이 빠지는가, 낙발을 줍던 부인은 스러질 듯 잡히던 그 감촉을 훗날에도 이야기하였다. 낙발을 담은 명주 주머니는 시신의 머리맡에 두고, 손톱 발톱을 깎은 주머니는 각각 그 옆자리에 두었다. 그리고 주머니에는 세필(細筆)로, 속에 들어 있는 것의 내용을 써 두었다.

그날 밤, 시부는 병풍 뒤에 홑이불을 덮고 누워 있는 망처(亡妻) 한씨부인 곁에 홀로 앉아 밤을 새웠다.

그는, 그래서는 안되는 일이었지만, 홑이불을 벗기고, 이미 풀솜으로 코가 막혀 있고, 충이(充耳)로 하얗게 귀가 막혀 있는 한씨를 하염없이 내려다보았다.

망실(亡室)한씨는 머릿결도 보이지 않게 검은 헝겊으로 감아서 싸 놓았는데, 골무만한 낙발 주머니가 그 옆에 있었다.

……내 언제, 한 번이라도 이 머리를 생전에 다정하게 쓸어 준 일이 있었던가.

아침 저녁마다 참빗으로 물기를 발라서 빗어내리던 이 머릿결을, 지나가는 손길로라도 어루만져 본 기억이 그에게는 떠오르지 않았다.

……이제는……머리를 빗을 일도 없으리라.

시부는, 망실의 낙발 주머니를 어루만져 보았다.

밤톨만한 주머니는 그러나 헐렁하였다.

그것이 또한 시부의 마음을 내려앉게 하였다.

두 손도 벌써, 검은 헝겊 악수(幄手)로 싸 버려 그 모양을 볼 수 없게 되었다. 손은 그저 뭉실한 주머니에 싸인 것처럼 보였다.

그 손 옆에 힘없이 놓인 오낭(五囊), 손톱 발톱을 깎아 넣은 작은 주머니를 보는 순간, 시부는, 이 여인이, 박씨로 착각되었다.

가슴이 써늘하게 식어내리며 찬 기운이 한복판에 얼음처럼 섬뜩하게 끼쳐들었다.

시부는 그 자리에 앉은 채, 미동도 하지 않았다.

곡(哭)을 하지도 않았다.

다만 그렇게 나무토막처럼 우두커니 앉아서 밤을 새울 뿐이었다.

그리고는, 한씨부인 영위(靈位) 앞에 조석으로 상식(上食)을 올릴 때, 살아 있는 사람에게 하듯이, 진설된 찬수(饌需)마다 일일이 젓가락을 대 주었다.

그런 모습은 침착하고 정성스러웠다.

뿐만 아니라, 문상(問喪)을 받으면서도, 어린 두 아들 형제를 대하면서도, 집안의 남노여비를 거느리면서도, 그는 무슨 일이 일어난 사람 같지 않게 조용하였다.

사람들은 일변 그의 불행이 근심스러웠지만, 그래도 이러한 시부의 태도를 보고 마음을 놓았던 것이 사실이었다.

그러나, 그것은 잘못이었다.

시부는 사실상 거의 반이나 넋을 잃어 버리고 있었던 것이다.

그의 나이 이제 겨우 서른을 넘기었건만, 그는 속이 삭아 버려 텅 빈 고목처럼, 겉모습만 그렇게 의연한 척 남아 있는 셈이었다. 누가 밀기만 하면, 푸석 무너져 쓰러질 것 같았으나 상당한 날이 지나도록 그것은 밖으로 드러나지 않았었다.

그저 얼핏 보기에는, 원래 말수가 적었던 사람이 그나마 줄어들어, 누구와 말을 나누지 않는다는 점만이 좀 달라진 것같이 보였다.

그것도 아직 나이 젊고, 거기다 남자이니, 당분간만 지나면 괜찮아지리라고 생각들을 하였다.

어찌 되었든, 덩그만 고가(古家)에는 노복과 계집종에 행랑것들을 제하면, 어린아이의 유모와 더불어, 위로는 시부가 단 한 사람의 어른이요, 아래로는 젖먹이 두 아들이 가족의 전부였다.

아무리 생각하여도, 참으로 난감한 정경이 아닐 수 없었다.

"위태위태한 일이로다."

결국, 어른 중의 노인 한 분이 근심을 이기지 못하고 그렇게 말했다.

그리고 그 근심은, 훗날, 그대로 들어맞고 말았다.

"인력이 지극하면, 천재를 면하나니……."

청암부인이 사무치게 뼈에 새겼던 그 말은, 어찌 보면 사실 인력을 다하지 않았던 시부에 대한 명심(銘心)이었는지도 모른다.

"그런디……."

옹구네가 목에 걸었던 무명 수건 자락으로 이마를 훔치며 평순네를 향하여 말소리를 낮춘다.

평순네가 고개를 이쪽으로 돌린다.

이제 해는 어느덧 중천으로 떠오르고, 들판에 엎드린 사람들의 낯빛도 발갛게 대추같이 익어간다.

평순네의 이마에도 땀이 번질거린다.

옹구네나 평순네는 모두 매안의 아랫몰 물 건너, 한식경이나 벗어난 골짜기 거멍굴에 살고 있는 아낙네들로, 놉이라 할 것도 없이 궂은 일, 잔일 마다 않고 문중에서 허드렛일이 있을 때면 으레 맡아 하였다. 굳이 무슨 몫을 구분하여 일을 하는 것도 아니고, 따로 정해진 새경이 있는 것도 아니었다. 그저 당하는 대로 부스러기를 얻어먹었다.

오랜 세월 전부터 오늘날까지, 고목(古木)의 언저리에 저절로 버섯이 돋아나듯, 반촌(班村)의 그늘에서 그들은 살아왔다.

아마 거멍굴[黑谷]이라는 이름도, 그들의 마을 복판에 검은 덩치로 커다랗게 우그리고 앉은 '근심바우'에서 생겨났다고도 하지만, 한편으로는 남루한 그 옷에서 연유된 것이 아닐까도 싶었다.

밤낮없이 흙밭에서 뒹굴고, 험한 잡일에 식구의 연명을 걸고 있자니, 손톱 발톱을 깎지 않아도 자랄 틈이 없는데, 의복인들 제때에 빨아 입고 지어 입을 수 있으며 간수할 수 있었을까. 그저 몸에 꿰고 나가면 석 달 열흘이 지나도 철이 바뀌기 전에는 누더기가 다 되도록 갈아입지 못하는 것이 보통이었을 것이다.

거기다가, 어떻게 흰 무명옷으로 떨쳐입을 수 있으리요.

거멍물 들인 다섯새 무명 치마폭을, 그나마도 '거들치마'라 하여 몽당 치맛자락을 무릎까지 바짝 치켜 올려 입어야 했으니, 때묻은 고쟁이 속옷이 덜름 바깥으로 드러나 보이기 예사였다.

때깔나게 발등에 찰랑거리는 치마란 상상도 할 수 없었다.

그런데 치맛자락 여미는 데도 법도가 있어, 거멍굴의 아낙들은 모두 상것, 천민이라 오른쪽으로 자락을 둘러 입었다. 그것이 법이었다.

왼자락 치마를 입을 수 있는 것은 반가(班家)의 부인들뿐이었다.

'거들치마'말고는 '두루치'가 있는데, 이것도 폭이 좁고 길이도 짧아 낡아빠진 고쟁이가 드러나기는 마찬가지였다.

그러니, 치마라고 해야 정강이나 덮는 둥 마는 둥이었다.

"새벽 질삼 질기는 년, 사발옷만 입고 간다."

는 민요가 생길 만한 것이다.

"죽고 살고 엎어져서 논 매고 밭 매도 이년의 목구녁에는 보리죽이 닥상이고(마땅하고) 손톱 발톱 다 모지라지게 베를 짜도, 내 평생에 얻어입는 것은 요 사발만헌 두루치 한 쪼가이여."

그것은 항상 옹구네가 내뱉는 한숨에 섞여 터져 나오는 넋두리였다.

그렇게 구차한 의복에다, 몇 백 년을 두고 상민들에게는, 값비싼 주옥과 보패를 지니지 못하게 할 뿐만 아니라, 그 복색에 있어서도 황·자·홍색을 금하였으니, 옷고름짝 반토막 고운 빛이 없어 거멍굴이라고 불리는 것도 무리는 아니었을 것이다.

그러나 이 거멍굴에도 오색이 찬란한 날이 있었다.

이날만은, 아무도 아무것도 이들의 차림새를 간섭하지 않았으니.

형편만 허락한다면 마음껏 꾸미고 입고 온갖 치장을 다 해도 좋았다.

문무 백관 벼슬아치가 입는 사모관대와 신분 높은 부녀자의 예장인 화관, 족두리, 원삼으로 얼마든지 치장할 수 있었다.

그것은 혼례가 있는 날이다. 나라에서도, 혼례만은 인륜의 대사라서 특별히 은사를 내리는 것이다.

어느 누구에겐들 대례청의 청·홍이 휘황하게 느껴지지 않으리오만, 이 거멍굴 사람들에게 찍혀 있는 그 찬란한 빛깔은 일생에 한 번이어서 유독 선명하고, 선명한 만큼 소중하였다.

그것은 옹구네도 마찬가지다. 그네는 언제라도 그날의 이야기를 처음부터 주욱 이야기할 수 있었다. 중간중간에 코를 팽 풀어 가면서.

옹구네의 콧방울이 벌름한다.

"새서방님은 아직도 재양을 안 가셌담서?"

"그러셌다대……."

새서방님이란 강모를 이르는 말이다. 평순네는 지나가는 말로 대꾸를 한다. 옹구네의 목소리가 더욱 은근해진다. 혼인하고 돌아온 신랑이 처음으로 처가에 다니러 가는 것이 재행(再行)인데, 강모가 그 일을 미루고 있다는 소문이 그네를 근지럽힌다.

"어쩔라고 그런디야?"

"그 속을 누가 알겄능가잉?"

"핀지도 안허겟스까?"

"아, 핀지 허실 양반이 그러고 지겟스까잉, 여그서 거그가 머 멫 천 릿질이라고."

갑자기 평순네가 한 다리를 들며 손바닥으로 철썩 내려친다.

"아이구, 이 호랭이 물어갈 노무 거마리."

핏방울이 맺히는 다리에 진흙을 발라 문지르며 그네는 논바닥에 침을 탁, 뱉는다.

"거마리만 없어도 농사짓기 일도 아니지 머. 참, 근디 요새 율촌샌님도 벨라 심기가 안 좋으싱갑대."

옹구네는 옮겨진 못줄을 따라, 뒤로 한 발 물러나며 말한다.

"그 어른은 머 어지 오늘 그러시간디?"

"그렁게 말이여. 왜 대실로 상각[上客] 갔다 오세 갖꼬는 더 무서진 것맹이데. 원래도 그러시기는 허지마는."

"저번에 봉숭 돌릴 때 봉게는 신부댁이서 채리기는 아조 딱 부러지게 때깔내서 걸판지게 채렛능갑드만."

옹구네는, 신부집에서, 신랑상과 상객상에 고였던 음식을 하인 노복들이 끝도 없이 이고 지고 줄을 서서 마을로 들어오던 때를 떠올린다.

입이 벌어지게 긴 행렬이었던 것이다.

"아앗따아…… 겁나데에, 참말로오. 그날 대실서 온 음석들 보고 안 놀랜 사램이 있었이까아? 지체 있는 집안은 달르데잉."

대실에서부터 매안으로 이고 지고 온 그 혼례의 큰상물림 음식들은 봉숭 돌린다고 하여 온 마을에 돌려졌었다.

대소가에는 물론 말할 것도 없이 깍듯하게 한 상씩 보냈으며, 아랫몰 타성바지들에게까지도 인심스럽게 돌아갔다.

호제, 머슴들은 심부름에 땀이 났다.

"대실은 곡성서도 더 한챔이나 내리가는 전라남도 어디라등만, 어뜨케 갖고 왔간디 이렇게 식도 안했이까아?"

"긍게 말이여, 아직도 음석이 따숩그만 그리여."

"아앗따아 그러고, 무신 음석이 그렇게 한 줄로 줄줄이, 정그정서부텀 원뜸 꼭대기까지 허옇게 서서 들고 가겄게 많당가이."

"그렁게 다 부자고 양반이고 안 그렁게비여?"

"겁나데에. 우리 펭생에 자석들허고 꼬약꼬약 배야지가 터지게 먹고 먹다가 죽어도 그만큼은 다 못 먹지 싶으데."

음식은 그러고도 얼마만큼이 남았다던가.

그때, 마을에서는, 음식의 양이 많은 것에도 놀랐었지만 그 솜씨의 알뜰하고도 미려 준절한 품격에 더 감탄했었다.

집성촌(集姓村)으로 자작(自作) 일촌(一村)을 이루고 살아오던 이씨 문중의 마을 매안에도, 서원이 헐리면서 속량이 된 노비가 눌러앉은 것 말고 또 언제부터인가 타성들이 하나씩 둘씩 들어와 살기 시작하였는데, 근년에는 그 수가 제법 늘어서 십여 호를 넘어서고 있었다. 그들은 각성바지로, 거멍굴보다는 조금 더 마을 바짝 양지 쪽에 모여 살았으나, 문중으로부터 온전한 사람 대우를 받지 못하는 것은 당연한 일이었다.

대저, 조상의 뼈가 묻히고 그 혼백이 깃들어 있는 고향을 버리고 떠나와, 남의 문중이 있는 마을에 눈치 보며 얹혀사는 일이란 어느 모로 살펴도 용서받을 수 없는 일이었기 때문이다.

그것은 조상에 대한 무서운 배신이요, 후손에 대해서는 씻을 수 없는 치욕이었으니, 그러한 것을 감당하고라도 고향땅을 등지는 사람이라면, 자기의 근본을 버리고자 하는 사람이 분명하다는 것이었다.

자기의 근본을 팽개치고 버릴 수 있는 사람이란, 설령 상놈이 아니라 성짜[姓字]가 있다 해도 이미 선비는 아니요, 천한 불상놈이나 다름없으며, 그가 스스로 버린 것이 아니라 고향으로부터 버림을 받았다 하면, 그것은 더 말할 것도 없이 사람으로서는 할 수 없고 해서도 안되는 금수(禽獸)와 같은 일을 저질렀기 때문에 쫓겨난 것이 아니겠느냐 하였다. 덕석말이를 당하지 않고서야 웬만한 일로 파문에 이를 리가 없다고 생각하는 것이었다.

그러니, 일문(一門)에서 당하는 파문은, 한 사람의 사람다운 삶을 박탈당하는 것이나 다름이 없었다.

물론 홍수나 천재지변으로 고향을 떠났다 하더라도 대우는 마찬가지였다. 그래서 매안으로 흘러들어온 타성들은, 지나간 시절에 대하여 함구한 채 묵묵히 천역(賤役)을 감당하며 살고 있었다.

그들은 산비탈을 일구어 밭을 가꾸기도 하고, 놉일도 했으며 원뜸의 이씨 종가와 다른 문중 사람들의 논밭을 얻어 부치기도 하였다.

물론 길쌈도 빼놓을 수 없는 생업이 되어 주었다.

처음에는 한 집, 두 집이었으나, 이제 십여 호를 넘으니, 그런대로 그들은 서로 한 덩어리를 이루며 등을 부비었다. 그들도 강모의 혼례 후에는, 모이기만 하면 대실에 대하여 이야기했다.

"청암마님댁보다 가세가 훨씬 더 번창허능갑등만. 소문이 그러데."

"이씨들이 손해 나는 혼인은 안허는 집잉게로. 가문이 있는디?"

"거그는 몇 석이나 헌다간디?"

"소문만 갖꼬는 잘 모리겄등만. 말로는 만 석이라고도 허고, 한 칠팔천 헌다고도 허고 말이여."

"하이고, 그러먼 이쪽허고는 대도 못허게 차가 지능 거이그만잉."

"아매, 한 오천 석은 헝갑데."

"아니여, 말로는, 만석꾼이라든디?"

"만석은 머언…… 말이 만 석이지 만 석 살림이 어디 그리 쉽간디? 옛말에도 만 석 부자는 나라가 알고, 하늘이 낸당 거이여."

"그래도 소문 들응게는 한 오천 석은 헝갑드만 그리여."

"모올라, 우리들이야 어치케 자세헌 내막을 알 수 있당가?"

"그런디 말이여, 그 오천 석이랑 것도 선대쩍 이얘기지 지금은 말만 그런당갑데. 가문만 빛났지 실속은 없다고들 그러데."

"차암, 사람덜 겁없네. 어서 가마니들이나 짜드라고오. 오천 석, 만 석이 무신 지내가는 갱아지 이름이등게비."

"그렇기는 허네. 부지런히 새끼 꼬아서 짚세기라도 한 커리 더 삼어야제. 그 양반네들 재산 타령 해 봤자 머엇에다 쓴당가. 내 땅, 내 논도 아닌디 말이여. 계산 잘허먼 누가 노나준대?"

"참말로……손바닥 반절만헌 논빼미 한 마지기 땅이라도 내 거이라고 이름붙여 보고 죽으먼 얼매나 좋으까……."

"씨잘 디 없는 소리. 눈 깜빡새라도 손모가지 놓지 말고 어서 일들이나 허드라고. 없는 사람은 그저 주딩이가 웬수고 손이 보배여."

한동안은 그렇게 아랫몰이 술렁거리었다. 감탄과 부러움과 한숨이 남모르게 엉기면서 침묵 속으로 가라앉기도 하였다.

그리고 그들은, 그러지 않아도 카랑카랑한 이기채의 기침 소리가 혼행 후에 더 쇳소리를 내며 높아진 것을 들었다.

옹구네가 평순네를 보고 막 무엇이라고 입을 열려는데, 못줄이 위아래로 춤을 춘다. 매달린 색색의 헝겊 꼬리들이 날린다.

엎드렸던 사람들이 못줄 잡은 남정네를 기웃기웃 바라본다.

"새참이요오."

논배미 저쪽에서 붙들이가 목청을 돋운다.

그제서야 사람들은 허리를 펴고 일어서며, 고개를 앞뒤로 돌려 보기도 하고 어깨를 뒤로 젖혀 보기도 하면서 두렁 쪽으로 나간다.

모두들 반가운 기색이다.

안서방네가, 담살이 붙들이를 데리고 바우네와 더불어 내온 새참 광주리 주변에 하나씩 둘씩 모여 앉는 남정네와 아낙네들은, 생각난 듯 배가 출출해옴을 느낀다. 일을 하고 있을 때는 모르다가도, 이렇게 새참 광주리를 보면 한꺼번에 허기가 지는 것이다.

"그나저나, 새서방님 말이여, 그러다가 대실 새아씨도 인월마님짝 나능 거 아닝가 모르겄어."

옹구네는 아까 하려다가 미처 못한 말을 논에서 나오며 평순네에게 한다. 그네는 한번 하고 싶었던 말을 결코 참는 법이 없었다.

"아이고, 벨 소리를 다 허네, 그래사 쓴당가?"

"누구는 머 그러고 싶어서 그러능가? 아, 저렇게 서방님이 안 볼라고 그러시면 먼 디 있는 새댁이 어쩔 거이여?"

"그렇기는 허지, 참말로 인생도 가지가지라. 한 세상 살고 가는 거이 펜헌 사람 어디 있겄능가? 인월마님 정경만 허드라도, 이런 사람 보기에도 참 안되얏등만."

"나 같으먼 도망가 불겄다, 진작에. 사램이 몇 펭상을 산다고 한 세상을 그렇게 살고 만당가? 어디 가서 먼 짓을 못헌다고……."

"아이고메, 그렁게 양반이제이, 개기는 어디로 가? 우리들허고 어디 같당가? 그림자맹이로 그렇게 살어도 벨 수 없는 일이제. 인월샌님은 서울서 자리잡고 아조 거그서 개밍히여 뿌리 내리싱갑제?"

"하아. 소생도 벌써 셋이나 두셌다는디?"

"그리여이!"

천천히 이야기하며 이랑으로 나와, 두 사람이 새참 자리에 왔을 때 사람들은 벌써 한참 밥을 먹고 있는 중이었다.

두부를 넣고 끓인 된장 감자국 냄새가 구수하다.

그새 사발을 비우고 곰방대에 담배가루를 재는 사람도 있다.

붙들이는 술동이 옆에 포개 놓은 흰 사기 대접을 하나하나 내린다.

술동이 위에는 바가지가 떠 있다.

농주(農酒)의 새콤한 냄새가 바람에 실린다.

"붙들아, 니가 율촌마님한티 말씀 좀 잘 디리 갖꼬, 술동우도 한 개 더 내오고, 밥바구리도 한 개 더 갖고 오니라."

담배를 재던 떠꺼머리 걱실걱실한 장정이 붙들이를 보고 지나가는 말처럼, 이런 것은 우스갯소리라는 듯 한 마디 던진다.

아마 그는 생김새로 보아 밥의 양이 많은 사람인 것 같았다.

붙들이가 멋쩍게 웃으며 말하는 쪽으로 고개를 돌려 그를 본다.

춘복이다.

그라면 씨름으로도 이름난 사람이다.

"사발 밑바닥에 붙은 밥 몇 숟구락 먹고 어디 들일 허겄냐, 허리가 꼬부라져서. 보나마나 술도, 입술이나 축이다 말티제."

안서방네는 그런 춘복의 말을 못 들은 체한다. 바우네는 등에 업은 아이를 앞으로 돌려 무릎 위에 앉히고 젖을 물린다.

"천석꾼 만석꾼 부잣댁이서 멋 헐라고 이렇게 밥을 애끼능고."

춘복이는 기어이 할 말을 다 한다.

다른 사람들은 묵묵히 밥을 먹으면서 아무도 말에 끼어들지 않는다.

밥을 담아내온 대소쿠리도 비고, 술동이도 비었을 때, 안서방네와 붙들이, 바우네는 빈 그릇들을 챙겨 일어섰다.

"욕보시겄소잉."

안서방네가 인사말을 하며 광주리들을 이고는 논배미 저쪽으로 사라져 가고 난 다음에야, 더는 못 참겠다는 듯이

"아이구 이노무 자석아, 너는 왜 그렇게 말을 못 참냐. 못 참기를."

하고 중늙은이가 채 못되어 보이는 공배가 춘복이 주둥이를 쥐어박는 시늉을 한다.

"하앗따, 머, 그런 말도 못허고 산다요? 입은 뒀다 머에다 쓸라고. 말이사 바로 말이지, 새참이라고 어디 애들 장난맹이로 한 숟구락씩 엥게 주먼, 그께잇거 머, 한 볼때기 깨물고 말 것도 없는디."

"그래도, 배 곯아서 일 못허든 안헝게 그렇게 입바른 소리 자꼬

해쌓지 마라. 그래서 좋 거 하나도 없응게에."

공배는 힘을 주어 한 마디씩 한다.

"멩심히여."

그래도 못 미더웠던지 말끝을 누르며 그는 한 마디를 더 거든다.

그러자 옆에서 옹구네가 나선다.

그네는 나서기를 무척 좋아하는 아낙이다.

"그 전에 청암마님 살림허실 적으는 안 그랬다고요. 그 어른이야 참말로 대처에 밝으시고 훠언허시지요. 아랫사람 다둑거릴 지 아시고, 천헌 것들 불쌍헌 지 아시고, 그때는 차암 등 따시고 배 불렀는디……."

옹구네의 음성에는 타령조가 섞여 있다.

청승스럽다.

"지금은 머 굶어 죽능가? 율촌마님이라고 머얼 얼매나 인색허시간디? 우리한테만 그러싱 거이 아닝게비여. 당신이 입고 잡숫는 것도 그렇게 규모가 짱짱허고 검소허싱게."

아무래도 공배는, 이렇게 새참 뒤끝에 둘러앉아 그 댁의 인심 공론이나 하고 있는 것이 마음에 걸리는 것 같았다.

"말도 말어. 이런 년은, 먹을래도 먹을 거이 없응게 못 먹지마는, 아그런 부잣집이서 무신 마늘이 귀헐 거잉가? 썩어나는 거이 마늘이제잉. 그런디도, 저어번 날 봉게는 마늘 한 쪽을 갖고, 칼로 딱 반 토막을 내능 거이여. 멋 헐라고 그렁고, 암 말도 안허고 넹게다 봤제. 그것을 낮에 양념으로 반절 넣고는, 두었다가 저녁판에 그놈 남은 반절을 양념에 넣드라고오. 징해라."

옹구네는 몸서리를 쳐 보인다.

"옛말도 안 있능갑네. 굳은 땅에 물 괸다고 안허등가. 그렁게 그렇게 큰 살림을 허시겄제잉."

이번에는 평순네도 끼어들었다.

춘복은 칫, 하고 논배미 쪽에 침을 뱉더니,

"시상도 마얂이 달라졌단디, 머이 어뜨케 달러졌능가 휘이 귀겡이나 한번 댕게오까아? 속 터진다."

하고 하늘을 올려다본다.

"야 좀 봐. 달러지기는 먼 놈의 시상이 달러진다냐? 뒤집어지든 엎어지든 상놈의 신세는 벤헐래야 벤헐 거이 있어야제잉? 농사철 당해서 매급시 맘 들뜨지 말고 두렛일 소홀허게 말그라. 잉?"

공배가 끝까지 춘복의 말꼬리를 쫓으며 으름장을 놓는다.

"제엔장헐 놈의 시상. 다 똑같은 사람으로 났는디, 쌔 빠지게 일허는 놈은 죽어라 일만 허고, 할랑할랑 부채 들고 대청마루에 책상다리 앉었는 양반은 가만히 앉은 자리에서 눈만 멫 번 깜작이면 멫 천 석이니, 먼 놈의 시상이 이렁가아. 생각을 숫제 안해 부러야제, 생각만 조께 허먼 기양 속이 뒤집어징게……."

"허허어, 춘복아. 너 또 왜 그러냐아…… 내동 암 말도 않고 소맹이로 일만 잘허드니, 무신 바램이 또 너를 헤젓는다냐."

"아, 내가 이 나이를 먹어 갖꼬, 힘 좋겄다 머엇이 아숩다고 논바닥에 처백혀 갖꼬는, 새참 밥 한 그륵 갖꼬 가이내들맹이로 이러고 저러고 허니 속이 좋겄소? 에린 것 붙들고."

"씨가 다릉게 안 그러냐? 씨가……."

공배의 그 말에 춘복의 눈꼬리가 위로 찢겨 올라간다.

"씨? 씨가 머이간디? 일월성신이 한 자리 뫼야 앉어서 콩 개리고 팔 개리디끼 너는 양반 종자, 너는 쌍놈 종자, 소쿠리다가 갈러 놓간디? 그리 갖꼬는 땅 우에다가 모 붓는 거여? 그렁 것도 아닌디, 사람들이 이리저리 갈러 놓고는 양반은 양반노릇 허고, 쌍놈은 쎄가 빠지고 안 그러요? 그거이 머언 씨 탓이라요?"

"그래도 그렁 거이 아니다. 다 전상[前生]에 죄가 많어서 이승에 와, 갚고 갈라고 이 고상을 안허냐. 속에서 치민 대로 말을 다 헐라면, 쎗바닥이 칭칭 필로 갱겨 있드라도 다 못 풀제잉. 바깥으로 풀어내면 일도 안되고 화만 부르능 거잉게에 속으다 또아리를 지어서 담어 놔라. 인자 이러고 참고 살자면 이담에 존 시상도 오겄지."

공배는 담배 연기를 풀썩 뱉어낸다.

연기의 그늘이 얼굴에 어룽거리다가 흩어진다.

옹구네는 막막한 심정으로 들녘을 바라본다.

들판은 아득한 연두 물빛이다.

거기다가 막 씻어 헹군 듯한 햇살이 여린 모의 갈피에 반짝이며 숨느라고 여기저기서 그 물빛이 찰랑거린다.

옹구네는 이도 저도 다 귀치않고, 그저 한판 늘어지게 잤으면 싶었다. 그래서 하늘로 고개를 젖히고 입이 찢어지게 하품을 한다.

해도 해도 끝이 없는 일 구더기 속에 파묻혀 한평생 지낼 일이 순간 아득하게 느껴지는 것이다.

바로 며칠 전, 마을에서 대(大)두레의 농악을 울릴 때는 참 좋았었지. 날마다 그날만 같으면 오죽이나 좋을꼬.

지금도 옹구네 귀에는 그때의 농악 소리가 개갱갱갱거리는 것 같았다. 어깨까지도 들먹여지는 소리가 아니었던가.

그 두레를 시작하는 날의 농악만은 양반과 상놈의 구별이 무너지고, 주종이 한 자리에 어울려들 수 있었던 것이다.

종가나 문중의 부농들은, 두레에 들어도 직접 모내기에 나서지는 않았다. 대신 머슴과 품꾼들이 맡아서 했다. 그렇지만, 문중에서도 중농 이하가 되는 집은 농사 일을 손수 하지 않을 수 없었다. '않을 수 없었다' 고 말하는 것은 어폐가 있을까.

사실 조선조에 엄격한 신분 계급으로 사·농·공·상이 있었다 하나, 지금에 이르러 사와 농은 구분하기가 매우 어려워졌다.

나라가 망하여 일본의 속국이 된 지금, 어디 출사(出仕)하여 벼슬을 할 조정도 없거니와, 정자관 쓰고 들어앉아 글만 읽을 풍류 세월도 아니었던 것이다.

그러니, 문중에서도 웬만하여 머슴들과 삯꾼으로 농사를 할 수 있는 집이라면 모르지만, 여의치 않은 집에서는 논밭에 직접 나서서 일을 하였다. 그러나 책을 읽고 서안을 대하거나, 일이 있어 큰 갓을 쓰고 출입을 할 적에는 다시 선비의 모습으로 돌아가는 것이었다. 자연히, 사와 농은 경우와 때에 따라서 분리된다고나 할까.

아무리 그렇다고는 하지만, 가세가 넉넉지 못하여 그 자신이 손수 논밭에 나서서 땀을 흘리는 일은 광영스러운 일은 아니었다. 문중에서도, 타성들도 축에서 빠지는 이들을 경시하는 경우가 많았다. 거기다 빈농에 이르러서랴.

"오루꿀양반, 장구 치는 솜씨 한번 휘들어지등만."

옹구네는 논배미 저쪽에서 못줄을 보고 있는 기응을 보고는 평순네에게 말을 건넨다.

두레가 시작되던 날의 농악은 대단했었다.

일에 따라 일손끼리 소(小)두레도 짤 것이지만, 모내기는 농사 중에 가장 중요한 일이라, 마을 전체가 공동으로 대두레를 짜는 것이다.

두레를 짜면 모내기 할 순번을 정하는데, '못날 받는다'고 한다.

그 못날을 받은 다음, 쟁기질 할 일이 많은 첫번째 집의 모내기를 시작하기 전에, 마을의 모정(茅亭)앞 공터에서 하루 온종일 농악을 하며, 새로 시작할 일을 위하여 축수하는데, 그것이 볼 만하였다.

마을 전체가 들썩이며 울리게 되는 농악의 꽹매기 소리가 산천을 두드리며 절정에 오를 때, 온 마을 사람들은 한 덩어리로 어우러지고, 종가에서는 푸짐한 술과 음식을 모정으로 내보냈다.

으레, 첫번째 모내기는 종가의 것을 하였다.

'두레'란, 서로 서로 개인적으로 품을 맞바꾸는 '품앗이'하고는 일의 성질부터가 달랐다. 한 마을의 성년 남자 전원이 의무적으로 참가하는 이 두레는, 경작할 땅의 많고 적음이나 자타의 구별도 없이 공동으로 일을 한다. 품이 열 개 드는 집의 일을 하게 되었을 때, 그쪽에서 미안해하며 술과 담배를 내놓고 인사를 닦기도 하지만, 굳이 그런 염려는 안해도 된다. 행수(行首)와 도감(都監)의 지휘 아래 일사불란, 그냥 내 일 네 일 없이 함께 한 동아리가 되어 움직이고, 드디어는 맨 마지막 집까지 모두 똑같이 일하고는 끝내기 때문이다.

거기에, 뼈 빠지게 농사지어 누구 좋은 일 시키는고, 싶은 마음 같은 것은 끼어들 틈도 없다. 사람과 사람, 사람과 흙이 한 덩어리였다.

그저 다만 풍년을 간절히 바랄 따름이고, 날씨가 알맞기를 축수하며, 이렇게 너나없이 한 덩어리가 되어 매끌한 논바닥에 모를 꽂을 때, 손끝으로 전해지는 이상한 뿌듯함이 몸을 채우는 것이다.

'농자천하지대본(農者天下之大本)'의 농기 깃발을 호기롭게 펄럭이며 농악대가 동네 모정 앞에 모였을 때, 사람들은 그 날씨의 화창함과 울리는 소구 · 장구 소리에 진심으로 이제부터 시작되는 농사일이 부디 순탄하기를 빌었었다.

그날, 상쇠 · 상소고 · 상버꾸 · 상무동을 섰던 사람들도, 징과 꽹과리 · 장구 · 북을 두드리던 사람들도, 그렇게 신명나게 날라리 호적을 불던 사람들도, 몸에 감았던 청홍의 띠를 벗어 놓고, 지금은 오로지 모내기에 열중하고 있다.

얼마나 즐거웠던가.

논갈기를 필두로 가래질 · 써레질에 못자리하기 · 볍씨치기 · 거름주기 · 피고르기 · 모찌기 · 모심기, 그리고 콩심기며 논김매기 · 풀하기 · 벼베기 · 볏단 주워묶기 · 굉이기 · 타작, 거기다가 흥겨운 방아찧기 · 새끼꼬기 · 가마니치기 등을 있는 대로 흉내내며 농악대의 쾌자 자락이 휘날릴 때, 열두 발 상모가 푸른 하늘에 그리던 갖가지의 하얀 무늬는 또 얼마나 경쾌하고 절묘하였던가.

거기다가 여장을 한 무동들이 다섯이나 나와서, 삼베 길쌈하는 흉내를 어찌나 앙징맞게 하는지, 그만 복장을 쥐어 잡고 웃게 하였던 것이다. 그들은 쪼개기 · 삼삼기 · 삼뭉치기 · 물레질 · 감는 돌개질 · 익히기 · 푸는 돌개질 · 날기 · 베매기 · 짜기 · 빨래하기 등등의 시늉을 감치게도 잘 해내어, 보고 있던 아낙들은 눈귀에 질금질금 눈물이 번질

지경이었다.

그럴 때의 아낙들은, 집안에서 바깥쪽으로는 얼굴도 돌리지 않고 왼자락으로 치마를 여며 입는 반가의 부인으로 태어나지 못하였다 할지라도, 이렇게 한평생 농사짓고 베틀에 앉아 손톱 발톱이 닳아지도록 베만 짜며 살다 가는 것이 조금도 원통하지 않은 것이다. 원통하기는커녕 웬일인지 감사하고 까닭 모르게 벅차오르는 것이었다.

그것은 기응도 마찬가지였다. 그는, 비록 종가의 종손이 된 이기채와 동복의 형제였으나, 그것과는 관계없이 얼마 안되는 두락의 농토를 소중하게 아끼고 경작하였다.

"동생 주변도 알아 주어야 허네. 어찌 그리, 앉은 방석을 못 돌리고 매양 그렇게 근근헌 생활을 벗들 못허는고?"

일찍이 전주와 남원을 무시로 출입하며 기민하게 움직이던 중형(仲兄) 기표는 기응을 핀잔한 일이 한두 번이 아니었다.

"태어날 적에는 한 어버이 속에서 동복으로 낳았건만, 장형께서는 가문의 종손이 되시고, 하루아침에 천만석꾼의 상속자가 되지 않으셨는가. 헌데, 우리라고 이렇게 찌그러진 논밭 뙈기나 주무르며 살다가 말란 법이 있는가? 그럴 수는 없지 않느냐고. 일찍이 선친께서는 본디 문약(文弱)허신 분으로 우리 형제한테 무슨 변변헌 재산도 못 남겨 주셨지만, 그때 세상에는 또 그것이 별 흉도 아니었어. 허나, 지금은 세상이 달러. 이제 두고 보아. 앞으로는 재산 있는 사람이 양반이 될 것이야. 돈이 양반이란 말이지. 동생도 물정을 좀 깨쳐야겄네. 스스로 미처 못 깨쳤을 때는, 가르쳐 주는 대로 따라오기라도 해야지."

기표는 목소리를 누르며 말했다.

그는, 본디 그의 부친 병의씨로부터 물려받은 문장(文章)과 필재(筆才)가 남달랐다. 거기다가 명석, 민활하였다. 그리고 일찍부터 외처(外處)의 바람을 많이 쐰 탓인지, 현실에 적응하는 것도 그만큼 빨랐다. 그 눈의 형형함은 장형 이기채에 못지 않았다. 그러나 이기채의 눈빛이 강단과 집념에 빛나고 있다면, 기표는 날카롭게 꿰뚫어 보는 것 같다고나 할까. 작고 가늘면서도 각이 진 눈의 안광은 차가웠다. 사람들은 아들 강태가 꼭 아버지를 닮았다고도 하였는데, 그 눈빛은 때때로 남모르게 번쩍이며 푸른 빛을 띠었다.

거기다가 이기채의 깐깐하고 작은 체수에 비하여, 기표의 풍채는 시원하고 늠연(凜然)하였다.

그래서 사람들은, 자칫 그의 풍채와 혈색 때문에, 그 눈이 뿜어내는 각이 지고 날카로운 푸른 빛을 놓치고 잊어 버리는 것이다.

이기채는, 기표를 옆에 두고 오른팔처럼 썼다.

타지에 나갈 일이 있으면, 큰일이건 작은일이건 기표를 불렀다. 기표는 얼마든지 기꺼이 응했다. 응할 뿐만 아니라 먼저 나서기도 했다. 항상 몸에서 바람 소리가 나는 기표로서는 기응의 처신이 못마땅하여 혀를 차는 일이 많을 수밖에 없었을 것이다.

기응은 그런 것에는 괘념하지 않았다.

"다 분복대로 사는 것이지요."

그렇게 대답할 뿐이었다.

"사람의 일이란 그런 게 아니야. 옛말에도 있듯이, 무는 개를 돌아보고, 우는 애기 젖 준다고, 사람 스스로가 자기 일을 경영해야지 어디 감나무 밑에서 입 벌리고 누워 있는다고 감이 떨어지는가?"

"감을 욕심내지 않으면 마음이 초조헐 것도 없지요."

"허허어, 이 사람 말허는 것 좀 보아. 동복의 삼형제가 각각이 다 다르니 무슨 속을 터놓고 어디다 무슨 말을 헐 수가 있어? 꿍꿍 앓드래도 나 혼자만 답답헐밖에."

기응은 묵묵히 일손을 놀리고 기표는 뒷짐을 진 채로 서성거렸다.

"밖에서 이러면 안에서나 기민해야지. 이건 안팎이 쌍으로 똑같은 성품이니."

새끼를 꼬거나, 가마니를 짜거나, 마당에서 덕석을 말아올리는 기응의 뒷등을 바라보며 기표는 혀를 찼다.

'안'이란 오류골댁을 이름이다. 오류골댁 또한 기응이 하는 일과 별반 다를 것 없는 일들을, 별 큰소리도 없이 묵묵히 할 따름이었으므로 기표의 눈에는 그렇게 비쳤을 것이다.

논바닥에 엎드린 햇빛에서 놋쇠 익는 냄새가 난다.

탱그르르 소리가 울릴 것도 같다.

그것은 흡사 장구의 울음통에 터질 듯이 차 있는 소리와도 같았다.

대나무를 깎아서 만든 궁글채·열채, 그 장구채로 바람처럼 건드리기만 하여도 저절로 울리는 오묘한 음향을, 지금 익을 대로 익어서 벌어지고 있는 뙤약볕 속에서 듣는 것이다.

장구통이야 오동나무로 만든 것이 제일이라고 하지만, 그것보다는, 햇살 좋은 양지 쪽에서 자란 홍송(紅松)을 따르랴. 몸이 무르고 결이 고와 비단 같은 그 소나무는 무겁고도 부드럽다.

산속에서 뿌리 뻗고 자랄 적에는 어디 무슨 소리 같은 것을 가두어 둘 만한 우묵한 곳도 없는 것이, 일단 장구로 몸을 바꾸기만 하면 어찌 그리 신통한지.

뙤약볕은 장구통이다.

기웅은 장구채를 든다.

손끝에서인가, 장구통에서인가, 아니면 햇빛 속에선가, 그도 아니면 기웅의 마음이 차올라 저절로 울리는 것인가.

농익은 사월의 달디단 공기를 두드리며 홑가락 겹가락이 경쾌하게 터져 나온다.

정저궁자그
정저궁자그
징그징그 정저궁자그 정저궁자그
궁자궁자그 구궁구궁 궁자궁자그

순간, 기웅이 잡고 있는 못줄이 팽팽하게 당겨진다. 저쪽에서 힘을 주는 모양이었다. 일을 시작할 때가 되었다는 신호이기도 하다. 못줄에 매달린 색색의 헝겊들이 춤을 추듯이 흔들리며 팔락거린다.

어느새 못줄은 장구채가 된다.

정저궁자그
징그징그 정저궁자그 정저궁자그

사람들도 이제 쉴 만큼 쉬었는지, 괴춤을 추기면서 하나씩 둘씩 일어서서 논으로 걸어 들어온다. 물 소리가 철벙철벙 난다.

마을의 집집들은 비어 있다.

그 적막한 대사립문을 녹음이 그늘을 드리워 닫아 준다.

기응은, 갈아 놓은 면화와 수수·동부·녹두·참깨의 모들도 이번 비에 흥건히 물을 먹었으리라고 생각한다.

아마 강실이는, 집 뒤의 뽕밭에 여린 잎을 따러 나갔을 것이다.

한잠 자고 일어나는 누에는 하루에도 열두 밥을 먹으니, 밤낮을 쉬지 말고 부지런히 먹여야 한다.

"뽕을 딸 때는, 아무렇게나 손에 잡히는 대로 따지 말고, 뒷그루를 살펴 줘야 헌다. 뒷날에 움이 새로 돋을 자리를 다치면 안되지. 말라버린 가지는 찍어 주고, 새 순에서 핀 햇잎을 골라, 뒤로 젖혀서 따라. 뽕잎 하나라도 그것이 다 목숨 있는 것이니 함부로 상허게 허지 마라."

봄에 짠 봄나이 필 무명을 빨래하여 볕에 바래던 오류골댁은 뒤꼍으로 돌아가는 강실이에게 그렇게 일렀을 것이다.

기응은 못줄을 옮겨 꽂으며, 논의 도랑을 치고 물길을 내야겠다고 생각한다. 지붕에 비 새는 곳은 미리 개와(蓋瓦)를 해 두어야, 곧 닥쳐올 장마철의 음우(陰雨)도 막아 낼 것인데. 꽃 피고 새 닢 나면 벌통에 분봉(分蜂)한 벌들도, 새 통에 옮겨 주어야 한다.

기응의 귀에는 꿀벌들의 닝닝거리는 소리가 햇발에 섞여 감미롭게 들린다. 여왕벌 하나를 모시고, 있는 힘을 다하여 꿀을 물어 나르며 자기의 직분과 의리를 다하는 평화가 그대로 전해진다.

기응은 고개를 들어 바람을 마신다.

# 5 암담한 일요일

"흥, 애국금자탑?"

강태는 차락 차락 소리를 내며 넘기던 책장 한 끝에 눈을 박고는 비웃음을 날린다. 음성 끝이 꼬여서 뒤집힌다.

"누구를 위한, 누구의 애국이란 말이야? 쓸개 빠진 놈들."

"뉘 쓸개요?"

침 뱉는 목소리를 받아 강모가 묻는다.

"이 따위 책을 만드는 놈과, 이런 글을 쓰는 놈들이지."

"뭔데 그래?"

"아주, 고직구(고딕)로 제목을 뽑았어요."

이것 봐라, 이것 봐.

내던지듯 강모의 턱밑까지 치켜올려 들이대 준 책의 첫머리에는, 아닌 게 아니라 시꺼멓고 굵은 글씨로 제목을 삼아

"愛國金子塔(애국금자탑)"

이라 박혀 있고, 이어서 부제로

"銃後(총후)의 半島(반도) 獻金(헌금) 三百萬圓(삼백만원)"

이라고 붙어 있었다.

"총후…… 라니?"

"후방도 전선이라는 말 아니냐?"

"그래, 조선 반도에서 소위 애국 헌금이 삼백만 원이나 모금되었다는 거요? 이런 거금이……?"

"읽어봐라, 좀."

北支事變(북지사변)이 勃發(발발)한 以來(이래) 軍(군)을 爲始(위시)하야 各方面(각방면)에 殺到(쇄도)하는 國防獻金(국방헌금)恤兵慰問金(휼병위문금)은 莫大(막대)한 金額(금액)에 達(달)하고 잇는데 總督府(총독부) 調査(조사)에 依(의)하면 十月末(시월말)까지 僅(근) 三個月(삼개월)에 全半島(전반도)로부터 모인 國防獻金(국방헌금)은 朝鮮軍(조선군)과 龍山師團(용산사단)에 二百三十四萬六千圓(이백삼십사만육천원)이외에 總督府(총독부)를 通(통)하야 한 獻金(헌금)을 合(합)하면 約(약) 二百五十四萬六千圓(이백오십사만육천원)에 達(달)하야 其他(기타) 愛國飛行機(애국비행기) 十四機(십사기)와 多數(다수)의 高射機關銃(고사기관총) 諸軍事器材(제군사기재)도 獻納(헌납)이 되여 잇다.

"어이구, 대단하네."

"그게 말이 좋아 헌금이지 순전히 조선 사람들 기름을 짜 갈취한 것 아니겠냐?"

"그러니까, 북지사변이 발발한 이래, 군을 위시하여 각 방면에 쇄도하는 국방헌금과 휼병위군금이, 지난 삼 개월 만에 전 조선 반도로부터 용산사단으로 모인 것이 물경 이백삼십사만 육천 원, 그리고 총독부를 통해서 들어온 것이 이십여 만 원, 도합 이백오십사만 육천 원이라는 거지?"

"거기다가 애국비행기 열넉 대, 고사 기관총 다수, 외에도 여러 가지 군사 기재가 헌납되었다는 말을 열심히 써 놨잖어."

"고사 기관총이 뭡니까?"

"항공기 쏘는 데 쓰이는 기관총이지."

강태는 천장을 향하여 조준하는 자세로 앙각을 지어 보인다.

"더 읽어 봐. 점점 더 가관이니까."

또 恤兵慰問金(휼병위문금)도 朝鮮軍事後園聯盟(조선군사후원연맹)에 約(약) 五十萬六千圓(오십만육천원), 朝鮮軍並師團(조선군병사단)에 約(약) 二十三萬二千圓(이십삼만이천원), 合計(합계) 七十三萬八千圓(칠십삼만팔천원)으로, 이들 半島人(반도인)의 適性(적성)을 말하는 淨財(정재)는 實(실)로 三百二十八萬四千圓(삼백이십팔만사천원)에 達(달)하고 잇다.

또 이박게 現金(현금) 以外(이외)에 慰問袋(위문대)가 十一萬四千個(십일만사천개) 其他(기타) 慰問品(위문품)도 三十萬點(삼십만점)에 達(달)하엿다고 한다.

"도무지 얼른 계산이 안되네."

읽다 말고 어이가 없어, 강모는 실소를 했다.

"어디 한번 적어 볼까? 이 엄청난 어릿광대짓 놀음비용을.

"강태가 백로지 한 장을 뒤집는다.

조선군사후원연맹 약 50만 6천 원

조선군병사단 약 23만 2천 원

합계 약 73만 8천 원

"이들 반도인의 참된 정성을 말하는 깨끗한 재물이 실로 삼백이십팔만 사천 원에 달하고 있다? 아까 것까지 합해서 말이지?"

"또 있잖아요? 현금 이외에."

위문대 11만 4천 개

기타 위문품 30만 점

"그것뿐이냐? 경기도 수원군에서는 양성관이란 작자가 주도해서 비행기값 걷는 데 앞장을 서 가지고, 볼 만한가 보더라."

愛國機(애국기) '水原號(수원호)'

京畿道(경기도) 水原郡(수원군)에서는 梁聖寬氏(양성관씨) 外(외) 三名(삼명)의 發起(발기)에 依(의)하야 愛國機(애국기) '水原號(수원호)'의 獻納運動(헌납운동)을 이르키고 잇는데 去(거) 九月(구월) 二

十一日(이십일일)의 勃起人會(발기인회) 席上(석상)에서 一萬四千圓(일만사천원)의 獻金(헌금)이 모힌 以來(이래) 豫定額(예정액)이든 四萬七千圓(사만칠천원)을 넘기엇슴으로 許郡守(허군수)가 代表(대표)하야 一前(일전) 軍司令部(군사령부)를 訪門(방문), 陸軍機(육군기) 一機(일기)의 獻金手續(헌금수속)을 발벗다. 더욱 七千圓(칠천원)의 殘餘基金(잔여기금)으로 다시 海軍機(해군기)를 獻納(헌납)코저 運動(운동)을 이르키고 잇다.

"굉장하군, 굉장해."

"이건, 자진 열성파들 작태지. 오죽했으면 비행기 한 대 값 예정이던 사만 칠천 원을 훽 초과해서 칠천 원이나 더 걷혀 버렸을까. 기가 막힐 일이지. 정말 기가 막힐 일이야. 과잉충성에 날뇜을 놈들."

"그 칠천 원으로는, 다시 해군기를 헌납코저 모금 운동을 일으키는 기금으로 삼겠다는데?"

"쥐 같은 놈들."

"아직도 끝이 안 났어. 헌금 이야기는 더 있는데요?"

강태가 벌떡 일어선다.

"너 혼자 읽어라. 나는 간다."

"아니, 왜? 더 있다 가지요."

엉거주춤 따라서는 강모를 남겨 두고, 강태는 언제나처럼 칼로 자르듯 바람 소리를 일으키며 뒤도 안 돌아보고 나가 버렸다. 강태는 강모한테 놀러 왔다가도 갈 때는 느닷없을 만큼 순식간에 사라진다. 강모는 항상 그런 강태의 모습에 무춤해서 망연해지곤 하였다. 강모는 무렴을 지우고자 아까 읽던 책을 다시 펼친다.

京畿道(경기도)서만 百萬圓(백만원)

事變(사변) 勃發(발발) 以來(이래) 京畿道(경기도)와 管內(관내)의 府郡(부군) 警察署(경찰서)를 通(통)하야 道民(도민)으로부터 獻納(헌납)된 愛國機關銃(애국기관총), 防空器材費(방공기재비)와 皇軍(황군) 慰問金(위문금)은 合計(합계) 百四萬一千圓(백사만일천원)에 達(달)하엿다.

온 나라 조선 강토가 열성적인 애국심에 불타 오직 일본을 위한 헌금에 몸 바치고 있는 것 같은 글이었다. 그것은 드디어 한 여학생의 편지를 정점으로 애절하게 북받쳤다.

將兵(장병)을 울닌 女學生(여학생)의 便紙(편지)

日支事變(일지사변)과 半島(반도)의 赤誠記(적성기)

얼마 전에 피로 물드린 일장기(日章旗)를 진정하야 만인을 감동식힌 강계공립보통학교에 또 총후의 미담.

어린 정성의 결정인 마흔일곱 장의 센닌바리(千人針)를 앞에 노코 헌병 분대장을 위시하야 감격의 눈물을 흘니게 한 일이 잇다.

그 모든 사정은, 교장에게 보낸 다음의 의뢰문(依賴文)에 의하야 알 수 잇다.

교장 선생님.

장절하다고 할는지, 용맹하다 할까요, 포악무도한 지나(支那) 병정과 싸우는 무적 황군(皇軍) 용사들의 용감한 전투를 선생님에게서, 신문에서, 라디오에서 듯고, 우리들은 황군 병정들에 대한 보은 감사의 마음을 금할 수 업습니다. 그리고, 아름다운 일본에 난 것을 마음으로 깁버하며 행복으로 생각합니다.

이와 갓치 아모러한 걱정 없이 공부할 수 잇는 것을 생각하면 자연 머리가 숙으러집니다.

사변 이래, 전 반도(全半島)에서도 많은 센닌바리를 보내엿습니다.

누구이든지 모다 웃는 얼골에도 비장한 결심이 보이엿습니다.

그래 센닌바리를 보낼 때마다 우리들도 무엇을 하여야 하겠다는 마음이 불갓치 이러낫든 것입니다.

그러나 우리들은 녀자이고, 보통학생입니다.

우리들도 할 수 잇는 일이 없는가 여러 가지로 생각하야 보앗습니다만 조흔 생각이 나지 안엇습니다. 그리하든 중, 어느 때 선생님께 어느 학교 생도들이 매일 아침 일즉 니러나. 신사(神社)에 가서 황군의 무운장구(武運長久)를 기도한다는 말삼을 드럿습니다.

그래 우리들은, 그러한 것이면 우리들도 할 수 잇다고 생각하고 그 잇흔날 아침부터 신사에 모여 황군의 무운장구와 일본 국민으로 난 감사한 마음으로 참배하고, 지성껏 신사 소제를 실행하기로 결정하였습니다.

그리하는 중 싸흠은 점점 더 커져서 병정들의 고난은 일층 더하야, 저 황군의 눈물겨운 전투 상황과, 어린 보통학교 생도들의 열성을 매일갓치 선생님에게서 듯고 신문에서 보앗습니다.

그리하야 우리는, 신사참배만으로서는 안되겠다고 생각하고, 자치회 때, 우리들이 일하야 번 돈으로 센닌바리와 위문주머니를 만들어 보내자고 약속하엿습니다.

그 말을 선생님께 엿주었드니

'참 조흔 일이니 최후까지 그와 갓흔 성심으로 하야 봅시다.'
하시고 대단 깁버하시면서 여러 가지로 격려하야 주시엿습니다.

그래 우리들의 결심은 점점 더 강하야졌습니다.

그 다음부터 우리 교실의 한 모퉁이에는 삐루 병과 사이다 빈 병이 하나둘 모여지기 시작하엿습니다.

그러나 생각하는 대로 많은 돈이 모여지지 않엇습니다.

그리하야 우리는 어느 월요일 날 틈을 리용하야 모다 각각 호미를 갖고 산으로 갓습니다. 산에 가서 도라지를 캐엿습니다.

그때 날은 퍽으나 더웠습니다. 모도 다 땀을 흘리며 열심으로 각각 자긔 것을 모으니 겨우 한 바겟쓰가량 되엿습니다.

하로에 모은 것이 한 바겟쓰나 되니 다 깃거워하며 학교로 도로가 손과 발을 깨끗하게 싯첫습니다.

잇흔날은 그것을 팔러 나갓습니다.

대동병원으로 가니, 고맙게도, 십 전 어치 되는 것을 일 원이나 주었습니다. 우리들은 깁버하면서 학교로 달녀갓습니다.

그리하여 그 돈을 선생님에게 맛기고 그 다음에 또 며칠 동안, 집집이 도라다니며 리유를 말하고는, 헌 잡지, 신문, 빈 병 등을 어덧습니다. 오후에 나갓든 터이라 밤이 되어서야 도라왔습니다.

우리의 손에는 빈 병이, 세 개 네 개씩 들리워졌습니다.

그리고 신문지를 판 돈이 사 원이 넘게 되니 우리는 너무도 조하서 선생님을 둘너싸고 깁버 뛰엿읍니다.

이러케 모흔 돈이 오 원이 넘는지라

'인제 한 사람이 일 매(枚)식의 센닌바리도 될 수 있소. 참으로 수고들 하엿소.'

이러케 선생님이 말씀하셧슬 때는 참으로 여간 깁부지 안었읍니다. 그날부터 우리는 센닌바리를 시작하여 하로 밧비 우리 용사들에게 보내려고 장터로, 또는 여러 가정으로 도라다니며 참마음이 싸힌 한 바눌, 한 바눌을 꿔여매 바쳤읍니다.

皇國臣民(황국신민)의 誓(서)

1. 우리는 皇國臣民(황국신민)이다. 忠誠(충성)으로써 君國(군국)에 보답하련다.
2. 우리 皇國臣民(황국신민)은 서로 信愛(신애) 協力(협력)하여 團結(단결)을 굳게 하련다.
3. 우리 皇國臣民(황국신민)은 忍苦(인고) 鍛錬(단련), 힘을 길러 皇道(황도)를 선양하련다.

강모는 보던 책장을 덮었다.

탁, 소리가 나게 덮은 책을 방 구석으로 던져 버리고, 앉은 자리에서 그대로 미끄러지듯 드러누웠다.

오른팔로 머리를 받친 채 물끄러미 장지문 쪽을 바라본다. 아자(亞字)살창에 투명한 햇살이 밀려와 있었다.

창호지가 하얗게 눈이 부시다.

며칠 전, 하숙의 부인이 문짝을 떼어 내다가 물을 발라 벗겨내고 새로 바르더니, 아직도 방안에는 갓 바른 풀냄새가 은근하게 떠 있다.

강모는 손가락으로 창호지를 퉁겨 본다. 탱탱하게 탄력 있는 문종이에서 둥 둥 소리가 울린다. 멀리서 들려오는 북소리 같다. 그러나 그 소리에는 서글픈 여운이 남는다

……우울한 시대. 우울한 인생.

강모는 저도 모르게 속으로 중얼거린다.

낮은 구름이 비를 머금은 것처럼 축축하고 무겁게 강모에게로 덮여오는 것을 느낀다.

바깥은 쾌청한 날씨 같은데, 그는 발끝부터 적시워 오는 구름의 습기 때문에 전신이 후줄근해지고 있었다.

베개를 하고 있는 팔도, 물 먹은 솜같이 무겁다. 도무지 자기의 한 몸이 천 근 같다. 그러다가도 이 한 몸, 흔적도 없이 형체도 없이 스러져 버릴 것만 같다. 흡사 안개나 연기처럼.

어쩌면, 얼었던 산 비탈의 황토흙이 해토(解土)가 되면서 버슬버슬 부스러지며 무너져내리듯, 몸뚱이가 그렇게 흐무러지는 것도 같다.

강모는 천장을 바라본다.

그의 눈은 둥그렇게 쌍꺼풀이 졌으면서 큰 편이다. 크고 둥근 그 눈에는, 무엇을 경계하는 빛이 없었고, 오히려 유순하면서도 불안스러운 기색이 감돌고 있었다. 그리고, 몽상적이었다.

그 물기에 젖은 몽상의 그늘에는, 남성적인 어떤 힘보다는 따스하고 서글픈 친화(親和)의 심정이 깃들어 있는 것 같았다.

그래서 하숙의 부인도 늘

"우리 도련님."

이라고 부르며 강모를 어여뻐하였다.

이제 열여섯 살, 고등보통학교 삼학년이니 결코 어린 나이라고는 할 수 없었으나, 강모의 전신에서 풍겨오는 분위기는 그렇게 아직도 어여쁜 '도련님'을 못 벗고 있었다.

그러나, 눈에 비하여 입술은 가늘고 붉었다.

얼핏 이기채를 닮은 듯하였지만, 이기채 쪽이 날카로운 기상을 견고하게 품고 있다면, 강모의 선명하고 가느다란 입술은 고와 보이면서도 내성적인 고집을 단단히 물고 있다고나 할까.

어쨌든 흰 얼굴에 큰 눈이 보여 주는 허(虛)가 있다면, 그것을 입술의 빛깔과 선이 막아 주고 있는 셈이었다.

그 입술은, 한번 다물리면 그뿐일 것 같았다.

좀체로 헤프게 열리지 않고, 여간해서는 속에 있는 심정을 잘 쏟아놓지도 않을 듯싶다.

그래서 그의 얼굴은, 얼른 보기에는 무척 곱고 다감한 인상이었지만 어쩐지 냉정한 느낌을 주는 것이었다.

강모는 창호에 어리는 햇살의 그림자를 물끄러미 바라보고만 있다. 까닭을 알 수 없는 암담함이 햇살로 하여 더욱 짓눌리어 온다.

문득 그는, 벽에 걸어 놓은 만돌린과 기타에 생각이 미쳤다.

아아, 그렇지.

강모는 이윽고 몸을 일으켜 선다. 그리고 벽에 걸린 기타를 내려 들고, 구석 자리에 기대어 앉았다. 몸통을 끌어안은 그의 손끝에, 부드럽고 탄력 있는 기타의 줄이 닿자, 몸의 긴장과 그 탄력이 서로 알맞게 숨을 맞추며, 마음이 가라앉는 것 같아진다. 이상하게 허전한 가슴에 안기는 양감(量感)이 있어서인가.

강모는 숨을 들이쉰다.

두웅.

튕겨져 나오는 음률이, 창호지를 두드렸을 때 울리던 음향처럼 낮은 공명을 일으킨다. 공명은 방안이 아니라 몸 속으로 울려들었다.

강모는 줄을 고르며 속으로 읊조린다.

……글루미 썬데이……

마당에서는 누가 놀러 왔다가 돌아가는 모양인지 신발 끄는 소리들이 들리며, 배웅하는 인사말이 오간다.

……일요일은 울적하다. 잠도 아니 오는……죽음이 그대를 끌어간 그곳에, 조그만 하얀 꽃 그대를 깨우지는 못할 것이니……울음을 그치게 하여라……나는 즐거웁게 죽음으로 나아갈 것을 그들에게 알게 하리라……죽음은 꿈이 아니리……죽음에서 내 너를 어루만지리…….

음울하고 적막한 곡조의 음률이었다.

그것은 불길하기조차 하였다. 깊은 구렁의 밑바닥으로 가라앉으면서도, 오히려 그 절망과 어우러들어 평온을 맛보는 듯도 하였다. 구체적인 무엇에 대한 절망도 아니면서 그 모든 것이 절망의 암담한 녹에 침윤당하여 푸른 듯 회색인 듯 무채색인 듯, 색조조차 삭아 버린 그 음색들. 그러면서도 그 음색으로부터 달아나게 하기보다는 하염없이 그 색깔에 녹슬고 싶어지는 곡조. 녹슬어서 마음이 놓이는 그 이상한 안도.

그것은 무덤의 언저리에 감도는 고적이라고나 할까.

강모는 눈을 감고 노래를 부른다.

일본식 영어로 부르는 그 구미(歐美)의 노래는, 서툴렀기 때문에 그만큼 강모에게는 더욱더 애절하게 느껴졌다.

문득 강실이의 목소리가 떠오른다.

하기야 '문득'이라는 말은 맞지 않는 것인지도 모른다.

그네는 그저 습기처럼, 모습도 보이지 않으면서 무심코 느껴 보면 언제나 촉촉히 강모를 적시우고 있었으므로.

어린 날, 살구꽃잎으로 꽃밥을 차려 주던 강실이에게, 강모는 여린 버들가지를 잘라 버들피리를 만들어 주곤 했었다.

필닐리리 필릴리
필닐리리이 필릴리이

버들피리의 부드럽고 여린 음향은 강실이의 여린 목 언저리에서 머뭇거리다가 아지랑이 속으로 사라져 갔었다.

그 소리는 나훌나훌 흔들리는 것도 같았다.

버들가지의 푸른 진이 묻은 가느다란 심이 빠져 나가면 밀짚처럼 둥그런 피리가 앙징스럽게 구멍 뚫렸지.

가지를 잘라서 두 손가락 사이에 넣고 부빌 때는 조심해야 한다.

일껏 공들여 알맹이를 빼내고 나서 안심하고 불어 보면 픽, 하고 김이 빠져 버리는 경우가 많았다. 껍질이 갈라진 것이다.

그러던 강모가 매안을 떠나 이곳으로 와 고보에 다니면서 배운 것은 기타와 만돌린이었다.

맨 처음 그 악기를 보았을 때, 강모는 신선한 호기심과 설명할 길 없는 이상한 위안을 받았다. 모양은 우선 낯설었지만 기타를 가슴에 가득 끌어안으면 마음이 편안해졌다.

그리고 그 음률의 구슬픔이라니.

감미롭고 명랑하면서도, 음의 한 자락은 늘 젖어 있는 듯한 소리에 강모는 말벗으로도 달랠 수 없는 심정을 위로받았던 것이다.

그는 비단 기타에 대해서만 그러한 것은 아니었다. 전혀 몰랐던 것인데, 그에게는 악기에 대한 친화력이 있었다. 그의 손이 피리의 구멍이나, 기타와 만돌린의 줄, 그리고 피아노의 하얀 건반 위에 닿으면 그것들은 조금도 낯설지 않게 한눈에 알아보면서 서로 어우러지는 것이다.

그것은 이상한 일이었다. 강모 자신도 의아할 정도였다.

그리고 한번 들려온 가락은 자기도 모르는 사이 저절로 악보처럼 머릿속에 새겨졌다가 손끝으로 울려나오곤 하였다.

"자네, 음악을 전공해 보지 않겠나?"

일본인 음악선생은 어느 날, 홀로 늦게 남아 피아노를 쳐 보고 있던 강모를 발견하고는, 오랫동안 등뒤에서 소리 없이 그를 지켜 보았다면서 그렇게 물었다.

"뜻이 있다면 내가 돕도록 하지."

음악실의 검은 피아노 곁에서 안경을 닦으며 음악선생이 말끝에다 힘을 주어 눌러 맺었을 때도 강모는 그것이 실감나지 않았었다.

"정식으로 시작하지 않겠나?"

물론 강모는 대답하지 못했다.

그 선생의 말은 강모에게, 다만 하나의 충격적인 발견이었을 뿐이다.

"잘 생각해 보도록. 일본으로 가서 공부하는 길은 이것을 보고. 인생에는 뜻밖에도 여러 가지 길이 있네."

음악선생은 강모에게 한 권의 책을 건네어 주었다.

音樂年鑑(음악연감)

社團法人東京音樂會編纂(사단법인 동경음악회 편찬)

헝겊을 씌운 책 표지에는 검은 활자로 그렇게 찍혀 있었다. 그리고 한가운데 그랜드 피아노가 우아하고도 장중한 자태로 그려져 있었다.

"자네에게 줄 테니……."

선생은 그 다음 말을 잇는 대신 강모의 어깨를 잡고 몇 번 흔들었다. 그것이 무슨 뜻이었는지는 알 수가 없었다.

"동경에는 혹시 아는 사람이 없나?"

음악선생은 물었다.

강모의 머릿속에는, 매안 마을의 문장어른 이헌의(李憲儀)의 장손으로 법학을 공부하러 간 강호(康浩)가 떠올랐다. 그는 성품이 호방 활달하고 매사에 조리가 있어, 어려서도 문중 아이들과 함께 판관놀이를 잘하던 청년이다. 그는 강모보다 세 살 위였다.

"있습니다."

"아, 그래? 가까운 사람인가?"

"집안 대소가 형입니다."

"잘되었군. 그건 아주 희망적인 일인데? 그런데 내가 물어도 될까, 무얼하는 사람인지?"

"학생입니다. 조도전(早稻田: 와세다)."

"아."

음악선생은 경탄의 음으로 짧게 말하고는 잠시 한 일자로 입을 꾹 다물고 있다가, 강모의 어깨를 더욱 의미 깊게 누르며 고개를 끄덕이었다.

그날 황혼의 길에 음악선생한테 받은 책을 옆구리에 끼고 집으로 돌아오며 강모는 깊은 생각 속에 빠져들었다.

책 뚜껑을 열자, 그곳에는 일곱 대의 축음기가 섬세하게 그려져 있었는데, 상자마다 뚜껑을 열어 놓아서 마치 금방이라도 음반의 소리들이 들려나올 것 같았다. 그것은 이상한 감동으로 강모를 사로잡았다.

J一の五一型 金五十圓(J1 51형 금 오십 원)

J二の五B型 青灰色 金五十圓(J2 5B형 청회색 금 오십 원)

J一の九二型 E型 金百十五圓(J1 92형 E형 금 백십오 원)

책장을 한 장 넘길 때마다 강모는 설레었다.

트럼펫, 클라리넷, 호른, 드럼, 그리고 다시 한 장을 넘기면,

果然(과연)!

이라고 큼직하게 찍힌 활자 곁에 하모니카 하나가 가지런히 이를 드러내고 웃고 있었다.

20穴 複音 ￥1.80(20혈 복음 1.80엔)

21穴 複音 ￥2.00(21혈 복음 2.00엔)

發賣元 宇野商店(발매원 우야상점)

그리고는 다음 장에 나타난 검은 피아노 한 대.

HORUGEL PIANO(호루겔 피아노)

世界的權威ホルーゲ``ルピアノ(세계적 권위 호루겔 피아노)

黑塗八十八鍵象牙鍵盤金貳千貳百圓也

(흑도 88건 상아건반 금 이천이백 원야)

東京市銀座五丁目三審地小野ピアノ店

(동경시 은좌 5정목 3번지 소야 피아노점)

電話銀座 57-501~502番(전화 은좌 57-501~502번)

강모는 구석구석 읽어내려 가다가 그만 한숨을 내쉬고 말았다.

그것은 불안을 데불고 몰아쳐온 흥분이 벅찼기 때문이었다.

미지의 세계와 하나의 가능성, 그리고 이미 날 때부터 지니고 있던 가문의 피가 서로 상충하는 소리이기도 하였다.

東京音樂學教(동경음악학교)

本校東京市下谷區上野公園西北(본교 동경시 하곡구 상야공원 서북)

省線上野北口下車一丁(성선 상야 북구 하차 1정)

電話下谷 83 - 5563番(전화 하곡 83 - 5563번)

日本唯一の官立音樂學校で文部省直轄の專門學校である.創立は明治十二年文部省音樂取掛と云ふ名稱で東京本鄕に置…….

(일본 유일의 관립음악학교로서 문부성 직할 전문학교이다. 창립은 명치 12년 문부성 음악취괘라고 부르는 명칭으로 동경 본향에 있으며…….)

1. 學科(학과)

豫科一年終了 · 本科三年終了(예과 1년 종료 · 본과 3년 종료)

本科: 聲樂部 器樂部 作曲部(본과: 성악부 · 기악부 · 작곡부)

甲種師範科: 三年終了中等教員を養成(갑종사범과: 3년 종료 중등교원 양성)

研究科(연구과)

選科(선과)

乙種師範科(을종사범과)

2. 入學資格(입학자격)

豫科は中學校又は高等女學校第四學年修了者, 高等學校尋常學科修了者專檢合格者等(예과는 중학교 또는 고등여학교 제4학년 수료자, 고등학교 심상학과 수료자 전검합격자 등)

그리고는 제3항에 '入學試驗科目(입학시험과목)'과 '程度(정도)'가 나와 있는데, 거기서부터는 전문용어로 씌어져 있는지라 난감하여 무슨 말인지 잘 알 수가 없는 부분이었다.

음악선생이, 기초부터…… 정식으로…… 공부……라고 한 것은 바로 이 '제3항'에 대한 학습을 이른 말 같았다.

"전보! 이강모씨, 전봅니다."

갑자기 대문간에서 큰 소리로 강모를 부르는 음성이 들렸다.

"이강모씨, 전보요."

강모는 거퍼 부르는 소리에 소스라쳐 일어났다. 그 바람에 기타가 한 쪽으로 기울어 떨어지며 뎅그렁 울린다.

"전보요?"

다급하게 장지문을 열어젖히며 강모가 놀라 물었다. 하숙의 부인도 안방문을 열고 내다본다. 얼굴에 주름이 많은 체전부는 빛이 바랜 낡은 가방에서 접은 종이를 꺼낸다.

"어디서?"

강모는 혼잣말처럼 중얼거리며 창황히 종이를 편다.

가을 햇살은 눈이 부시다. 그 햇살이 되쏘여, 강모가 들고 있는 종이 위의 글자가 아른거린다. 눈을 감았다 떴다 몇 번을 껌벅이며 더듬더듬 읽은 글귀는 천만 뜻밖에도

"조모위독급래고대."

였다.

이것이 무슨 소리일까. 어찌된 일인가.

강모는 느닷없이 이 여덟 글자에 뒤통수를 호되게 맞은 채, 정신이 얼얼하여 얼른 무슨 생각이 떠오르지를 않는다.

그것은 무슨 충격이라기보다는 몸 속의 기운이 아찔한 현기를 일으키며 새어 나가는 써늘함이라고 해야 할 것이다.

"무슨 전보유?"

하숙의 부인이 마루로 나서며 궁금한 듯 묻는다. 고개까지 이쪽으로 기웃하면서. 그네의 눈이 찌그러져 보인다.

"아, 네……."

강모는 차마 대답이 떨어지지 않아 그렇게만 말하고 장지문을 닫았다. 그리고 벽에 걸어 놓은 옷걸이에서 교복을 내린다. 마음이 급하면 손끝은 더욱 더디어지는지 단추가 잘 채워지지 않는다.

…… 왜 그렇게 별안간.

강모는 아무래도 짐작하기가 어려웠다.

지난 여름에 매안에 갔을 때도, 청암부인은 정정한 모습으로, 엷은 옥색 물을 놓은 모시옷에 태극선을 들고 대청에 앉아, 위토를 좀더 늘려야겠다고 하지 않았던가.

그러나 노인의 건강이란 믿을 수가 없는 것.

청암부인도 벌써 예순여덟, 고희(古稀)를 바로 눈앞에 두었으니. 아무리 기상이 있고, 기세가 높다 하나, 이미 상노인이 아닌가.

그렇다 한들 이렇게도 급작히, 무슨 변고를 입으셨길래.

옷을 다 입고 모자를 쓰며 방안을 한번 둘러보고는 강모는 나선다.

"무슨 일이유?"

아무래도 궁금했던지 하숙의 부인이 다시 마루로 나와 묻는다.

"예. 저, 조모님께서, 위독하시다고요."

"온 저런, 저를 어쩌누? 아니 어찌 그리 난데없이?"

부인은 혀를 끌끌 차며 얼굴을 찌푸린다.

"마침 공일날이라 집에 있기를 다행이우."

"예."

강모는 툇마루 끝에 걸터앉아, 등을 구부린 채 구두끈을 매며 건성으로 대답한다. 그의 머릿속은 벌써 매안에 가 있었다.

"찻시간 맞추겠수?"

"예. 나가 봐야지요."

"그럼 메칠이 걸릴지는 가 봐야 알겄구만……?"

"예."

"댕겨와요. 방은 내가 잘 보아 줄 것이니."

구두끈의 매듭을 잡아 묶은 다음 일어서서 발을 눌러 본다. 그리고는

"저 그럼."

하고 부인에게 목례를 한다. 다녀오겠다는 표시의 인사다.

"그래요. 얼른 가 봐. 찻시간이 간당간당 허겠네에."

부인은 댓돌에 내려서며 한 손을 들어, 어서 가라는 시늉을 한다.

인사를 하는 둥 마는 둥 하고, 문밖에 나서서는 바람같이 빠른 걸음으로 정거장을 향하여 내닫던 강모는

"강태형은?"

하고 비로소 강태한테 생각이 미쳤다.

강태와 강모는 하숙을 따로 하고 있었다.

물론 강태가 강모보다 두 살 위였으므로 전주부(全州府)로 그만큼 먼저 나오게 되었었다. 강태는 성품이 날카로웠지만, 그 성품값을 하느라고, 학업에도 그만큼 남다른 두각을 나타냈다. 청암부인의 뜻을 따라, 사숙(私塾)에 이태씩 다니었던지라, 강태와 강모는 둘다 취학연령이 넘어서 입학하였는데, 나이도 있었겠지만, 강태는 보통학교 내내

뛰어난 등급으로 선생의 기쁨을 샀으며 학동들의 선망을 한 몸에 받았다.

부친인 기표의 심정은 더 말할 나위가 없었고, 이기채도 그런 강태를 신통히 여기며 귀여워하였다.

"저 아이는 믿을 만하지."

그것이 강태에게 주어지는 선생들의 칭송이었다.

"그러나…… 성격이 너무 강팔라서."

이 또한 그들의 염려였다.

이런 두 가지의 엇갈린 칭송과 염려는 종중(宗中)에서도 마찬가지였다. 강태는 고보에 들어간 뒤 전주로 나가 혼자 지내면서, 그런 성품과 능력이 더욱 두드러져 가는 것 같았다. 그 강태의 뒤를 따라 이 년 뒤 강모는 전주부로 나와 전주고보에 진학을 하게 되었다.

물론 청암부인의 재력이나 포부, 그리고 이기채의 담력으로 보아 금지옥엽의 강모에게 동경 유학이라도 못 시킬 바는 아니었으나, 그 '금지옥엽'이기 때문에 강모는 오히려 전주보다 더 먼 곳으로는 나갈 수가 없었다. 내보내 주지 않기 때문이었다.

"이게 어떤 자손인데……."

싶으면, 물가에 서 있어도 위태롭고, 언덕에 서 있어도 가슴이 조여졌으니, 청암부인이 강모를 육지로만 가는 길도 아니요, 검푸른 물 바다를 건너야 하는 동경 같은 먼 곳으로 유학을 보낼 리 만무한 일이었다.

마음 같아서는 눈앞에 바로 안 보이니 전주도 먼 곳이었다. 하여, 문중의 강호가 일찍이 법률을 공부하러 일본의 대학으로 떠나고, 또 같은 문중의 강식(康植)이 경성(京城)의 전문학교로 떠나는 것을 옆에서 보면서도, 부인은 강모를 다만 전주까지만 내보냈던 것이다.

뜻이 제 아무리 크고 높다 해도, 만에 하나, 행여 모를 일로 강모를 잃을 수는 결코 없었던 것이다. 절대로.

그런데 그때 하숙 때문에 난처한 일이 생기고 말았다.

처음에는 강태가 하숙을 하고 있는 학교 근처 노송정(老松町)에 강모도 함께 있도록 하자고 의견들이 모아졌다.

"아, 종항간이면 그게 다 친형제 한가지 아닌가. 더군다나 객지에서 저희 어린 것들이 서로 의지하고 살아야지, 전주만 해도 그것이 도성이라, 인심이며 습속이 여기허고는 천양지판일 텐데 멋대로 둘 수는 없지. 아무리 두 살밖에는 차이가 안 난다 하더라도 오뉴월 하루 햇볕이 어디냐는 말도 있잖어. 클 적에 두 살이란 참 큰 것이지. 강태 그놈이 나이 아직 어려도 총명해 놔서 강모가 함께 있으면 의지가 되고말고."

이기채는 그렇게 기꺼이 말하였다.

또한 누구라도 그것을 당연하게 생각했다.

그러나 막상 입학을 며칠 앞둔 어느 날, 짐을 챙기고 있는 안서방을 불러 전주행을 나서자고 말한 사람은 청암부인이었다.

"아무래도 내 좀 다녀와야겄다."

놀란 것은 이기채였다.

"어머니, 날씨도 칩고, 길이 멉니다."

"이 사람아, 가마를 타고 남원도 갔다 왔네. 남원뿐인가, 시집올 때는 그보다 더 먼 길도 왔어. 예서 전주가 무슨 몇 천 리 길이겄는가. 거기다가 이제는 시절도 변해서 기차까지 다니는데 무슨 염려야."

"그렇다고 하더라도 굳이 어머니께서 가실 게 무엇입니까? 정 그러시다면 제가 다녀오지요."

"네가?"

청암부인은 이기채를 바라보았다.

이기채는 말이 없다.

그는 웬만한 일이 아니면 출입을 잘 하지 않는 사람이었다.

더구나, 이번 일처럼, 이미 강태가 먼저 가서 살고 있는 집에 강모를 보낸다는, 별 염려할 것도 없는 일에는 꼭 그렇게 지금 나서야 할 이유가 없었다. 며칠 후에 강모가 안서방과 함께 전주로 나갈 때, 기표에게 같이 가 보라고 부탁하면 되는 일이었다.

그런데 왜 어머니는 지금 길을 떠나겠다고 하시는 것인가.

청암부인은 이기채의 그런 심중을 들여다보기라도 한 듯이

"내가 가마."

그렇게 말했다.

그러고는 안서방과 종자 한 사람을 데불고 정거장으로 나갔다.

그날은 바람까지 있었다. 청암부인의 연치가 있는지라, 일기가 고르지 못한 때 먼 곳까지 출입을 하는 것은 불안한 일이었다.

그러나 그의 걸음걸이는 정정했다.

이틀 뒤 그네가 매안으로 돌아왔을 때,

"강모의 하숙은 다른 곳으로 정했다."

하면서, 그리 알라고 덧붙였다.

"왜 그러셨습니까?"

이기채가 물었으나, 긴 말을 하지는 않았다. 그네는 다만

"내가 맹모 흉내를 좀 내보느라고."
할 뿐이었다.

그래서 강모의 하숙은 청수정(淸水町)으로 정해졌던 것이다.

청수정은, 동네의 오른쪽으로 넓은 시냇물이 흐르고, 우람한 은행목들이 몇 백 년 수를 자랑하며 밀밀하게 서 있는 향교, 그리고 전주부성이 아끼는 팔경 중에 하나로 꼽히는 한벽루(寒碧樓)를 반달같이 팔에 품어안고 있었다.

대정정(大正町) · 팔달정(八達町) · 본정(本町) · 고사정(高士町) 들의 동네에 일본인 관사들이 즐비하게 들어서고, 양회를 푸대로 퍼 날라서 번듯번듯한 이층건물들을 짓고, 하는 것에 비겨 청수정은 글자 그대로 아직도 날아갈 듯한 검은 기와 지붕을 덮고 있는 동네였다.

강태는 지난번 강모의 하숙에 와서,

"아아, 도련님의 하숙, 좋오쿠나."
하고 반절은 빈정거리고 반절은 탄식하듯 내뱉었다.

"너희는 부르조아지야."

강모는 '너희'라는 말이 섬뜩하게 귀에 걸려

"부르조아지?"
하고 반문했다.

"그렇지. 이거 봐, 강모야. 내, 한 가지 물어 보자."

강태의 눈빛이 강모를 향하여 번쩍 빛났다.

강모는 공연히 그 눈빛에 움찔하였다.

"토지라는 것이 무엇이냐? 너는 그것이 무어라고 생각해?"

강모가 말문이 막혀 아무 대답도 하지 못하는 것은 어쩌면 당연한 일이었는지도 모른다. 그것은, 한번도 토지와 자신을 분리시켜서 따로 그것에 대해서만 생각해 본 일이 없기 때문이었다.

토지, 그것은 그에게는 하나의 '존재'였다.

강모가 알든지 모르든지, 그 자리에 광활하게 엎드려 있는 넓은 땅은 언제나 변함없이 강모를 향하여 다소곳이 순종하고 있었다.

그리고 그것은 곧 '소유'이기도 하였다.

철 따라 익어 넘치던 곡식과 채소와 과일들의 무더기가, 곳간에, 헛간에, 마당에 쌓이는 것은 얼마나 자연스러운 일이었던가.

그런데 그것에 대하여 무엇을 말하라는 것일까.

"토지란, 분명히, 하나의 사회적 환경이야. 그것은 사유재산이 될 수 없는 것이다. 어느 한 특권 개인이 제 마음대로 이용할 수 있는 게 아니란 말이지. 이것은, 이 지표에 살고 있는 모든 인간에게 태초부터 공으로 거저 주어졌던 공공환경이란 말이다. 누구나 필요한 자가 필요한 만큼 누릴 수 있는 것이지. 그것은 모든 사람의 권리다. 토지는 모든 인간의 생존 단위이고 생활 기반인즉, 토지는……."

강태는 말을 잠시 끊고 있더니, 잇사이에 물린 깡깡한 소리로

"만인이 고루고루 같이 누리고 나누는, 만인의 공유여야만 해."

하고 잘라 말했다.

"그런데."

강태가 다시 한번 강모를 번쩍 하는 눈으로 쳐다보았다.

"실제로는 어때? 토지 없는 농민이 대다수다. 실제로 땅바닥에 엎드려서 고개 들 날이 없는 사람은 제 땅이라고는 한 뼘도 없는데, 하얀 주먹 쥐고 앉아 소출을 고스란히 받아먹고 있는 몇몇 사람은 아무 일도

안하고 불로소득이야. 손가락 까딱 않고 앉은 자리에서 받아들이는 재산이 얼만 줄 알어? 이게 모순이라고 생각되지 않는단 말이냐?"

강모가 무어라고 미처 하기도 전에 강태는 손바닥으로 밀어내듯 빈정거리는 투로 말을 던진다.

"강모 너도 나면서부터 가진 게 너무 많아. 그러니 부르조아 맛이 너무 들어서, 내가 무슨 말을 하는지 알아들을까?"

"형."

"그렇게 해서 자연히 인간 사회에 계급이 생길 수밖에. 서로가 서로에게 적대심을 품고서 말야. 낡은 부르조아지 사회의 근원적인 모순이지. 있는 자는 없는 자를 경멸하고, 그러면서도 노동력을 착취한다. 반면에 없는 자는 있는 자를 증오하고, 그러면서도 생존을 위하여 노동력을 바친다. 이게 얼마나 야비하고 비굴한 상태냐. 이런 체제는 반드시…… 무너져야 한다. 무너뜨려야 한다."

강태는 강모가 끼어들 틈을 주지 않고 침착하고도 날이 선 목소리로 한 마디 한 마디에 힘을 주어 말했었다.

"동경의 강호형도 누구보다 이런 일을 잘 알고 있지."

"강호형이요?"

"방학이면 다니러 올 때마다, 우리는 밤을 새워 이 세상의 구조가 가진 모순에 대해서 토론했다. 너는 잘 몰랐겠지만."

순간 강모는 무안했었다.

"계집아이같이."

라고 놀리는 그들의 목소리가 들리는 듯해서였다.

"형이 가진 생각은, 혼자서 하게 된 건가요? 아니면 강호형……."

"배우기도 하고 책도 읽지. 또 나 혼자서 골똘히 생각하던 일들이기도 하고. 무릇 사상은, 제 속에 그런 소양이 있을 때 급진적으로 받아들여지는 것이니까."

강태는 입귀를 칼끝같이 다물며 말했었다.

강모는 정거장에서 그리 멀지 않은, 학교 부근에 살고 있는 강태가 혹시 전보를 받고 지금 나와 있지 않은가 싶어 두리번거렸다.

그러나 대합실에는 낯 모를 사람들만 서성거릴 뿐, 그는 보이지 않았다. 강태의 하숙으로 가서 함께 갈까도 싶었지만, 기차 시간이 촉박하여 그것은 힘들 것 같았다.

바로 앞차로 먼저 갔는지도 모르지.

혹 전보를 지금쯤 받았다면 다음 차로 오겠고.

그러면서 강모는 열차 시간표를 올려다보았다.

뛰이이익.

북쪽에서 소리가 먼저 들리더니 이윽고 검은 석탄 연기를 온 하늘에 뿜어올리면서, 시커먼 기차 화통의 대가리가 역 구내로 미끄러져 들어온다. 들어오던 기차가 치이익 칙 포오옥 폭, 가쁜 숨을 내쉬며 멈추어 서자 화통은 쐐액, 하는 소리를 낸다. 그 소리에 부연 증기가 터져 나온다. 강모는 김에 어리어 안개 속처럼 보이는 승강구로 올라섰다.

통학차가 아니어서 사람은 그다지 많지 않았다.

이윽고 출발한 기차는 오목대를 옆구리에 끼고, 전주천 맑은 물에 그림자 드리운 한벽루를 슬쩍 바라보면서 컴컴한 굴 속으로 들어간다. 몇 발 안되는 길지 않은 굴이었지만 후욱, 열기가 끼쳐들며 석탄가루가 매캐한 냄새에 섞여 열차칸으로 날려든다.

순간 강모는 암담하였다. 머릿속이 캄캄하여진다.

가슴의 갈피 사이로 석탄가루가 점점이 날아 앉는다.

할머니.

강모의 캄캄한 머리에 청암부인이 허리를 곧추세우고 앉아 있는 모습이 떠오른다. 나이 어렸을 때는 잘 몰라서 느끼지 못했었지만, 어느 날인가 문득 올려다본 청암부인의 눈매에 서려 있던 그 서리의 기운. 그것만으로도 그네의 장수를 의심해 본 일은 한 번도 없었다.

그뿐이랴. 매안의 청호(晴湖)만 하여도 그렇다.

언뜻 그 이름만을 들으면 무슨 넓은 호수를 연상하게 되지만 실상은 마을 뒤의 저수지를 가리키는 것이었다.

마을의 뒤쪽으로는 몇 겹의 산봉우리가 우뚝우뚝 솟은 채 마을을 에워싸고 있었는데, 그중 높은 봉우리인 노적봉(露積峰), 팔봉산(八峰山)의 검푸른 웅자, 앞자락에는 탄금봉(彈琴峰)과 선녀봉(仙女峰), 낮은뫼들이 날렵하게 혹은 나직이 엎드려 있었다.

그리고 그냥 뒷산이라고 불리는 한 봉우리가 수굿하게, 아주 마을 가까이에 당겨 앉아 있고, 그 아래 방죽이 있었던 것이다.

산이 그렇게 많으면, 그 골짜기마다 저절로 흘러내리는 물만 한자리에 고여 주어도 참으로 흐뭇하련만, 본디 이 근처의 토질이 척박한 데다가 산자락의 계곡물조차도 그다지 수량이 많지 않았다.

그리고 여름에는 몹시 가뭄을 탔다.

오죽하면 여름 농사철에 한 보름만 비가 안 오면, 사람들이 저마다 목을 꺾어 하늘을 올려다보고 하는 말은,

"산이 먼저 목마른다."

는 것이었다. 그리고 건넛마을 '둔덕이'에서는 으레

"매안 굴뚝에 연기 나는가 보아라."

하였다. 그러나 그나마도, 어지간한 저수지만 하나 있다면 그렇게 염려할 일이 아닐는지도 모른다.

산이 먼저 목말라하면서 그만 뒤미처 둠벙만한 방죽의 바닥이 갈라져 버리는데, 사람들은 거북이 등짝처럼 터지는 방죽 밑바닥을 보고 있으면 심정도 따라서 터지고, 입술이 말라들어 허연 꺼풀이 일어났다.

본디, 사액서원(賜額書院)이었던 매안서원(梅岸書院)의 서원답(書院畓)을 경작하는 데 쓰려고 팠던 손바닥만한 방죽 하나에 의지하여, 여름마다 고초를 겪으면서도 달리 어쩌지 못하고 농사를 지어왔으니, 굳이 농수(農水)만이라고 할 것인가.

마을은 늘 물이 모자랐다.

샘 바닥마저도 걸핏하면 뒤집혀 붉은 흙탕물이 되고 말았다.

그런 판이지만 자작일촌이니 염치를 불구하고 물 싸움을 일으키는 일은 없는 셈이었다. 아주 없다고는 못하겠으나, 그래도 그 작은 둠벙 같은 방죽을 소중하게 간수하고 정성들여 아꼈다.

그러나 그것만으로는 언제나 허덕여지고, 그러자니 자연히 농사가 신통치 않을 수밖에 없었다.

"저수지를 넓게 파도록 허자."

고 청암부인이 영을 내린 것은 부인의 연치 서른아홉일 때였다.

그때 막 홍안의 소년이 된 열네 살 이기채는

"어머니, 저수지를 넓히다니요?"

하고 놀라 물었다.

"지금껏 아무 일 없이 몇 백 년을 살아왔는데, 대대로 조상께서도 안하신 일을 어머니께서 왜 시작하려 하십니까?"

청암부인은 웃었다.

"그보다 더 몇 백 년 전에는 저 방죽마저도 없었느니라. 그냥 민틋헌 산기슭이었지."

"그것이 무슨 말씀이신가요?'

"누군가 거기 처음으로 지맥(地脈)을 끊고 삽을 댄 사람이 있었겠지. 그 사람도 몇 백 년 세월 동안 아무도 안한 일을, 조상께서도 안한 일을 했을 것이니라."

"그렇지만 어머니, 선대 어르신네분께서 이 마을에 저수지 필요한 것을 왜 모르셨겠습니까? 뜻이 있어도 일의 절차가 그만큼 어려우니, 손을 못 대신 게 아닐까요."

"쉬운 일은 아니다."

"살던 집터의 울타리만 고칠려고 하여도 계획이 서야 시작을 하는 것이온데, 하물며 그런 큰 일을 어떻게 어머니 혼자서 하실 수 있겠습니까? 더욱이 어머니께서는……."

"아녀자란 말이냐?"

청암부인은 이기채를 지그시 바라보았다.

이기채는 민망하여 고개를 돌린다.

누가 감히 청암부인을 '아녀자'라고 할 수 있단 말인가.

"아니올시다."

"그럼 무엇이냐?"

"그 많은 품을 어디서 다 불러오며 얼마나한 시간이 들어야 하겠습니까? 또 그 비용은 다 어떻게 감당하고?"

"연고 없이 다만 품을 팔러 온 사람에게는 삯을 쳐 줄 것이요, 소작을 하는 사람은 그 삯으로 소작료를 탕감하여 줄 것이니라."

"예에?"

그때 이미 청암부인은 천 석 추수에 달하고 있었던 것이다.

"탕감하여 주신다면?"

"내가 한 해 실농을 한 셈칠 것이다."

"실농을요?"

"실농을 하면 내 집 곳간은 말할 것도 없거니와 소작인의 밥솥도 비어 버리지 않겠느냐? 허나, 이런 일을 하면서 탕감을 해 준다면, 나는 실한 저수지를 얻게 되어 그곳에 물이 넘치고, 일한 사람들은 양식과 품삯이 생기니 일거양득이라, 모두 얻기만 하지 않느냐?"

이기채는 할 말을 잃고 말았다.

그의 나이 아직 어리었지만, 그는 조숙하고 영특하며 이미 이재(理財)에 밝았다. 그래서 청암부인도 기채를 어리다 하지 않고, 어른을 대신하여 속마음도 털어놓고 의논 상대를 삼는 것이었다.

"그렇지만 이런 일을 시작한다면, 이것이 저희 한 집 일만은 아닌즉, 종중에서도 말씀이 있을 것이고, 또……."

"짐작하고 있느니라."

"저수지를 파고 넓히는 것은 일개 백성의 뜻이나 힘으로 하기에 벅차고도 분에 넘치는 일 아니겠습니까? 나라에 조정이 있고 고을에 원이 있으며 관(官)이 있는데, 함부로 나설 일도 아니거니와 허락을 얻기도 쉬운 일은 아닐 것입니다."

"예전에도 다 뜻 가진 어른들이 사재(私財)를 기울여, 나라에서도 나서기 어려운 일을 한 예가 많이 있느니라. 재물과 공력과 시간을 들여, 나라에서 할 일을 대신 맡아 한다는데 관장의 허락이 나지 않을 리 있겠느냐. 염려하지 말아라. 관찰사의 이름으로 임금에게 상신(上申)을 하고 일을 한다 해도, 재물을 대서 실제 주관하는 사람이 뜻있는 장자(長者)였던 경우는 얼마든지 있느니. 나는 공명이나 이익을 얻겠다는 것이 아니라 오직 내게 있는 역량을 이 일에 쓰고 싶을 뿐이니라. 설혹 나라의 재산이 되어 관이 저수지를 관리한다 해도, 저수지를 얻으면, 결국 그 물은 누가 쓰느냐."

"그렇다 할지라도, 이것을 저희가 단독으로 감수할 까닭이 없지 않습니까? 그러니 추렴[出斂]을 의논하도록 해야지요."

청암부인은 이기채의 말을 조용히 듣고 있었다

"저수지를 넓히고 깊이 파서 물이 넘치고 고이면, 저희만 쓰는 것입니까? 모두가 쓸 것인데, 가세에 따라 층이 진다고 해도 성의를 모아서 해야 할 것입니다."

"네 말이 맞지 않는 것은 아니다. 그렇지만 사람은 자기 몫을 스스로 알아야 한다. 한 섬지기 농사를 짓는 사람은 근면하게 일하고 절약하여 자기 가솔을 굶기지 않으면 된다. 그러나 열 섬지기 짓는 사람은 이웃에 배 곯는 자 있으면 거두어 먹여야 하느니라. 백 섬지기 짓는 사람은 고을을 염려하고, 그보다 다른 또 어떤 몫이 있겠지. 우리 집은, 집이라도 그냥 집이 아니라 종가다. 장자로 내려온 핏줄만 가지고 종가라고 한다면, 그게 무에 그리 대단하겠느냐? 그 핏줄이 지닌 책임이 있는 게야. 장자란 누구냐? 아버지의 맞잡이가 되는 사람 아니냐? 아버지를 여의면 장자가 아버지 역할을 한다. 그래서 장자는 소중하고 귀한 사람이지. 그렇다면 그런 장자로만 이어져 내려온 종가란 문중의 장자인 셈이다. 어른인 게지. 어른 노릇처럼 어려운 게 어디 있겠느냐? 제대로 할라치면, 이 세상에서 제일 힘들고 어려운 것이 어른 노릇이니라."

이기채는 더 말을 잇지 못했다.

이미 청암부인의 심중이 움직일 수 없도록 굳어져 있는 것을 느낀 때문이었다.

"내 이 일을 어제 오늘 생각한 것이 아니니, 그리 알아라."

청암부인은 한 번 더 뜻을 밝히었다.

"내가 견문 좁은 아낙으로, 들은 바는 별로 없지만, 멀지 않은 전주에 완산팔경(完山八景)으로도 유명한 덕진(德津) 연당(蓮塘) 삼만삼천이백여 평, 끝간 데 없이 연꽃이 핀, 넓으나 넓은 호수의 둘레 육천여 척, 그 연당 호반을 걸어서 돌게끔 일주 도로를 수축한 이도 있다더라. 혼자서. 그게 부성(府城)의 갑부 박기순(朴基順)이라 하던데, 그 사람은 무엇 하러 자기의 온 재산을 기울여 문전옥답도 아닌 물가에 제방을 쌓고 도로를 냈겠느냐. 제 몫을 삼으랴고 그리하였으리. 아닐 것이니라. 그 절경을 완성하여 누구를 주자고 그리했을꼬."

그러나 이기채는 여전히 입을 가늘게 다물고만 있을 뿐, 언뜻 대답을 하지 않았다.

"전에, 옛적에 한 고명하신 어른이 주유천하(周遊天下)를 하셨더란다. 그 어른이 하루는 이 고을 매안에 머무시면서 시방산세(十方山勢)를 두루 짚어 살피신 연후에, 과시 낙토로서 경우진 곳이로다, 하고 감탄을 하셨는데…….”

청암부인은 중간에 잠시 말을 멈추고 이기채를 가만히 바라보았다.

“다만 서북으로 비껴 기맥이 새어 흐를 염려가 놓였으니, 마을 서북쪽으로 흘러내리는 노적봉과 벼슬봉의 산자락 기운을 느긋하게 잡아 묶어서, 큰 못을 파고, 그 기맥을 가두어 찰랑찰랑 넘치게 방비책만 잘 강구한다면, 가히 백대 천손의 천추락만세향(千秋樂萬歲享)을 누릴 만한 곳이다, 하고 이르셨더란다.”

“어머니, 설령 그런 말씀을 정말로 그 어른이 하셨다 하더라도, 그것은 한갓 지나가는 행인의 도참사상에 불과한 것이 아니겠습니까. 사람이 큰일을 경영하면서 어찌 그런 허무맹랑한 설화에다 근원을 의지한단 말씀입니까?”

청암부인은 이기채를 바라보던 시선을 거두지 않고 눈에 미소를 띄웠다.

“허나 꼭 그렇게 허무하고 맹랑한 일만은 아닐 것이니라.”

끝을 눌러 맺은 청암부인의 말은 그 길로 온 마을에 퍼졌다.

마을뿐만이 아니라, 들녘을 가로질러 바람처럼 재를 넘어 날아갔다.

남원도호부 부사가 집무 거처하는 동헌 근민당(近民當)에 이 공사의 재가를 맡으러 가는 일은, 풍헌(風憲)이 재바르게 뛰어다니며 서둘렀다. 풍헌은 조선 행정의 최말단인 방(坊), 그러니까 동네 마을 일을 보는 관원으로, 남원부 같으면 사동방(巳洞坊) · 매안방(梅岸坊) 등을 비롯하여 48방이 있으니, 각 방마다 한 명씩 마흔여덟이 있었다.

매안방에는 풍헌말고도 향약 단체의 임원인 약정(約正)과 방을 통솔

하는 도영장(都領將), 그리고 죄인을 잡아들이고 치안을 살피는 기찰장(譏察將)이 있었으며, 도영장을 보좌하는 도장(都將)에 기찰장을 보좌하는 막장(幕將), 또한 이정(里正), 감고(監考)가 각 한 사람씩 있어 매안의 안팎에 생기는 크고 작은 일들을 보았다.

이들은 눈금같이 손금같이, 다섯 가호[五戶]가 한 묶음이 되어 일통(一統)을 이룬 마을 속을 환히 알고 있어서, 여차하면 단걸음에 긴밀히 연락·기동하였다. 이 일은 다 이씨 집안간에서 맡아 했다.

물론 이들은 심부름꾼이요, 다스리는 권한은 없었다.

마을 단위의 방이 몇 개 모인 것만한 현(縣)에는 현감, 혹은 현령이 수령이었으며, 군(郡)에는 군수가, 부(府)에는 부사가 관장(官長)으로서 백성을 돌보고 다스렸는데. 백성이 무슨 일을 하려면 반드시 위의 재가를 받아야 했다.

남원의 48방은 도호부 직할 구역이었다. 그래서 도영장은 풍헌을 데리고 여러 차례 순서를 밟아, 부사 계신 근민당 출입을 하였던 것이다.

순종 임금 융희 3년, 기유(己酉), 서력으로 1909년. 새 임금이 등극을 하셨다고는 하나, 세상은 날이 갈수록 더욱 흉흉해지고 시절은 수상하여, 실제의 관직도 아닌 허직(虛職)을 팔고 사는 공명첩(空名帖)이 흔전만전, 얼핏 보면 이름칸이야 비어 있든 말든 벼슬 아니한 사람 없고, 면천 아니한 자 없는 것처럼 보였다.

그러나 매안방 관수 공사에 관한 일은 아무리 세상이 혼란스럽고 무질서하다 해도, 좀 더디어서 그렇지 까다로울 것은 하나도 없었다.

남원의 매안 이씨들이 하는 말은 비록 부사 관장일지언정 함부로 할 수 없는데다가, 터무니 없는 생떼 억지를 써서 안될 일을 되게 해 달라는 것도 아니요, 조상 대대로 세거하는 마을의 농토에 물 대던 사유 저수지를 제 돈 들여 넓히겠다는데야, 어느 누가 트집을 잡으리오. 오히려 구휼에 버금가는 큰일이라 반색 칭송을 할 일이었다.

더욱이나 어지러운 시기에 잠깐 왔다 머물고 가는 벼슬아치들은 너나없이 마음이 공중에 떠, 우선 자기 잇속을 따지고 사후(事後) 처신에 급급하니, 그까짓 동네 저수지 하나 생짜로 판다 해도 별 문제 아닐 터였다. 손해는커녕 치민(治民)에 생색이 날 일 아닌가.

이런 판에 오랜 세월 한 판에 살아 서로의 사이가 농익어 이골난 지방 관속 아전들을 끼고, 얼마 걸리지 않아 공사 허급을 맡아 온 도영장이 풍헌과 함께 청암부인을 호기롭게 찾은 날, 부인은 이들에게 한 상을 걸게 차려 내주었다.

그리고서 일으킨 저수지 공사는 참으로 볼 만한 것이었다.

남, 여, 노, 소, 안팎을 가리지 않고 사방에서 몰려와 머리에 수건을 동여맨 일꾼들은 산밑과 온 마을에 허옇게 덮였다.

한 삽씩 흙을 퍼내고, 쌓인 흙을 져다 내버리고, 둑을 다듬고, 제방을 쌓느라고 돌 깨는 소리가 그칠 날이 없었다.

"여인네가 공명심이 저리 많아서."

"지맥을 건드려 공연한 동티가 나면 어쩔 것인가?"

"이 난리 안 쳐도 지금까지 농사 못하지는 않았네."

"과숙의 몸으로 이날까지 모은 재산, 남 보라고 호기롭게 한번 써 보자는 것일 테지."

"농토나 더 늘릴 일이지."

"이제 보게. 빚 지고 말 걸세."

구로정에 모이거나 사랑에 마주앉으면 그런 뒷공론이 나오기 마련이었다. 그것은 이웃 동네에서도 마찬가지였다.

그들은 까닭없이 어수선했던 것이다.

뿐만 아니라, 서른아홉이면 아직도 중년의 여인인데, 그네가 열아홉에 빈 집으로 신행 온 지 만 이십 년, 그 사이에 이루어 놓은 그네의 치부(致富)에 내심 기가 눌린 탓도 있었다.

그러나 반면에,

"종부는 하늘이 내리시는가, 저렇도록 큰일을 아낙의 몸으로 일으키다니. 우리 같은 사람은 몇 세상을 다시 나도 못할 일을."

"참 놀라운 일이지, 없는 사람은 서로 콩 한쪽을 나누어 먹지만, 부자는 땡전 한 푼에 사람을 죽인다는데, 당신 재산을 다 내놓고 저렇게 저수지를 만들다니, 본받을 일이네."

"이제는 살겄구먼. 한 시름은 덜었지."

하고 칭송하는 사람들도 많았다.

그러다가 한 해 겨울을 나고, 이태에 걸쳐 하던 일이 거의 마무리가 될 무렵, 일하던 사람들이나, 구경을 나온 사람들 모두가 입을 쩍, 벌리고 만 일이 생겼다.

마지막 일손을 서두르던 삽끝으로 퍼올려지는 흙 속에 뭉시르한 바위등이 묻혀 있었던 것이다. 삽은 바위에 부딪쳐 튕겨졌다. 그 튕겨지는 서슬에 놀랐던 사람들이, 이제는 다른 일은 다 제치고 한 속으로 달려들어 진흙을 떠내기 시작했다.

뒷산 발치에 검은 등허리를 보일 듯 말 듯 드러내고 있던 바위는 한 삽 한 삽 흙을 파내는 동안에, 그 몸이 벗겨지고 있는 셈이었다.

수지면(水旨面)에서 온 장정들 중 하나가 머리에 동이고 있던 무명 수건을 끌러 들고 진땀을 닦아냈다.

"대관절 이거이 머엇이당가?"

"바윗뎅이 아니여?"

함께 삽질을 하던 남정네도 일손을 놓고, 소맷자락으로 얼굴을 훔치며 말을 받았다. 둘러선 사람들은 여남은 명이 넘었다.

"아니, 무신 놈의 바윗뎅이가 이렇게 나잘반이나 파도 파도 뿌랭이가 안 뵈능고?"

"참말로 벨 일이네. 헛심만 팽기게 이게 무신 일이여?"

"어디 한번 더 해 보드라고. 지께잇 거이 짚어 봤자 얼마나 짚이 들어 있겄능가. 장정이 멫이라고 이거 한나 못 치우겄어?"

사람들은 손바닥에 침을 뱉어 따악, 소리가 나게 두드리고는 다시 삽을 들이댔다.

어영차, 영차, 어영차.

목소리에서도 땀이 배어났다.

세 사람씩이 한 조가 되어서, 가운데 사람은 삽자루를 쥐고 좌우의 두 사람은 삽날에 새끼줄을 매어 양쪽에서 잡아당기니, 마치 가래질을 하는 것 같았다.

그렇게 다시 한나절이나 진땀을 흘렸는데도 바위는 더욱더 둥실한 몸의 등허리만을 드러낼 뿐 캐내어지지 않았다.

점차 사람들은 삽을 들고 바위 주변으로 모여들었다.

아침부터 시작한 일이 하루 꼬박 걸려 어둑어둑해지면서야 겨우 끝났는데, 드디어 그 모습을 드러낸 바위는 영락없는 조개의 꼴이었다.

엄청나게 커다란 조갑지를 엎어 놓은 것과 너무나도 여실하였다.

그 형국은 동쪽편으로 머리를 둘러 둥두렷이 불쑥 솟아오른 곳이, 높이가 거의 일고여덟 자 남짓이나 되고, 거기서부터 갈라 펴져 부드럽게 내리깔은 가장자리로는 대여섯 치 높이로 둘러나가 있는데, 보면 볼수록 엎어 놓은 조갑지 형상이었다.

한 사람이 줄자를 들이대고 길이를 가늠해 보니 동서로 열다섯 자 네 치, 남북으로 열넉 자 두 치에 이르는, 실로 거창한 바윗돌이었다.

사람들은 두렵고도 놀라워 한동안 할 말을 잊고 망연히 서 있었다.

그리고 순식간에 그 소문은 마을과 들녘 너머 재 너머 퍼져 나갔다.

"세상에…… 천산 같은 흙더미에 짓눌려서 숨도 못 쉬고 죽어가던 신령님을 구해내셨구만…… 어쩌면……."

"누가 아니라는가요? 그러니까 꿈에 미리 현몽을 하셨든가? 그렇게 기어이 일을 시작허시드니."

"이제 두고 보게. 가운(家運)이 창성할 것이네."

"정말로 청암아짐 뵐 적에마다 예사 어른이 아니다, 아니다, 싶드니마는. 이런 제세 인물도 다 타고나는 것이지요이?"

"그렇고말고. 참말이지 이번에 큰일을 두 가지나 한꺼번에 허신 것 아니요? 저수지 쌓아서 치수하고, 신령님 구해 드리고."

"엄청난 조개바우지. 그 큰 조개가 흙에 묻혀 물을 못 먹었으니……."

"이제는 양껏 잡수시고 맑은 물에 부디 편히 지내소서."

문중의 부인들은 그 조개바위에 대하여 마음속으로 심정을 빌었다.

어느덧 거멍굴이나, 건넛마을 둔터, 구름다리, 배암골 그리고 고리배미 쪽에서는 그 바위의 영검에 대해서까지도 소문이 나고 있었다.

어쨌든 그것은 대단한 조짐이었다.

작년부터 시작한 일이 해가 바뀌어 순종 임금 융희 5년, 경술(庚戌), 서력으로 1910년 여름. 공사가 막바지를 향하여 치달을 때.

마른 하늘에 날벼락이 치듯 청천벽력, 천만 뜻밖에도, 팔월 스무아흐렛날,

"조선은 망하였다."

했다. '한일합방'이 되었다는 것이다.

그 말을 미처 실감도 하기 전에 매안의 저수지가 완성되었다.

오랜 공사 끝에 숙원하던 저수지를 얻은 매안은, 통곡 소리 진동하는 대신, 거꾸로, 짙푸른 하늘 아래 부시도록 하이얀 열두 발 상모를 태극무늬 물결무늬 휘돌리며, 북 치고, 장구 치고, 꽹매기, 징소리 한바탕 흐드러지게 어울어, 하늘에 정성껏 고사 지내고, 넘치는 기쁨을 부둥켜 안았다. 그리고 울었다.

"사람들은 나라가 망했다, 망했다 하지만, 내가 망하지 않는 한 결코 나라는 망하지 않는 것이다. 가령 비유하자면 나라와 백성의 관계는 콩꼬투리와 콩알 같은 것이라고 나는 생각한다. 비록 콩껍질이 말라서 비틀어져 시든다 해도, 그 속에 콩알이 죽지 않고 살아 있다면, 콩은 잠시 어둠 속에 떨어져 새 숨을 기르다가, 다시 싹터 무수한 열매를 조롱조롱 콩밭 가득 맺게 하나니."

백성이 시퍼렇게 눈 뜨고 살아 있는데, 누가 감히 남의 나라를, 망하였다, 할 수 있단 말이냐.

"우리 저수지 저 푸른 물 남실남실, 달고 시원하게 세세년년 솟아나서,

메마른 농토를 흠뻑 적시고 풍요로운 곡식을 생산해 낼 것이니."

아무도 우리를 망하게 할 수는 없다.

청암부인은 저수지를 완성한 날 밤, 이기채와 단 둘이 마주 앉아 만감을 누르고 그렇게 말했다.

"생산의 근원이 여기 있는데 무엇이 두려우랴."

그 이튿날 이른 새벽, 물안개 자욱히 피어 오르는 수면 너머 제방에 어떤 아낙 하나가, 두 손을 정성껏 모으고 경건하게 서 있다가 무릎을 꿇고 깊이 엎드려 절하는 모습이 보였다.

아들을 낳게 해 달라고 비는 것이었다.

그 뒤로 사람들은 그 저수지에 존중하는 뜻으로 호수 호(湖)자를 붙이고, 청암부인의 택호 첫머리를 따서, 청호(碃湖)라고 부르기 시작하였다. 과연 조개바위 음덕을 입어서 그런지, 웬만한 가뭄이 들어도 푸른 물 찰랑이는 청호는 바닥을 드러내지 않게 되었다.

"할머니, 저 물 속에 정말로 신령님이 살고 계신가요?"

강모가 아직 보통학교에 들어가기 전, 눈부신 은빛으로 물비늘이 반짝이는 호면을 보고 물었을 때

"그러엄."

하고 청암부인은 대답했다.

그때 강모는 반짝이는 물비늘보다도 더욱 충만하게 빛나는 그네의 눈빛을 보았었다. 어린 강모의 눈에, 호면을 바라보는 그네의 충만한 얼굴과 지그시 웃음을 물고 있는 입술, 그리고 힘차게 위로 솟구친 검은 눈썹들은 이상하게도 황홀하게 비쳤다.

그리고 그때의 그 모습은 어떤 순간 생생하게 살아나곤 하였다.

그 생생함 속에는 사무침이 있었다.

까닭을 알 수 없는 일이었다.

아아, 할머니.

달리는 기차의 차창에 제 얼굴이 비치는 것을 바라보며, 강모는 햇빛을 받는 호면의 물그림자가 청암부인의 얼굴에 어른거리는 것이 그대로 보이는 것 같았다.

정거장에 내렸을 때는 벌써 날이 저물고 있었다. 매안까지는 정거장에서도 한식경이나 걸어 들어가야 한다. 기차에서 내리자 비로소 그는 초조해지기 시작하였다. 그럴수록 발걸음이 땅에 붙어 걸음은 제자리에서만 허우적이는 것 같았다.

아랫몰로 들어서는 냇물을 지날 때는 웬 검은 치마 입은 아낙이 공손히 손을 맞잡고 허리를 굽혔으나 알아볼 경황이 없었다.

"어머니."

아까 구로정에서부터는 거의 내닫다시피 하여 냇물을 건너고, 날아가듯 중뜸 고샅에 이르자 숨이 턱에 닿았는데, 집의 대문, 중문을 들어서면서는 자기도 모르게 큰 소리로 토하듯이 어머니를 먼저 부른다.

건넌방 문이 열리며 율촌댁이 내다본다.

"?"

강모는 순간 의아하였다.

할머니께서 위독하시다면 어머니가 저리 한가롭게 건넌방에 계실리가 있는가……, 하는 의구심이 들었던 것이다.

"어서 오너라."

목소리에 반가움이 피어난다.

그러고 보니 집안 또한 우환이 있는 집 같지 않고 평온하다.

이게 어떻게 된 일인가.

강모는 우선 댓돌 위에 구두를 벗는다.

율촌댁은 강모가 마루로 올라서기를 기다려 큰방 문을 먼저 연다.

"어머님, 강모 왔습니다."

"오냐."

청암부인의 목소리가 들린다.

강모는 다시 한번 의아하였다.

그가 큰방으로 들어섰을 때, 청암부인은 곧은 허리를 세운 채 정좌하고 강모를 맞이하였던 것이다.

"어서 오너라."

강모는 우선 얼떨떨한 채로 절을 하면서, 분명 무슨 심상치 않은 일이 있다는 것을 눈치챘다.

"많이 놀랐겠구나."

"예……."

"내 지금껏 살아오면서, 아무리 행신이 가벼운 아녀자이지만 거짓으로 무슨 일을 획책하려 했던 일은 없었느니라. 그런데 이번에는 할미가 급한 소리를 하노라고, 일부러 그리 위장 전보를 쳤다."

강모는 온몸의 기운이 쑤욱 빠지면서 허탈해졌다.

그리고 도무지 무슨 말이 입 밖으로 나오지를 않는다.

그랬었구나.

그렇게 된 일이었구나.

그런 줄도 모르고…….

한편으로는 청암부인이 무고하다는 데서 오는 안도감이요, 다른 한편으로는 과연 무슨 일인가 싶은 의구심이 겹쳐서, 강모의 심중은 어수선하고 혼란스러웠다.

그러나 먼저 물을 수도 없는 일이다.

이기채도 청암부인의 옆에 앉아 강모가 오기를 기다렸던 듯, 계속 헛기침을 한다. 율촌댁은 문간 쪽에 앉은 채 청암부인의 눈치를 조심스럽게 살핀다.

"강모야. 너, 대실에 다녀오너라."

드디어 청암부인은 무겁게 말한다.

아아, 이 말을 하려고.

강모는 가슴이 한쪽으로 힘없이 무너지는 소리를 들었다.

결국, 이렇게 되는 것이로구나. 어떻게 피하여 볼 도리도 없이.

대실에……가라고……? ……내가……?

"이제 내달이면 네가 혼행을 한 지 만 일 년이 된다. 일 년을 채웠으니, 신부가 신행을 와야 하지 않겠느냐?"

청암부인은 목소리를 누그러뜨리며 강모 쪽으로 몸을 기울여 말한다. 강모는 얼른 율촌댁을 바라본다. 율촌댁이, 어른의 말씀인데 어찌하겠느냐는 낯빛으로 강모를 안쓰럽게 본다. 이기채는 발을 개고 앉은 채 상체를 좌우로 흔들고만 있다.

"너도 이제 나이 열여섯, 결코 어린 사람이 아니다. 더구나, 한 여자의 주인이 아니냐? 마땅히 해야 할 일을 하는 게야. 물론 네가 아직 학생이니, 거기 따른 학업도 중요하다만, 네가 대실에 가서 신부를 데리고 오는 것은 더욱 중요한 일. 인륜지대사이니라. 급한 위장 전보를

친 것도, 따지고 보면 일이 그만큼 중대한 것이기 때문 아니겠느냐? 날짜는 미리 잡아 두었다. 아주 길일을 잡았으니, 그리 알아라."

"할머니."

"네 심중을 모르는 바 아니다. 그러나 이런 일은 심중대로 하는 게 아니야. 절차를 따르는 것이다. 그것이 도리인즉."

"할머니이."

"강모야. 나도 인제 많이 늙었다. 어서 어서 꽃 같고 달 같은 손부를 이 집안으로 들어서게 하고 싶다."

그러면서 청암부인은 몸을 뒤쪽으로 젖히었다.

감회와 각오가 그 몸짓에 어린다.

"내 눈으로 보고 싶다. 손부도 보고, 증손도 보고 싶다. 그러고 나면 나는 이 가문에 대하여 할 일을 다하는 셈이다. 강모야. 너는 아직 모르리라. 이 집안이, 명예에 비하여 얼마나 고달픈가를……."

강모는 묵묵히 장판만을 내려다본다.

# 6 홀로 보는 푸른 등불

효원의 방에는 아직 불이 밝혀져 있다.

청암부인이 율촌댁과 함께 거처하는 큰방의 등불은 한식경 전에 꺼지고, 잠시 후에 사랑채의 큰사랑에 불이 꺼졌다.

그러니, 이제 안채의 큰방과 대청마루 하나를 사이에 둔 효원의 건넌방에 불이 꺼질 차례인 것이다.

웃어른의 방에 불이 꺼지기 전, 그 아랫사람들이 먼저 불을 끄고 잠들 수는 없는 일이었으니, 그렇게 순서를 지키는 것은 이미 어제 오늘의 일이 아니었다. 율촌댁이 이 댁으로 시집와서 건넌방에 든 그날로부터 이날까지 하루도 어김없이 지켜져 온 일이다. 굳이 그럴 필요가 있었을까만, 그것은 감히 누가 깨뜨릴 수 없는 불문율처럼 위엄있게 밤마다 행하여졌다.

율촌댁은 효원이 신행을 오기 며칠 전에, 좋은 날을 받아 청암부인이 거처하는 안방으로 옮겨 앉았다. 그리고 새로 집안에 들어올 며느리를 위하여, 이때까지 기거해 오던 건넌방을 물려주는 것이다.

본디 안채란, 가운데 넓은 대청을 두고 오른쪽에 큰 정지와 도장방이 딸린 넓은 안방, 왼쪽에 그보다 작은 건넌방이 있을 뿐이었으니, 고부 양대 거처밖에는 할 수 없는 곳이었다.

물론 방을 한 칸 더 달아 내는 것이 무슨 어려운 일일까마는, 삼 대가 함께 거하게 되면, 중년의 며느리는 새며느리한테 자기가 쓰던 건넌방을 물려주고, 안방으로 들어가 노년에 이른 시어머니와 함께 기거하는 것이 상례였다. 사람들은 이 안방을 큰방이라 하였다.

"내가 이런 날을 기다리며 그 많은 세월을 살아왔었느니라."

율촌댁이 큰방으로 들어와 마주 앉은 날, 그네가 절을 하였을 때 청암부인은 탄식처럼 이야기했다. 그 목소리에는 할 일을 다하고 난 사람의 감개와 허탈이 엉기어 있었다.

"이제는 되었다. 이제는 다아 잘되었다."

율촌댁이 큰방으로 짐을 옮기던 날은 날씨도 청명하였다.

그 청명한 햇발에 청암부인의 허연 머릿결이 눈부시게 빛나 보였다.

그것은 서리를 이고 있는 것처럼 보였다.

평소에는 그렇게까지 머리가 센 줄을 몰랐던 율촌댁은, 마당에 서서 짐 나르는 것을 바라보는 청암부인의 모습에 까닭없이 가슴이 철렁, 하여 손끝이 떨리었다. 무엇이라고 형언하면 좋을까. 온 집안을 누르고 있던 숨막히는 기상의 한쪽이 아침나절의 서리와도 같이 알게 모르게 스러지는 것을 손끝이 먼저 느끼었다고나 할 것인지.

"죄송스럽습니다."

율촌댁은 목소리를 낮추어 말했다.

그 소리 속에 간곡함이 배어났다.

그러나 단순하게 간곡하기만 한 것이 아니요, 이상하게도 무엇인지 벅차오르는 듯한 심회를 가누지 못하는 기색이 역력하였다. 청암부인은 아랫목에 정좌하며 그러한 며느리를 지그시 건너다 보았다.

"죄송하다니 그게 무슨 말이냐. 당치도 않다. 내…… 이런 날을 보고 죽으려고 일찍이 젊은 날에 살아 남았던 것이 아니냐. 이마안허면…… 나는 복 있는 사람이니라."

청암부인은 눈을 내리감은 채 미소지었다.

그 미소에 만감이 어리었다.

"다 알아서 할 것이지만 모든 준비에 정성을 들이도록 하여라."

효원이 거처할 건넌방의 치장을 두고 이르는 말이었다.

물론 그 방은 도배도 새로 하고, 장판도 다시 발랐다.

장판에 먹인 노란 콩기름 냄새가 군불의 열을 받아 구수하게 방안에 고여 오른다.

효원은 등잔 아래 앉아 물끄러미 방안의 세간들을 둘러보았다. 모두 이번 신행길에 함께 가지고 온 혼수 세간들이다. 사방 열한 자의 건넌방은 크고 작은 가구 집기들로 가득 차 있다.

웃목의 주칠(朱漆) 삼층장만 하여도, 난쟁이 목수가 다른 일 다 제쳐두고 오직 이것 하나를 위하여 꼬박 석 달 열흘을 했다고 말하지 않았던가.

난쟁이 목수 솜씨라면 인근뿐만 아니라 광주, 나주에서까지도 사람이 오곤 하였는데, 설마 그렇게나 오래 걸렸을까 싶었지만, 하기는 귀목을 베어 말리는 일부터 시작하자면 그렇게 걸렸을 법도 한 일이었다.

장식이 정교하여 기둥과 쇠목, 동자목, 문골 등의 울거미를 모두 골밀이로 둥글게 파낸데다가 주칠도 투명하게 하여, 귀목의 아름다운 나무 무늬를 그대로 살아나게 끼웠다. 기둥의 네 귀퉁이는 불로초 귀감잡이로 싸서 꾸몄다. 그리고 서랍에는 국화 바탕에 칠보 들소가 앙징스럽게 단추처럼 달려 있고, 장의 가장자리를 돌아가며 자잘하게 장식한 풍혈(風穴)은 박쥐 풍혈이다.

삼층장 옆에는 의걸이장이 놓여 있고, 실 궤(櫃)와 사방 탁자가 각각 제자리에 앉고 서고 하였다. 사방 탁자의 아래칸에는 신랑 쪽에서 혼서지와 채단을 담아 보내왔던 함(函)이 자리잡고 있다. 함의 앞바탕과 경첩에는 음각 매화문이 새겨져 있어 등잔 불빛을 받아 은은히 빛난다.

대[竹]로 상자같이 네모 반듯하게 짜서 거죽을 채색 종이로 곱게 발라 옷이나 여러 가지 물건을 넣어 둘 수 있는 농, 주석 장식이 단아한 반닫이장이 나란히 맞대고 있는데, 반닫이의 윗장 알갱이에 용목(龍木)을 붙여 만든 화사한 면과 거멍쇠 장식, 칠보문 제비초리 경첩, 완자문 자물쇠, 열쇠받이, 불로초 장식 등은 과연 난쟁이 목수가 심혈을 기울였다 할 만했다.

그뿐이랴.

문갑 모양으로 짰으면서도 언뜻 그 외양은 일반 장롱을 조그맣게 줄여 놓은 듯한 화각(畫角) 버선장의 호화롭고도 아담한 자태라니.

앞면 골재(骨材)는 감나무로 하고, 개판, 옆널, 뒤판은 오동판으로 된

이 버선장에는 앞문 복판에 하늘로 날개를 치며 오르려는 봉황과 붉은 구름이 무늬지어 날고, 그 사방 둘레를 돌며 매화·난초·국화·목단·불로연(不老蓮) 들이 수줍은 듯 흐드러진 듯 피어 있다.

나비 모양의 문고리 바탕과 경첩, 박쥐 모양의 귀싸개 장식은 파랑, 초록, 살색의 칠보를 입고 요요히 빛나는데, 자물쇠에는 칠보 상감으로 희(囍)자가 새겨져 잔잔히 웃는 것이다.

참 이만한 솜씨라면 난쟁이 목수를 광주, 나주 아니라 어디에서라도 안 불러 갈 수가 없었겠다.

효원은 오른 무릎을 세운 채, 한 손으로 이마를 받치고 우두커니 앉아 하염없이 이런 것들을 둘러본다. 밤에 거울을 보면 무서운 일이 생긴다 하여 뚜껑을 닫아 밀어 놓은 경대가 백동(白銅) 장식을 달고, 장지문 옆 동편 자리에 뎅그맣다.

날이 밝으려면 아직도 한참이리라.

효원은 경대 옆의 화각 반짇고리를 본다.

그 시선에 놋화로의 날카로운 놋쇠 빛깔이 부딪친다. 차갑다. 아직 잿불을 담을 때가 아니지. 불기 없는 놋화로는 그 비어 있는 것이 이상하게 섬뜩하고 썰렁하여, 몸을 오스스 떨게 한다.

횃대에 걸린 저고리의 긴 고름이 문틈으로 스며드는 바람에 그러는 것인지 보일 듯 말 듯 흔들린다. 빈 벽에 길게 늘어뜨려 드리워진 옷고름 그림자가 검다. 금방 벗어서 걸어 놓은 저고리다. 이제 막 흰 적삼과 속옷으로 갈아입은 것이다.

아무래도 잠이 올 것 같지 않았으나 몸을 일으켜 이부자리를 편다.

버스럭 버스럭.

감잎 같은 매끄럽고 도톰한 본견과, 풀 먹인 열한새 광목 하얀 호청이 서로 접히고 펼쳐지면서 와스락거린다.

사위가 고요하여, 물 밑바닥처럼 적막한 방안에 홀로 이불 펴는 소리만이 낙엽 소리처럼 부서진다.

뒤안의 감나무 가지에서 때를 맞추어 마른 잎사귀 갈리는 소리가 들린다. 그중 몇 잎은 떨어지는지 마당에 구르는 소리가 떼구르르 난다. 산이 가까운 탓인가. 떡갈나무 잎사귀들, 참나무, 상수리나무 잎사귀들이 서로 사그락거리는 소리도 바로 귀밑에서 들린다.

쇄아아.

문득 효원의 귀에 친정 대실의 대바람 소리가 물결처럼 밀려온다.

성성한 대숲의 대이파리들이 날을 파랗게 세우며 바람을 일으킨다.

아아.

사랑채 작은사랑의 불빛은 아직도 밝혀져 있는지.

마음 같아서는 장지문을 열어 보고 싶었으나, 그 마음을 효원은 지그시 내려누른다. 인두로 저고리 깃을 돌려가며 누르듯.

그리고는 불을 끌까 하다가 그대로 오두마니 앉아 등잔을 바라본다.

강모는 사랑채의 작은사랑에 있다.

언제라고 얼굴을 마주 바라보았을까만, 강모는 신행 온 그날 하루만 밤이 아주 늦어서야 건넌방으로 들어오고는, 지금 이레가 되었는데 스치는 일도 없이 그대로 사랑에서 지내는 것이다.

그나마 내일은 전주로 떠난다고 했다. 전주로만 갈 것인가. 그는 동경으로 간다고 했었다.

효원은 웃목에 놓인 반짇고리를 앞으로 끌어당긴다.

아무래도 잠이 들기는 틀린 것 같다.

이렇게 밤이면 잠을 못 이루는 것은 이제 효원에게는 벌써 버릇이 되어 버리고 말았다.

처음 대례를 치르고 신방에 들었던 그 밤으로부터 이미 불면은 시작되었던 것이다. 설령 어쩌다 깊은 잠이 든 날도 없지는 않았겠지만, 그런 날조차도 효원은 잠을 설치고 말았다는 기분에 사로잡히곤 하였다.

그리고 머릿속은 그만큼 늘 무겁고, 짓눌리듯 답답하였으며, 그것은 아무리 걷어내도 개운하지를 않았다.

딱 무엇이라고 꼬집어내서 말하기 어려운 무슨 연기 같은 것이 가슴에 가득 차 있어, 자연 숨을 크게 뿜어내곤 하는 것이 일이었다. 그렇다고 밖으로 드러내어 표를 낼 수도 없었다.

오히려 허담과 정씨부인 쪽에서 효원보다 더욱 근심을 하는 기색이 보여, 부모의 앞에서는 낯빛을 온화하게 꾸미고 범연한 척해야 했다.

그것이 하루 이틀이었는가.

(저것들이 아마 합궁도 아니하였을 것이다.)

하는 근심이 두 내외의 표정과 분위기에서 역력히 느껴질수록 효원은 더욱더, 모든 일이 순탄한 듯 꾸미고 있어야 했다.

정씨부인인들, 아무리 여식이라 하나, 그것을 발설하여 효원에게 곧바로 물을 수는 없는 것이었다.

"신방에서는 무사하였느냐?"

고작 그렇게 물을 수밖에 다른 말은 차마 더 하지 못하였다.

그럴 때, 효원은 대답 대신 고개를 수그리면 되었다.

그저 미루어 짐작하시라는 표시다.

"긴히 쓰일 일이 있으리라."

신방에 드는 효원을 따라 들어왔던 정씨부인은 원앙금침의 호화로운 자리밑에 서리처럼 하얀 삼팔주(三八紬) 수건을 고이 넣어 주었다.

중국에서 나던 귀한 명주를 무엇에 쓰라고 어머니가 손수 거기 접어 넣어 두는지 효원은 알고 있었다.

그래서 얼굴이 발갛게 물들어 고개를 들지 못하고 돌리고 말았었다.

그것은 순결하고 비밀스러운 첫날밤의 신부가 꽃잎같이 떨구는 한 점 앵혈(鶯血)을 정갈하게 받아내는 부드럽고 흰 비단이었던 것이다.

하늘 아래 그보다 더 정결한 피가 어디 있으랴.

이 세상에 여인 된 이 그 누구라서 수줍고 당당하면서 새로이 태어나는 그 한순간의 핏방울을 함부로 하고 싶으리. 소중히 간직하고 싶을 것이었다. 그래서, 눈부시게 하얀 비단 위에 그 선홍을 곱게 받는 것이다. 그것은 증거요, 징표였다.

그러나 그 하얀 삼팔주 수건은 아직도 그대로 있었다.

효원은 생각이 거기에 미치자 문득, 그 명주 수건은 한 번도 쓰이지 않은 채, 그렇게 장 속에 깊이 접혀져 자신과 함께 빛이 바래고 말 것만 같은 마음이 들었다.

대실에서 소식 없는 강모를 기다리고 있을 때는, 그래도 지금처럼 막막하지는 않았었다.

"나이 어린 탓이니라. 아직도 제기 차고 뛰어놀 나이 아니냐. 조금도 마음을 무겁게 갖지 마라. 다 때가 있는 법이다. 봄이 오면 꽃이 저절로 피어나지 않더냐?"

정씨부인은 효원에게 지나가는 말처럼 일렀다.

효원이 너무 범연한 낯빛이었으므로 공연한 말을 시작하여 혹 그 마음에 덧이 날까 염려한 때문이었다.

그리고 오직 모든 핑계를 강모의 어린 나이에 밀어 두었다.

그러나 매안으로 신행을 온 그날부터 효원의 심정은 달라지고 있었다. 그것을 어떻게 설명할 수 있으리오.

효원은 이런 생각들을 진정시키기라도 하려는 듯 밀어 놓은 반짇고리를 다시 끌어당긴다. 오동나무 바탕에 화각을 입힌 화려한 반짇고리다. 시누대 죽장(竹張)에 우골(牛骨) 장식이 붉은 바탕색 위에 꽃같이 곱다. 그리고 노랑과 연두 빛깔이 현란하다. 네모진 사면을 돌면서 연잎과 연꽃 사이에서 잉어가 펄떡이며 솟구쳐 노닐기도 하고, 늙은 거북이 용의 형상을 띠면서 구름 속을 날기도 한다.

모란꽃도 흐드러지게 피어 있다.

신부의 반짇고리라서 이다지도 고운가.

잠 안 오는 밤이면, 이렇게 색색깔의 화각 반짇고리를 끌어안고, 바느질로 밤을 새우라는 뜻인가. 그러나 반짇고리에는 화각 실패와 화각 잣대 침척(針尺)이 덩그라니 담겨 있을 뿐이었다.

납작한 판형 실패도, 둥실한 통형 실패도 구름 속에 노니는 운학(雲鶴)과 운용(雲龍), 국화무늬 나비 날개 국국접(菊菊蝶)의 아기자기한 문양으로 호사스럽게 어여쁘고, 침척 또한 한 치마다 얇게 켜서 잘게 자른 쇠뼈에 물을 들인 우골을 그어서 칸칸이 소담한 매화, 난초 꽃송이를 새겨 넣었으니, 보는 이의 마음도 따라서 화사하여지련만.

부질없다.

그것들을 어루만지며 효원은 되뇌인다.

효원이 본디 침선을 즐기는 편은 아니었다. 그러나 한번 바늘을 잡으면 올곧은 성미 그대로, 일을 길게 끌지는 않았다. 또 그 솜씨도 대범했다. 그래서 정씨부인은

"너는 남자로 났으면 좋을 뻔하였다."

고 말하곤 했다.

자수(刺繡)에 있어서도 마찬가지였다.

효원의 아우 용원(蓉源)과는 사뭇 달랐다

바로 네 살 아래인 용원은, 자태부터도 부용 용(蓉)자가 어울리게 형에 비하여 아담하고 고왔으며 용모도 순덕하였다. 그 모습대로 자수의 솜씨 또한 매우 정교하고 화사하였다.

그러나 효원은 달랐다.

용원처럼 요모조모로 알뜰하게 모양을 꾸며가며 빛깔을 곱게 써서 정교하게 수를 놓는 것은 효원의 성품에 맞지 않았다. 그런 일들이 자잘하게 느껴지는 것이었다. 그렇게 수를 놓느니, 차라리 홀로 서책을 대하거나, 부친 허담과 마주앉아 담론을 하는 쪽이 보다 좋았다.

허담도 그러한 효원을 상대로 고기(古記)를 들려 주고, 조상의 학문과 내력, 그분들의 업적에 대하여 이야기하는 것을 즐겼다.

그리고 혼행에 상객으로 온 이기채에게

"내가 운수가 비색(否塞)하여 저 아이를 여아로 두었소이다."

하고 솔직하게 털어 놓을 정도로 효원을 애중히 여기었다.

효원은, 용원이 수를 놓고 있을 때 막내 아우 남욱과 더불어 사군자를 치기도 하고, 혹은 여사서(女四書)를 베껴 쓰기도 하였다. 필사본(筆寫本)을 만드는 것이었다. 효원의 필재는 호방하였다. 그러나 그 서체

에는 고집스러운 금속성이 모가 나게 서려 있는 것을 숨길 수 없었다.

효원은 곧잘 밤을 밝혀 필사본을 썼다. 물론 궁체 글씨였다. 명심보감(明心寶鑑)이며, 조선조의 이름난 시가(詩歌)들, 그리고 박씨부인전, 유충렬전, 숙영낭자전, 사씨남정기들의 이야기책은 말할 것도 없고, 오륜행실도(五倫行實圖)까지 하여 여남은 권의 책을 옮겨 써 두었다. 그럴 때 용원은 그 곁에서 곧잘 밤을 같이 새워 주었다. 동무를 하여 주는 것이다. 그것은 혼례를 치르고 아직 매안으로 신행 오기 전, 친정에서 묵히고 있을 때도 내내 마찬가지였다.

"사람은 언제부터 이렇게 바늘 들고 수를 놓기 시작했을까요?"

"글쎄. 옛사람들은 흙을 보고 그릇을 굽고, 나무를 보고는 가구를 짜고, 금을 보고 가락지를 만들었으니, 실이 생기고는 그 실을 가만 두었겠느냐? 내 생각에는 실로 베를 짜기 시작할 때부터 수가 있었을 것 같은데? 옷감을 짰으니 무늬를 놓고 싶었겠지."

"하얀 화선지를 보고는 화공이 저절로 붓을 드는 심정으로?"

"그렇기도 했을 게다."

"어찌 되어 생겨났든 자수란 규방에 얼마나 아름다운 동무인지 몰라요. 이 고운 색실에다 마음을 꿰어 한 올 한 올."

"그것도 고려 시대에는 굉장했다더라."

"어떻게요?"

"어찌나 자수가 성행했는지 집집마다 수 안 놓고는 못 사는데, 귀족은 말할 것도 없고 일반 백성의 복식에도 온갖 장식 자수가 극성해서, 수차에 걸쳐 국법까지 제정을 했드란다."

"아이구머니나, 얼마나 요란했으면 그랬을까?"

"왕을 호위하는 군대들의 장수 병졸 군복에도 휘황찬란하게 수를 놓아서, 오채수화(五彩繡花)로 장식을 했단다."

"오채수화? 다섯 가지 색색으로 꽃무늬를 수놓았단 말인가?"

"그것도 전쟁하는 군복에 말이다. 그러니 일반 서민들까지도 사치스러운 자수를 얻느라고 그 낭비가 대단했었던 모양이더라."

"아니, 이런 자수 정도가 그다지도 심한 낭비 사치가 되었을까요?"

"사소하게 뵈는 것도 도가 지나치면 걷잡을 수 없는 낭비에 빠지게 된다. 조선조에 여인들의 머리 장식 또한 그랬다지 않느냐? 얹은머리가 어찌나 크게 성했든지, 다래 한 채 값이 중인 열 집의 재산을 넘었더래. 거기다가 수식 또한 엄청나서 밀화석황(密花石黃)에 금패주옥이며 칠보를 주렁주렁 붙이고 달고 꽂았으니. 가산 탕진을 안하겠느냐? 심지어는 그런 일도 있었더란다. 부귀한 집의 열세 살 먹은 신부가 말이다, 다래머리를 어찌나 무겁고 높게 하였던지 신부가 이기지 못하고 있는데, 방에 시아버지가 들어오시니 갑자기 일어서다가 그만 목뼈가 부러졌단다. 다래 무게에 눌린 것이지."

"온 세상에……. 사치가 능히 사람을 죽였구려."

"다래머리의 사방 높이 넓이가 가히 한 자를 넘었었대."

"지금이야 그런 일이 어디 있을라구요."

"지금이라고 왜 그런 일이 없으리? 그 이름만 다래다, 자수다, 바뀌는 것이지, 어느 한 가지로 과잉하게 마음이 쏟아져 걷잡지 못하게 사치를 하는 것은 변함없을 것이다. 집이든, 의복이든, 금패든, 사치를 하기로 들면야 어떻게 감당하겠느냐?"

"그런데 형님, 이렇게 베갯모에 학이나 수놓고 목단문(牧丹紋) 보자기에 꽃송이나 피우는데도, 자수가 어찌 재산을 탕진시키리까? 색실 몇 올이 무에 그리 큰 재산이 든다고."

용원은 수를 놓고 있던 베갯모에 바늘을 꽂으며 물었다.

"금실 은실을 써 보아라. 탕진은 눈 깜짝할 사이지. 그래서 고려 정종 9년 사월에, 금중외남녀 금수소금 용봉문 능라의복(禁中外男女 錦繡銷金 龍鳳紋 綾羅衣服)이라 하여, 뭇남녀 의복에 금을 녹여 만든 실로 황룡이나 봉황새를 수놓은 비단옷을 금하기도 하고, 인종 9년의 칙령에는 금서인 라의견고(禁庶人 羅衣絹袴)라 엄명을 내렸더란다."

"서민들은 비단 옷이나 명주 바지를 못 입게 한단 말씀인가요?"

"그렇지. 그런 옷 바탕에다가 현란한 금은사(金銀絲)를 쓰고, 온 집안 곳곳의 크고 작은 것들을 비단실로 장식해 봐라. 병풍, 보료, 방장이며 심지어는 부시쌈지, 수저집, 골무, 거기다가 지금 네 당혜 앞부리까지도 분홍 매화문을 수놓지 않았더? 이처럼 수가 닿지 않은 곳이 없으니, 사치를 하기로 들면 가산이 기울지 않고 견디겠느냐?"

"과연……."

용원이 고개를 끄덕이었다.

"마음인들 그러지 않으리. 손에 만져지고 눈에 뵈는 것이 아니니 어디 표가 나지야 않겠지만, 어느 한 곳에다 노심초사 마음을 기울이면, 그 몸이 어찌 성할 수 있겠느냐? 과중하게 기울어진 마음은 애(愛)·증(憎) 간에 몸을 망치고 말 것이야."

그 마지막 말은 효원 자신에게 다짐하는 것이었는지도 몰랐다.

혼례 후에, 무엇인가 이미 평탄치 않은 길이 자기 앞에 놓여 있음을 예감하고 그것을 미리 각오하려는 심정을 은연중 속으로 다지고 있었던 것도 같았다.

그러나 말벗을 해 주던 용원도 지금은 곁에 없다.

효원은 등이 시리다.

하릴없는 빈 반짇고리를 다시 윗목으로 밀어 놓는데, 문풍지가 더르르 운다. 외풍이 있는 모양이었다.

방바닥은 그런대로 따끈하건만 도무지 따뜻한 줄을 모르겠다.

저 먼 아랫몰 어디쯤에서 개 짖는 소리가 컹 커엉 들린다. 그러자 여기저기서 개들이 싱겁게 따라 짖는다. 다듬이 소리도 어두운 밤 공기의 바람결을 따라 흩어질 듯 들려온다. 맞방망이 소리가 아닌 것이 누가 혼자서 밤을 새워 다듬이질을 하려는 모양이었다.

뉘 집에 대사(大事)라도 앞두고 있는 것일까.

문득 효원의 머릿속으로, 대실의 사랑에 모여서 강모를 다루던 사람들의 얼굴과 웃음 소리와 홍두깨질이 쏟아졌다.

"여보게 자네, 뭐 할라고 왔는가? 각시 훔쳐 갈라고 왔는가?"

나이가 좀 들어 보이는 재종 인욱이가 흰 광목띠를 강모의 발에다 묶으며 이빨에 힘을 주어 한 마디 던지자,

"아니, 그럼 이 사람이 바로 도둑놈 아닌가?"
하고 곁에서 맞받았다.

신부에게까지 들리라고 일부러 큰 소리로 하는 말이었으니, 온 집안에 그 주고받는 수작이 커다랗게 울렸다.

"도둑놈이라니? 그럴 리가 있는가? 양상군자(梁上君子)겠지."

"양상군자? 그렇다며언 이는 서생원(鼠生員)이란 말이렷다아."

그러자, 방안에서는 와아 웃음이 터져 나왔다. 방안뿐이 아니라,

마당에서 구름같이 둘러서서 구경하던 사람들도 웃음을 터뜨렸다. 안방에서도 빙그레 웃음을 물었다. 양상군자란 도둑을 점잖게 이르는 말이기도 했지만, 달리는 쥐를 이렇게 부르기 때문이었다.

"서생원과 다를 게 무어야? 남이 일껀 피땀 흘려 지어 놓은 한 해 농사를 남모르게 물어내 곡식 축내는 건 이 사람과 마찬가지거늘."

"한 해 농사만? 인생 농사 평생 경영 밑천을 빼가는데."

강모의 두 발목은 단단하게 광목띠로 비끄러매진 채 공중으로 둥실 떠올랐다. 그중 실한 두 사람이 자기 어깨에 발을 묶은 띠를 한 가닥씩 둘러맨 것이다. 순간 와아 함성이 일었다.

"웨메, 저런 꽃 같은 도적이라면 나는 문 열어 놓고 눈 빠지게 지달리겄네잉. 하이고오. 이뿌기도 허구라아."

마당에서, 마루에까지 들어찬 사람들의 머리 너머로 꼰지발을 딛고 넘겨다보던 콩심이네가 입을 반쯤 벌린 채 탄복한다.

"문이나마나, 머 열고 닫을 것이라도 있당가? 노상 다 열어제끼고 한디서 사는 노무 처지에."

서저울네도 벙싯거리며 고개를 빼문다.

"대문 중문 열두 대문보담 더 짚은 진짜 문이 멋이간디?"

콩심이네는 목소리를 툭 낮추어, 턱을 빼올리고 선 서저울네 옆구리를 쿡 찌르며 묻는다.

"머엇은 머엇이여? 니 치매 속에 있는 것이겄지."

어느 틈에 점봉이네가 콩심이네 곁에 바싹 다가서서 어깨를 짚으며 그 귓바퀴에 대고 입김 부는 소리로 대답한다.

"워메 참말로 지랄허고 자빠졌네잉. 누가 들으면 어쩔라고오."

"아, 넘 들으라고 허는 이얘기 아니였어? 나는 또 부러 소문 내 줄라고 그릿제잉. 한 번 더 말해 주까?"

점봉이네가 말끝을 채 못 맺고 히히히, 괴상한 웃음을 짓깨물며 터뜨린다. 콩심이네가 옆구리를 꼬집은 것이다. 그 웃음 소리에 걸려 유성 하나가 하늘의 변두리로 은꼬리를 길게 남기며 진다.

"자아, 자신의 죄과를 알렷다."

방안에서 짐짓 위엄을 떨치는 굵은 목소리가 우렁차게 울려 나왔다.

아마 이제부터 신랑을 다루기 시작할 모양이었다.

강모는 고개와 어깻죽지만 방바닥에 닿은 채 공중으로 두 다리가 물구나무를 서고 있는 형국이어서, 얼굴로 핏기가 쏟아지며 몰렸다.

"이실직고를 하렷다."

"도무지 뉘우치는 기색이 없군."

"그럼 매우 쳐야지."

"쳐라."

누군가 홍두깨를 높이 치켜든다.

"남의 문중에 뛰어들어서 귀한 처자를 훔친 죄는 이렇게 다스려야."

치켜든 홍두깨가 강모의 발바닥으로 떨어진다.

"아."

강모는 저도 모르게 비명을 질렀다. 아찔한 아픔이었다.

"아퍼? 아아직 멀었네."

이번에는 좀더 세게 내려친다.

"으아."

장난으로 그러는 것이련만 발바닥이 얼얼하며 복숭이뼈까지 저린다.

"허허어. 이러언 엄살 좀 보라지. 이래 가지고 어찌 무슨 용기로 남의 규방에는 침범을 했던고오?"

다시 홍두깨가 발바닥을 친다.

철썩.

따악.

내려치는 홍두깨와 강모의 비명, 사람들의 농담과 터지는 웃음 소리들은 박자라도 맞추듯이 함께 어우러지며 촛불에 일룽거린다.

"자네 감히 허씨 문중을 넘보았겄다? 우리가 그렇게 울도 담도 없이 허술한 줄 알았던고?"

"거기다가 자네 어쩌자고 인제서야 얼굴을 내미는가? 일각이 여삼추라고, 날만 새면 동구 밖에 무슨 기척이라도 있는가, 있는 목, 없는 목 다 뽑아 올리고 내다보며 학수고대 기다리는 사람이 있는데, 자네 그간 어디 가서 무엇 허다 인제 왔는가?"

"못쓰네, 못써어, 사람이 그러는 게 아닐세."

"다시는 그리 말게. 이제 아주 아무 데로도 못 가게 더 쳐라. 더 쳐."

"발병이 나면 제가 어디로 갈 것인가. 십 리는커녕 방문 바깥도 못 나가지, 아암."

에에이잇.

아무래도 단순히 농담만 같지는 않은 말 끝에 홍두깨가 발바닥에 쏟아진다. 사람이 바뀌어 가면서 내려치는 것이다. 갈수록 매가 맵다.

"아구구우."

"어림없네, 어림없어. 아주 오늘 밤 결판을 내자고."

강모는 아픔을 참지 못하여 울상이 되어 버리는데 콧등에 땀이 돋아

난다. 어쩌든지 발목을 빼 보려고 버둥거렸지만, 비끄러맨 광목띠는 그럴수록 더욱더 발목을 죈다.

그때 방안으로 걸게 차린 술상이 벌어지게 들어왔다.

이에 잠깐 사람들은 술렁하였으나,

"이까짓 것으로는 안된다고 여쭈어라. 손바닥만한 술상 하나로 어찌 이렇게 큰 죄인을 풀어 주랴?"

인욱이 안채를 향하여 소리를 친다.

"가서 신부 오라고 해라."

"신부가 와서 빌어라."

"신부 어디 있어? 신부."

술상을 받은 방안은 그로 인하여 흥이 막바지에 오른 듯 떠들썩하다.

"신부 추우울."

누군가 초례청의 흉내를 낸다.

"신부 잡아 와."

그러나 신부는 그 모습을 나타내지 않는다.

"안되겠다. 신랑을 더 쳐라."

"허씨 문중을 초개같이 내버리고 도적을 따라 평생을 살겠다니, 이런 고연 심뽀가 또 있는가? 신부 죄도 절대로 용서 못헌다아."

"쳐라."

"두 몫을 한꺼번에 매우 쳐라."

"아직도 신부가 안 오는가? 저어기 오고 있는가?"

"안되겠구나, 다리가 부러지게 혼 좀 나야겄다아."

한 사람이 일부러 목청을 돋운다. 옆에서 홍두깨를 번쩍 쳐든다.

후려칠 기세다. 강모의 잔등에 식은땀이 흐른다. 촛불이 펄럭 나부끼며 춤을 춘다. 강모는 온몸이 얼얼하여, 어서 빨리 이 곤경을 벗어나고 싶기만 하다. 사람들의 흥겨움과는 전혀 무관하다. 발목에서는 이미 쥐가 나고 있었다.

에에에잇.

휙, 소리가 나며 매찬 홍두깨가 발바닥으로 사정없이 떨어지려는 찰나, 방문간에 신부가 나타났다.

"아아, 신부 왔구나아."

"열녀로다, 열녀야."

"자네 잘 왔네, 아니, 그런데, 여기가 어딘 줄 알고 겁없이 왔는가? 이게 바로 자네 물어 갈 호랭이 굴일세."

"호랭이야 따로 있지. 아, 신부 잡아 먹을 호랭이는 홍두깨 든 자네가 아니라, 이 꽃각시 같은 새신랑이네. 이 사람."

"아하하아, 그런가아? 그렇다면 이 몽둥이는 이제 쓸모가 없지 않은가? 무겁기만 하고. 옛다, 아나, 너 가져라."

드디어 흥겨움은 절정에 이르렀다.

그러나 효원의 얼굴은 불빛에 그늘이 져서 그렇게 보이는가. 그러지 않아도 각이 선 얼굴이 그 음영 때문에 좀더 단단해 보인다. 불빛이 비치는 쪽의 얼굴은 가면처럼 보이고 그림자 진 쪽은 차가워 보인다.

효원은 드디어 강모 옆으로 다가섰다.

강모는 두 젊은이의 어깨에 발이 매달린 채 방바닥에 고개를 대고 거꾸로 신부 효원을 올려다 보았다. 신부의 얼굴이 푸른 빛을 띠고 있는 것 같았다. 굳어 있다고도 느껴졌다. 거꾸로 올려다보는 신부의 몸집은 그 큰 키와 더불어 태산처럼 거대하다. 신부는 우뚝 서서 강모를 내려다본다. 강모의 얼굴은 팥죽 빛깔이었다.

"풀어라, 신랑을 풀어 주어. 신부가 풀어."

떠들썩한 홍소가 터진다.

그네는 침착하게 강모의 발목을 잡았다.

그러자 잡힌 쪽의 발목이 스르르 미끄러지면서 바닥으로 툭, 내려뜨려진다. 띠를 어깨에 매고 있던 사람이 그 끝을 놓아 준 것이다.

와아아.

방안에서 환성이 일고, 마당에서는 웃음 소리가 출렁거린다.

효원은 다른 쪽 발목도 그렇게 했다.

"풀어, 고리를 풀어라."

"신랑 발목이 그렇게 꽁꽁 묶여 있어서야 어디 신부를 데리고 가겠는가?"

"풀어라, 풀어."

"여보게, 이실(李室), 그 홀맺힌 게 다아 인생의 업고라네. 마디마디, 한평생 가는 길에는 마음 고생, 고달픈 몸, 맺히고 맺힌 것도 많을 것이네. 자네, 속 시원히 풀고 가게."

효원은 번듯이 드러누워 버린 신랑 강모의 발치에 앉는다.

그리고는 두 손으로 홀맺은 매듭을 풀어 보려 한다.

그러나 장정들이 있는 힘껏 기운대로 묶어 놓은 것이라 풀릴 기척도 보이지 않는데, 손톱만 아프고 아리다.

그것도 한 번만 그렇게 묶은 것이 아니라 고리고리 야무지게도 예닐곱 마디씩이나 묶여 있으니, 강모의 양쪽 발목에는 열너댓 고가 사슬처럼 얽혀 있다.

효원은 순간 망연하였다.

강모는 이미 아랫도리 감각이 없어진 것 같았는데, 그만 맥이 풀려버려 아예 눈을 감고 몸을 내맡기고 있었다. 몸이 두웅 떠오르는 것도 같았다가, 다시 그대로 수욱 가라앉는 것도 같아진다. 즐겁고 흥에 겨운 마음으로 휩쓸려 매를 맞았다면 이다지도 힘이 들지는 않았으리라.

효원은 효원대로 맺힌 심정이 있어, 차라리 죽을 만큼 실컷 두들겨맞게 두어 버릴까, 싶은 억하심정까지도 치밀었다.

그러나 효원은 이윽고 강모의 발치에 무릎을 꿇고 엎드리더니, 자기 입을 발목에 가져다 댄다.

와아아.

다시 함성이 일어나 뒷등에 쏟아진다.

강모에게는 그 소리가 아득하여 무슨 꿈결처럼 들린다.

효원은 이빨로 단단한 매듭을 문다.

나무토막 같다.

돌덩어리를 문 것 같기도 하다. 이빨이 들어갈까 싶지가 않았다.

"풀지 마소. 풀지 말어. 그렇게 발목 묶여 갖꼬 각시 앞에 잡혀 있을 때가 좋을 것이네. 여보게, 이실."

효원은 풀릴 것 같지 않은 매듭을 위아랫니로 마주 물고, 왼손으로는 발목을 부여잡고, 오른손으로는 매듭의 고를 잡아당긴다. 거의 필사적인 기분이 들었다. 움쩍도 하지 않는 고를 기어이 풀어 내려는 효원의 구부린 뒷등에는 무서운 오기가 서린다.

"이실, 인제 한평생 살어 봐. 신랑 발목 비끄러매서 묶어 두지 못한 것이 참말로 한될 날이 있을 것이네."

"지금이 좋지. 지금이 좋오아."

효원은 드디어 한 마디를 풀었다.

고개 하나를 넘어선 것 같았다.

네가 나를 이 앞으로 대관절 몇몇 고비에서 이렇게도 애를 먹일 것이냐. 내가 네 발치에 어푸러져 무슨 속을 한평생 상헐라고 지금부터 이러느냐. 네가 누구이냐. 네가 과연 누구이길래 이 첩첩한 고갯길에 이렇게 나를 어푸러지게 하느냐.

효원은 이를 앙다물었다.

혼인한 뒤에 신부를 남겨 놓고 본가로 가 있던 신랑이, 날을 잡아 처음으로 처가에 재행(再行) 오는 날. 이날이야말로 혼인날보다 더 흥겹고 재미가 있어, 정작 신랑과 더불어 한판 놀아 보려는 신부 문중의 대소가 일가 친척들이 다 모여 장난 삼아 신랑을 다루는 것이고, 누구라도 장가들 적에는 홍두깨로 매를 맞는 것이니 함께 따라 웃으면서 치를 수도 있는 일이었으련만, 효원의 가슴에는 광목띠보다 더 단단하고 질긴 매듭이 서리를 트는 것이었다.

강모가 갑자기 발목으로 피가 몰리는 아찔하고 후끈한 느낌에 눈을 떴을 때, 효원은 흐르는 땀을 닦을 생각도 하지 않은 채 한동안 우두커니 앉아 있었다.

마지막 하나를 금방 풀어낸 것이다.

안팎의 사람들은 덩실 춤이라도 추는 시늉을 하여 불빛 아래 술상을 내고, 받고, 따르고 하였으나, 강모와 효원은 각각 혼곤하여 차라리 멍하고 무감하였다.

효원은 그날 그때의 생각을 하며 소리 없이 한숨을 쉬었다.

갓 신행 온 신부의 방에서 깊은 밤중에 한숨 소리가 새어 나가서는 안되기 때문에 소리를 억눌러 죽인다.

이제는 사랑채의 작은사랑 등불도 꺼지고 말았으니, 홀로 불을 밝히고 있는 사람은 온 집안에 효원뿐이었다.

불빛이 푸르게 느껴진다.

젊은 밤에 푸른 등불이 웬말인가.

다사로운 온기가 없는 불빛이다.

……신랑 발목 비끄러매서 묶어 두지 못한 것이 참으로 한될 날 있을 것이네.

그것은 누구의 목소리였던가.

개 짖는 소리도 잠잠하여지고, 바람결에 들려오던 다듬이 소리마저 밤이 이슥하니 아득하게 멀어지는데, 문득 강모의 발목과 광목띠, 그리고 마디마디 맺히고 묶여 있던 고가 떠오른다.

"나는 아무래도 동경으로 가야겠소."

강모는 신행 오던 날 밤이 늦어서야 마지못한 듯 건넌방으로 들어와 효원의 맞은편에 다리를 개고 앉더니, 양 무릎에 주먹 쥔 손을 올려놓고 눈을 약간 내리뜬 채 말했다. 마치 외워 온 구절을 낭독이라도 하는 것처럼 목소리에 힘이 들어 있어 어색하였다.

이것은 또 무슨 소린가.

효원은 마음이 철렁하여 강모를 똑바로 바라보았다.

그만큼 충격적인 말이었기 때문이었다.

그 말은 단지, 무슨 동경에 가고 오는 것의 문제가 아니라, 보다 깊은 곳에 숨겨진 속뜻이 있는 것 같았다.

"미안한 일이오."

강모는 한참 동안 말을 잇지 못했다.

"이미 대실에 가기 전에 할머니께서도 허락을 하셨소."

허락이라는 말에 힘을 주며 강조한 뒤에

"얼마가 걸릴는지는 나도 몰라요. 그러니 그렇게 알고 있으시오. 음악을 공부하러 갈 작정이니까. 지금 이것저것 알아보는 중이니 준비 끝나는 대로, 바로 떠날 거요. 아마 몇 년 걸리겠지만."
하고는 '바로', '몇 년' 같은 말에서 머뭇거리면서 한동안 숨을 쉬었다가 잇는다.

그도 결코 하기 쉬운 말을 하고 있는 것은 아니리라.

그러나 듣고 있던 효원은, 지금까지 일 년 동안, 친정에서 없는 소식을 기다리던 것과는 전혀 다른 캄캄한 절망을 느꼈던 것이다.

그 절망은 불길한 예감을 머금고 있었다.

"신부가 가마에서 내릴 때, 시댁 지붕 꼭대기를 보아서는 절대로 아니된다. 그러니 각별 유념하고 다소곳이 들어가거라."

효원의 어머니 정씨부인이 신행길을 떠나는 여식에게 간곡히 당부하던 말이 새삼스럽게 사무쳐 왔다.

그것은 과부가 되지 말라는 뜻이었다.

물론 정씨부인은 그 뜻을 가르쳐 주지는 않았다.

말이 씨가 된다고, 그와 같은 언사를 아무리 경계하는 뜻이라고 할지라도, 새각시가 부정을 탈까 보아 입에 담을 수는 없기 때문이었다.

그러나 이미 효원은 그 뜻을 알고 있었다.

민간에 널리 퍼져 있는 그 말의 뜻을 꼭 들어서만 알고 새기겠는가. 또한 군이 그런 당부가 없었다 하더라도, 어떤 신부가 감히 우귀일(于歸日)에 시댁의 마당에 똑바로 서서, 구름같이 에워싼 시댁붙이들 어깨 너머로 그 높은 지붕 꼭대기를 우러러 바라볼 수 있으리오.

그때 후행(後行)으로는 효원의 부친 허담과 종조부 허근이 동행하였다. 효원의 일행이 강모와 더불어 기차에서 내렸을 때, 정거장에는 한 필의 나귀와 주렴을 늘이운 가마가 한 채 그들을 기다리고 있었다. 시댁에서 마중을 보낸 것이다. 가마 곁의 교군(轎軍)꾼 두 사람은 동저고리에 바지 차림이었는데 머리에는 패랭이를 비딱하게 썼다.

이미 그들 일행이 정거장에 닿기도 전에 마을 사람들은 겹겹으로 둘러서서 신부 구경을 나와 있었다. 거멍굴의 매안뿐만 아니라 이웃 아낙들도 두루치 자락을 거머쥐고 팔짱을 낀 채 입담들을 나누었고, 민상투 바람의 남정네며 타성들, 문중의 지친 먼 촌(寸)들이 저마다 끼리끼리 모여 서서 기차가 당도하기를 기다리는 것이었다.

그러다가 드디어 기차가 석탄가루를 날리고 목쉰 소리로 미끄러져 들어와서는 일행 중에 처음으로 눈에 띈 사람은 허담이었다.

"바깥 사둔 양반잉게비여. 하앗따아, 풍신 좋네에. 저 키 좀 봐."

"그런디, 그 옆에 저 노인 양반은 누구디야? 쉬염도 흐으여니 좋고 아조 점잖게 생겼그마는."

그것은 허근을 보고 하는 말이었다.

정거장에 허옇게 나와 선 사람들의 뒷전에서 옹구네와 평순네도 누구한테 질세라 서로 한 마디씩 하며 고개를 빼문다.

그 틈바구니에 아낙 하나가 어깨를 비집어 넣는다.

"신부는 어딧능교?"

"무신 하님, 짐꾼들만 자꼬 내리쌓네. 하앗따, 기차 하나 사 부렀능 게비다. 대실 사람들 내리고 나먼 기양 텅 비어 불겄다."

"어, 어, 저어그 새서방님 아니여?"

"어디? 어디이?"

"아, 쩌어그…… 저."

"참말로오. 학생복을 입어 놔서 못 알아봤그만 그리여. 신랑이 왜 사모관대는 안했시까아?"

"머언 기찻속으서끄장 그러고 온당가? 인자 갈어입을 티지."

"저건 누구대? 저 각시가 신부여? 저 노랑 저구리 빨경 치매가?"

"아이고매에……."

한 아낙이 주저앉을 듯이 호들갑스럽게 탄식한다.

때마침 일행은 그 아낙의 앞을 지나가게 가까이 다가왔다.

"어짜 옳이여……."

"빌어묵을 놈의 예펜네. 지랄도. 방정을 떨고 자빠졌네 시방."

"아니, 무신 신부가 저렇게 크다냐아?"

"커서 나쁠 거 머이여. 기왕이면 큰 거이 좋제."

"아이고매. 저래 갖꼬, 어디 신랑이 신부를 각시라고 보듬아 줄 수나 있겄능가? 몸통이 신랑 두 배는 되겄네이."

"호랭이 물어갈 노무 주둥팽이, 신부가 듣겄다."

옆의 사람이 말한 사람을 윽박지르는 모양이었으나, 효원은 그 말들을 똑똑히 듣고 말았던 것이다.

"새신랑이 엥간치 이뻐야 말이지. 남자 중에도 맵시 나고 이쁘게 생긴 남잔디, 신부는 기양 몇째 누님맹이네."

"하이간에 살집 한번 좋그만 그리여."

"달뎅이같이 훤언헌디. 머엇이 어쩐다고들 그래싼당가아."

"근디 달뎅이가 너무 무거서 동산에 떠오르다가 가라앉겄는디?"

효원은 목소리도 낯설고 말투도 귀설은 사람들이 수군거리며 하는 말을 그대로 하나도 빼놓지 않고 다 들었다. 들리지 말라고 소리를 죽여가며 하는 말이라서 더욱 잘 들린 것인지도 모를 일이었다.

"근디 성깔이 아조 매섭겄어."

"관상이 대단한 얼굴이여. 저것 좀 보아."

"대가 세겄구만."

"대실서 와서 대가 찼이까?"

"저래 갖꼬 새서방님허고 궁합이 맞으까? 당최 어째 내 눈에……."

"키익, 속궁합 속이사 누가 알겄어? 들으가 본 사램이나 알 일이제잉. 앙 그리여?"

"떽끼, 이런 손."

거멍굴의 남정네들은 뒷전에서 따라가며 킥킥거린다.

효원은 가마에 올라앉으며 비로소, 이곳이 저 나서 살던 곳 대실이 아닌 것을 실감하였다. 그리고 동여맨 가슴의 어두운 곳에서 무거운 피가 둑근둑근 뛰는 것을 느꼈다.

시댁의 마당에 내렸을 때, 가마 문이 열리고 발을 내디딘 효원은 무슨 오기에 치받친 사람처럼 허리를 꼿꼿이 세우고, 둘러선 사람들 앞에 나섰다. 그 모습은 비장해 보이기조차 하였다. 사람들이 수군거리는 소리가 들렸다.

효원은 숨을 크게 들이쉬었다. 그리고 짓눌리는 듯한 어깨를 버팅겨 올렸다. 어쩌면 어깨에서 나뭇가지 부러지는 소리라도 들릴 것처럼 힘이 겨웠었다. 그래서 둘러선 사람들의 시선을 비키며 턱을 세우고 눈을 높이 떴다. 그때, 효원의 눈에 들어온 것이 시댁의 검은 지붕 용마루였다. 용마루는 눈을 부릅뜨고 있는 것 같았다. 용마루의 눈과 효원의 눈이 순간 서로 부딪치는가 싶었다. 아찔했다. 그러더니 효원의 다리에 쥐라도 난 것처럼 후르르 떨리며 힘이 빠졌다.

하님이 그네를 에워싸듯 부축하며 방으로 데리고 들어갔다.

조금 있다가 국수 장국에 수정과와 화채가 놓인 입맷상이 방으로 들어왔으나, 효원은 손도 댈 수가 없었다.

손가락조차도 남의 것 같은 것이다.

"좀 먹어 두게. 이따가 폐백 드릴라면 힘들고 기운 빠지네. 한 술 들어, 안 먹히더라도."

한 부인이 친절하게 숟가락을 쥐어 주었으나, 그네는 힘없이 상 위에 놓고 말았다.

"옷을 갈아입어야지."

아무래도 신부가 음식을 먹지 못하리라고 짐작한 부인은 상을 물리게 하고, 효원에게 폐백차림을 지시한다. 폐백을 드릴 시간이 된 것이다. 대실에서부터 따라온 수모와 하님이 벗기고 입히고 꾸미는 대로 내맡기고 있던 효원은, 대청마루의 폐백상 앞에서 다시 한번 크게 가슴이 내려앉았다.

홍겹보 다홍 비단이 덮인 폐백상 위에 대추와 편포가 놓여 있었는데 거기 시부모가 나란히 앉아 있었다. 이기채는 대실 초례청에서 얼핏이나마 보았으나 율촌댁은 초면이다. 율천댁이 효원을 놀라게 한 것이다. 남색 치마에 연두색 저고리를 입은 율촌댁은 저고리에 물린 자주색 회장으로 인하여 그 단아하고 고운 모습을 유감없이 보여 주고 있었다. 평소에 치장을 하지 않아 누구의 눈에 휘황하게 띄지 않는 편이었으나, 그네가 용색이 단려한 것은 누구나 알고 있는 사실이었다. 거기다가 이렇게 물색 고운 옷을 격식대로 갖추어 입고 나서니, 그 얼굴빛은 분홍이 물들어 비치고, 이제 막 무르익은 삼십대 여인의 여염함까지도 숨길 수 없이 번져나서, 한집의 사람도 다시 돌아보게 하였다.

강모의 모색이 율촌댁을 많이 닮은 것을 효원은 알아보았다.

그네의 눈에도 율촌댁은 젊고 아름다웠다.

그런 시어머니 앞에 서 있으려니, 원삼에 족두리를 쓴 자신의 덩어리가 더욱더 크게 느껴진다.

"시어머니가 외나 새각시맹이네잉."

"하이고오, 율촌마님 시집오실 적으는 어뜨케나 고우시던지 온 동네에 꽃피었었구만. 그래도 인자는 많이 변허겠지머어."

"아 그때 벨멩이 꽃각시 아니였간디? 지금도 그 모색이 그대로여."

후두둑.

신부의 치마폭에 대추가 쏟아진다.

사배반(四拜半)의 절이 끝나자, 이기채가 집어 던져 준 대추이다.

"손(孫)이 귀한 집이니라. 아들을 그만큼 많이 낳도록 해라."

수모가 얼른 조심스럽게 치마폭에 쏟아진 대추를 신부의 원삼 소매 안에 넣었다가, 그릇에 담아 내보낸다.

시어머니는 난도질하여 얄팍하고도 둥글넙적하게 지어 말린 쇠고기 편포(片脯) 위를 손바닥으로 두드리며 어루만진다. 신부의 모든 흉과 허물을 덮어 달라는 뜻이다. 편포를 쓰다듬는 흰 손가락에 푸른 옥가락지가 차게 보였다. 좀체로 몸에 지니지 않는 것인데 그날은 새며느리를 맞는 날이라 특별한 장식으로 꾸민 것이다.

청암부인은 이기채와 율촌댁이 폐백을 받은 다음, 손부 앞에 앉았다. 순서로 보면 할머니 청암부인이 먼저이나, 직접 낳아 기른 부모가 우선한다, 하여 부모 뒤에 따로 폐백상을 받는다.

청암부인은 만면에 웃음을 띄우고 효원을 바라보았다.

부인의 눈에 효원은 우선 아녀자다운 어여쁨과 오밀조밀함보다는 기상과 도량이 있어 보였다. 부인은 고개를 끄덕이며 음성을 내렸다.

"너는 귀한 사람이니라. 온 집안이 경사스럽게 너를 반겨 맞으니, 부디 마음으로부터 이곳을 네 집이라 여기어라. 이제부터는 여기가 네 집이다. 그러고, 반다시 아들을 낳도록 해라."

노인이라서 그러한가.

효원은 고개를 숙인 채 청암부인의 말씀만을 듣고 있는데도, 알지 못할 위안과 다사로움을 느꼈다.

그 다음부터는 누구에게 몇 배를 하였는지 도무지 알 수가 없었다. 다만 수모가 부축하여 주고, 하님이 큰머리를 잡아 주는 대로 일어서고 앉고 절을 하고 하였다.

백숙부모 내외에게 하는 절만 하여도 사배(四拜)씩 팔배(八拜)를 하였으니, 아무리 곁에서 부축하고 잡아 주어도 다리가 후들후들 떨리며 어지러웠다. 거기다 빈 속이어서 더한 것이다.

상호례가 끝나고 율촌댁은 대청에 효원과 마주앉아 관례를 시켜 주었다. 연두 겉마기, 다홍 겹치마, 열두 폭 대무지기, 여덟 폭 겉풍무지기, 여섯 폭 연봉무지기, 모시 분홍 속적삼, 노랑 속저고리, 저고리 삼작과 당의 원삼을 신부에게 내주면서 입히도록 하였다. 그리고는 신부 효원의 머리채를 빗치개로 드르르 갈라 놓는다. 수모는 갈라진 머리를 두 줄로 땋아서 쪽을 짓는다. 그 머리채에는 이성지합(二姓之合)의 뜻이 들어 있는 것이다.

그러고 나서, 어른들께는 원삼 차림으로, 동항에게는 당의 차림으로 평절을 한다. 참으로 길고 긴 절차였다.

엷은 옥색 단령(團領) 도포와도 같은 제사옷 천담복(淺淡服)으로 갈아입은 뒤, 사당에 올리는 폐백까지 끝내고 나니, 이제 혼인에 따른 순서는 다 끝난 것 같았다.

"비로소 너는 이 집안의 종손부가 되었다."

청암부인은 다정히 효원의 손을 잡고 치하하며 위로하였다.

효원은 그대로 무너져내릴 뻔하였다.

차마 그러지 못하고 대신 얼굴빛이 창백하게 질리자 부인이 놀라서

"고단했구나."

하더니, 몸소 일어나 효원을 건넌방으로 데리고 들어갔다. 그러면서 다시 한번 손부의 어깨에 손을 얹고는 간곡하게 당부하였다.

"오늘은 아주 좋은 날이다. 아무리 고단하더라도 그냥 잠들지 말아라. 심신의 정성을 다하여 아들 낳을 꿈을 꾸도록 해라. 알겠느냐."

효원은 대답 대신 오른손을 방바닥에 짚어 알았다는 표시를 한다.

"부디 명심하거라."

청암부인이 한 번 더 다짐을 한 뒤 큰방으로 건너가자, 효원은 어깨의 마디마디부터 허리, 다리, 발가락까지 노그라져 내리며 온몸이 천근이나 된 것처럼 가누기가 힘들었다.

허리를 뒤로 젖혀 버티어 보다가 앞으로 구부려 보다가 무릎을 세워 보다가 하고 싶었지만, 낯설고 어려운 마음에, 앉은 자리에서 그대로 움쩍도 하지 않았다. 바늘방석에 앉은 것 같기도 하였다. 사방을 둘러 보아도 모두 어른들뿐이며, 아랫사람이라고 누구 아는 얼굴도 없었다. 심지어는 마당을 오가는 발자국 소리마저도 모두 다 처음 듣는 귀설은 것들뿐이다. 그러다가 한밤이 깊어서야 마지못한 듯 건넌방으로 들어온 강모가 한 말은

"나는 아무래도 동경으로 가야겠소."

였다. 그때 효원은, 검은 눈을 부릅뜨고 효원을 바라보는 것 같았던, 용마루가 순간적으로 머리에 떠올랐다. 효원의 눈빛과 용마루의 눈빛이 마주치던 그 아찔함도 그대로 되살아났다.

사위스러운 생각이 펀뜻 들었다.

이것이 대체 무슨 재앙인가. 막연하던 연기가 그만 캄캄하게 절벽처럼 눈앞을 가로막더니, 가슴마저 막히게 하였다.

이 사람이 오늘 밤에도 이 방에 올 뜻이 전혀 없었던 게 아닐까?

효원은 장 속에 접혀진 채 그대로 있는 하얀 삼팔주 수건에 생각이 미친다. 선홍의 혈흔으로 꽃무늬 놓여 아리땁게 피어나야 할 그 명주 수건은, 초례청의 신부 되고 나서 어느덧 해가 바뀐 지금도 막막하게 흰 빛을 소복(素服)같이 머금고 있을 뿐이었다.

오늘은 좋은 날이니, 아무리 고단하더라도 그냥 잠들지 말라고 당

부하던 청암부인의 목소리가 귓전에서 들린다. 삼팔주 수건과 청암부인의 목소리가 서로 얽혀들면서 칭칭 감긴다.

"그만 잡시다."

강모는 강모대로 고단했던지 이불 위에 쓰러지듯 몸을 던져 눕는다. 그는 지금 막 큰방의 할머니에게 불리어 갔다가, 한 말씀 듣고는 마지못해 이 방으로 들어온 것이다.

밤이 이슥하도록 강모가 작은사랑에서 건너오지 않는 기미를 알고 청암부인은 강모를 불렀다.

"이제 그만 건너가서 자거라."

다른 말은 하지 않고, 짤막하게 한 마디 했을 뿐이지만 강모는 거역하지 못하고, 그 앞에서 건넌방으로 들어오고 말았다.

그러나 강모의 심정은 착잡하였다.

동경으로 음악 공부를 하러 떠나겠다고 더듬거리며 말을 떼고 나니, 더욱 막막하고 답답하기만 했다. 도무지 내 앞에 앉아 있는 이 여인이 나의 무엇인가 싶어지는 것이다.

불이 꺼지고 나면 어른들이야 무엇을 짐작할 수 있으리.

그리고 나는 날이 밝으면, 어디로든 떠나 버리리라. 어디로든.

강모는 불을 불어 끄고는 잠시 후에 깊이 잠든 시늉을 하였다.

그때 강모가 잠들지 않은 것을 효원은 알고 있었다.

옛말에 공방살(空房煞)이라는 말이 있다더니, 이것이 바로 그런 것인가. 효원은 가슴속이 써늘하게 식어 내리는 것을 느꼈다.

어둠은 쇠붙이처럼 날카롭고도, 섬뜩하고 차갑게 살에 닿았다.

이제 동짓달, 지월(至月)이니 문풍지를 울리는 외풍도 차겠지만, 꼭 그러해서만은 아닌데 온몸이 시렸다.

효원은 그렇게 뜬 눈으로 밤을 새우고 나서, 다음날 밤부터는 쉽게 불을 끄지 못하고 한밤의 허리가 겨워지도록 홀로 그렇게 앉아 있게 되었다. 벌써 오늘이 몇 날째인가. 머릿속이 아득하다.

그네의 눈에는 불빛이 푸르게 보인다.

젊은 밤에 홀로 앉아 바라보는 등불이라서 그러한가.

불빛마저도 차갑게 느껴진다.

지나가는 바람에 더르르 풍지가 운다.

효원이 그렇게 건넌방에 홀로 앉아 있을 때, 강모는 소피를 하러 가는 척하고 슬그머니 사랑채의 작은사랑에서 빠져 나온다.

어둠 속에서 보아 그런지, 그의 몸집은 헐렁하게 느껴진다. 토방으로 내려서는 걸음도 힘이 없다. 마치 오래 앓고 난 사람이 서투르게 내딛는 것처럼 아차스럽기도 하다.

집안은 이제 괴괴하기까지 하다.

섬돌 밑에서 울어대던 귀뚜라미와 풀벌레들의 낭랑한 울음 소리조차도 흔적없이 스러져 버리고, 그 대신 마른 잎사귀 구르는 소리만이 스산하게 발끝에 채인다. 그것은 오류골 작은집의 검은 살구나무 둥치에서 떨어져 날리는 낙엽일는지도 모를 일이었다. 아니, 어쩌면 강모의 허옇게 마른 입술에서 일고 있는 까스라기가 서로 부딪치는 소리일는지도 모른다. 물을 못 먹은 가슴의 한쪽 귀퉁이가 부스러지며 그렇게 마른 나뭇잎 소리를 내는 것은 아닐까.

강모는 깔깔한 혀끝으로 입술을 축여 본다.

혀끝과 입술이 까칠하게 말라 붙는다.

강실아…….

그는 자신의 심정을 억누르기라도 하려는 듯 숨을 죽이며, 캄캄한 밤하늘을 올려다본다. 그 무거운 어둠에 가슴이 잦아드는 것도 같고, 그대로 터져 나가 버릴 것도 같다.

그러나 내가 어이하랴.

내가 너를 어이할 수 있으리야.

강모가 토해 내지 못한 채 참고 있는 한숨은, 연기처럼 매웁고 자욱하게 살 속으로 저미어든다.

## 7 흔들리는 바람

"창씨(創氏)라니, 도대체 그게 무슨 말인가? 대관절 무얼 어떻게 한다는 게야?"

청암부인의 목소리는 노여움으로 떨리고 있었다.

방안에 앉은 기채와 기표는 책상다리를 한 발바닥을 쓸고만 있다.

이기채는 흰 버선발이고, 기표는 엷은 회색 양말을 신었다. 기표는 그 차림까지도 양복이다. 하기야 문중에서 맨 먼저 상투를 자른 사람이 기표였고 보면, 그의 저고리가 단추가 여섯 개씩이나 달린 양복으로 바뀌고, 신발이 숭숭 뚫린 구멍에 검정 끈을 이리저리 꿰어 잡아당겨서 묶어 매는 구두로 바뀐 것도 하나 이상할 것 없는 일이었다.

이제 오히려 기표의 그런 모습은 당당하기까지 하고, 그 나름대로 차림이 몸에 익어, 보는 사람의 눈에도 익숙해져 버린 터였다.

이기채는 그런 기표와 달리, 아직도 두루마기에 갓을 쓰고 다니지만,

내심 기표를 나무라고 있지는 않았다.

자신과 기표의 처지가 같지 않기 때문이었다.

문중의 다른 사람들도 하나씩 둘씩 상투를 자르면서, 이제 망건(網巾)이니 탕건(宕巾)이니 하는 것들은 나이 지긋한 노인들한테나 소중한 물건처럼 여겨질 정도로 차차 변해가고 있었으나, 이기채는 종가의 종손으로서 그 체모를 버리지 않았다.

그것은 고집이라기보다는 도리였다.

"일시동인(一視同仁)이요, 팔굉일우(八紘一宇)라고 하니, 조선인과 일본인은 하나라는 주장이지요. 또 하나가 되지 않으면 안된다고들 하지 않습니까?"

"쓸데없는 소리."

기표의 말허리를 부인이 자른다.

그 어조가 너무 강경하여 비스듬히 방바닥을 바라보며 말하던 기표가 눈을 번쩍 치켜든다.

"도대체 사람에게 가장 큰 욕이 무엇인가? 성을 간다는 게 아닌가? 금수도 제 종자 자기 조상의 모습을 그대로 닮고 이름 또한 그렇게 불리거늘, 우리가 소를 돼지라고 하고 돼지를 닭이라 부르는 일이 있는가? 하물며 사람이 어찌 조상의 성을 버리고 근본을 바꿀 수 있을꼬. 같은 성씨의 사람들이나 종항간에라도 그 부모의 제사는 따로 모셔 섬기거늘, 보도 듣도 못한 일본 귀신들을 참배하게 하는 것도 내 우습게 여기었는데, 이제 와서는 창씨를 하라니. 이게 무슨 변괴야……."

청암부인의 눈매에 푸른 서리가 서린다. 노기가 전신에 팽팽하다.

"성씨도 바꾸고 이름도 일본인같이 다 부른대도, 호적에 본관은 그대로 남겨 둔다 합니다."

기표가 말한다.

"그게 무슨 조선 사람 근본을 챙겨 줄라고 그러는 것이 아니라 하데. 문제가 생겼을 때 조선인, 왜인을 구별하기 위해서라던데?"

기채가 버선발 쓸던 손으로 수염을 쓸며 기표를 보고 대꾸한다.

기표는 아무 대답도 하지 않았다.

"성씨를 지키지 못한 사람이 이름인들 제대로 간수하며, 쓰지도 못할 호적이 문서 귀퉁이에 얹어져 있다 한들 어찌 대수가 있겠는가. 축대에 작은 쥐구멍 하나 뚫리면 제방이 무너지는 것은 한순간의 일이라. 성씨를 잃어 버린 다음에 무엇으로 무엇을 지킨단 말인고."

청암부인은 말을 다 맺지 못하고 깊은 한숨을 쉰다.

창씨개명의 법령은 이미 소화(昭和) 13년, 서력(西曆)으로 1939년 11월, 조선 민사령(民事令)이 개정됨으로써 시작되었는데, 이듬해인 올 이월부터 전국적으로 실시되고 있는 중이다.

남차랑(南次郎) 총독은 도지사, 군수, 면장, 동장, 그리고 심지어는 말단의 순사들까지도 동원하여 창씨개명을 강행하고 있었다.

"장래가 걱정입니다. 저희들이야 이제 나이 들고, 뭐 별로 이름짜 쓸 일도 없겠습니다만, 아이들이 걱정 아닙니까? 우선 강모나 강태만 해도 학교에 안 다닐 수 없는 노릇이고, 교육 문제뿐이 아니라 사회적인 진출에도 막대한 지장이 있을 겝니다. 서류 작성할 일이 한두 번이겠습니까? 그때마다 까탈이 생기고 진로가 막힐 것이니, 집안에 틀어앉어 농사짓고 사서삼경만 읽어서야 어떻게 앞날이 번창허겠습니까……."

기표의 말씨는 격을 갖추어 공손하지만 말투에는 이미 결심이 서 있는 것 같았고, 자기 주장을 쉽사리 굽힐 것 같지 않았다.

"번창…… 자기의 근본을 내버리고 금수의 흉내를 내면서 하는 번창이라는 것이 과연 어떤 것인고."

"좌우간에 창씨하지 않은 다음에는, 지금 당장 목숨이 왔다갔다 할 만큼 큰 곤욕을 치를 뿐만 아니라, 앞날에도 커다란 장애가 있을 것입니다. 세상이 달라졌어요."

"세상…… 세상…… 모두가 세상 탓이니, 참으로 괴이쩍은 세상이로다. 무슨 이런 세상이 있단 말인가."

청암부인은 몸을 앞으로 숙이며 한 손으로 이마를 짚는다.

작년 올 들어 눈에 띄게 수척하고 부쩍 늙어 버린 모습이다.

"보절면(寶節面)에 송씨네가 면사무소에 갔다가 순사한테 연행까지 되고, 죽도록 두들겨 맞었다면서?"

이기채는 기표에게 묻는다.

"그랬다고 합디다."

"창씨 하러 가서 그랬다던데 무슨 연고였던가?"

"그 사람이 장난을 좀 한 모양이에요. 창씨를 한다고, 일본 황실의 성과 이름을 따서 적당히 와까마스 진(若松仁)이라고 했다고, 능멸한 죄로 유치장에까지 들어갔던 게지요."

청암부인이 허리를 펴며 혀를 끌끌 찬다. 양미간이 깊이 패인다.

이마에 땀이 배어나는 것은 초하의 더위 탓만은 아니었다.

"어디선가는 성을 바꾸는 것은 개나 하는 짓이라고, 그 성짜[姓字]를 이누노꼬(犬子)라고 고쳤다가, 호적 계원한테 벼락을 맞고 호통을 당했다는 말도 있드구만."

그런 일뿐이 아니었다.

시골에서는 면장이나 주재소 순사들이 제멋대로 창씨개명을 하여 실적을 높이느라고 상부에 그대로 보고하니, 실제로 그 본인은 자기가 어떻게 창씨개명이 되었는지조차 모르는 경우가 허다하였다.

심지어는 소송중인 사람에게 재판소에서 창씨개명한 이름으로 호출을 하여, 본인은 그게 자기인 줄도 모르고 있다가 궐석하여 버렸으니, 그냥 유죄판결을 받는 일까지도 비일비재였다.

"곡성(谷城)의 유건영(柳建永) 같은 사람도 있지 않은가."

청암부인은 장지문을 열어제치며 때마침 불어오는 남풍에 이마를 맡긴다. 부인의 이마에는 진땀이 맺혀 있다.

"시절도 사람 속을 아는지……."

답답하기 그지없는 심정은 미풍 정도로 시원해질 까닭이 없다.

마당에 깔담살이 새끼머슴이 꼴망태에 낫을 찔러 메고, 바쁜 걸음을 치며 중문을 나서는 것이 보인다.

"보리밭에 누른 빛도 밤 사이에 났겄구마는."

청암부인은 문득 들에 나가 보고 싶어진다.

불어오는 이 남풍이 맥추(麥秋)를 재촉하는 듯해서이다.

그러나 그보다는 유건영의 비장한 자결 소문이 가슴을 짓누르기 때문이었는지도 모른다.

그는 단호히

"나 건영은 더러운 짐승이 되어 살기보다는 차라리 깨끗한 죽음을 택하노라."

하는 유서를 남기고 세상을 떠났는데, 창씨개명에 대한 부당함을 낱낱이 밝히고, 남차랑(南次郎) 총독과 중추원 경학원에 엄중한 항의서를 제출한 직후에 스스로 자결함으로써, 남은 사람들에게 큰 충격을 주었던 것이다.

그리고 나서 얼마 있다가 또 다른 소문을 들었다.

전라북도 고창군의 설진영(薛鎭永)이라는 중산 지주의 이야기였다.

그는 부농인데다 시류에도 아주 반(反)하지는 않아서 한 해 소작미 이천 석을 군량으로 총독부에 바친 일도 있는 사람이었지만, 양반의 가문이라 하여 끝끝내 창씨개명만은 하지 않고 버티었다. 물론 인근의 다른 사람들도 그를 본받아 뒤따르는 것은 당연한 일이었으리라.

설씨 문중은 말할 것도 없고, 소작인들까지도 설진영의 영향을 깊이 받으니, 당국에서 볼 때는 이것이 설진영이 한 사람의 일이 아니라 인근 부락민 몇 십, 몇 백, 모두에게 해당하는 일이 아니겠는가.

드디어 당국에서는 설진영의 아들이 다니고 있는 보통학교 교사를 모두 동원하였다. 교사들은 돌아가며 그의 아들을 위협하고, 소외시키며, 설진영을 학교로 호출하였다.

그러나 그의 고집이 막무가내로 꺾이지 않는 것을 보고는,

"창씨를 하지 않는 자는 대일본 제국의 신민이 아니오. 신민이 아닌 자가 어떻게 천황 폐하께서 세우신 학교에 다닐 수가 있겠소? 자격도 권리도 없는 거요. 이 아이를 퇴학시키겠소."

하고 협박하였다. 그리고 집으로 돌아온 그의 뒤를 좇아 교사들이 한 떼거리로 몰려왔다.

"단순히 이 학교에서만 퇴학을 당하고 마는 것이 아니오. 이제 이

아이는 더 이상 어디로 전학하거나 진학도 할 수 없어요. 물론 일체의 공직에도 나설 수 없게 될 것이요."

"폐인이 된 거나 다름없어요."

결국 설진영은 창씨개명을 해서 아이를 학교에 보내고, 그 자신은 대성통곡을 하며 큰 돌을 끌어안고 우물에 몸을 던져 죽고 말았다.

그가 조상에게 사죄하며 비장하게 죽어간 이야기는 바람같이 빠르게 퍼져 매안에까지 날아왔던 것이다.

청암부인은 가슴에 맷돌짝을 얹은 것처럼 심신이 무거워 일어서지도 못한다.

이것이 어떻게 지켜 내려온 종가냐. 어떻게 지켜 내려온…….

"이제는 도리가 없어요. 굳이 미우라(三浦)니 야마구찌(山口)니 하지 않고도 이본(李本) 정도로 할 수 있지 않습니까? 이씨의 근본을 버리지 않았다는 뜻도 되니까요. 김촌(金村)이라 한 사람도 있습니다. 아 왜놈들이 언제 성씨나 제대로 있었습니까? 겨우 명치유신(明治維新) 이후에야 귀족 아닌 서민들도 성을 가지게 된 거지요. 그래서 밭 가운데 산다고 전중(田中) 다나까, 대나무 아래 산다고 죽하(竹下) 다께시다, 이러고들 성이랍시고 쓰는 작자들인데, 이런 무지한 사람들하고 어떻게 맞서 봅니까? 화살이 어떻게 바위를 뚫을 수 있는가요? 설령 바위를 뚫었다 한들, 뭉개져 버린 그 화살촉을 무엇에다 씁니까? 곧이 곧대로 일편단심은 지켰을망정 본질을 망치고서야 무슨 의의가 있겠습니까? 그러니 태산 같은 바위가 앞에 있으면 돌아서 가야 합니다. 그것은 변절이 아니라 뒷날을 보존하기 위한 합리올시다."

기표의 말소리에 심지가 박혀 있다.

그 질긴 음성이 청암부인의 귀에 꺼끄럽게 들린다.

부인은 세우고 앉은 무릎을 내리고, 몸을 돌려 마당을 내다본다.

마당에는 광목필을 바래는 듯한 햇빛이 눈에 부셨다.

마당 귀퉁이의 앵두나무에 나비가 앉으려다 말고 그냥 지나쳐 날아간다. 흰나비 날개 아래, 앵두가 수줍은 듯 새빨갛게 익어 햇볕에 눈이 부시다. 다닥다닥 열린 붉은 앵두를 한번 올려다보고 사발 접시에 물 한 모금 찍어 여린 소리로 구욱 구구 꾸꾸거리는 영계들이, 누렁이가 다가서자 가냘픈 다리를 짝 벌리며 달아난다.

청암부인은 기표의 말이 끝나기를 기다려, 아무 대답도 하지 않고 몸을 일으킨다. 이제 그만 이야기하고 싶다는 표시이다.

이기채와 기표는 서로 잠시 눈짓을 하고 일어선다.

그들이 방에서 나간 다음, 청암부인은 무거운 이마에 주먹을 받치고 무심한 마당을 내려다본다.

……순탄치 못한 집안이로다…….

그네는 깊은 한숨을 쉬며, 문득 그렇게도 처덕이 없으셨던 시부에게 생각이 미쳤다. 그것이 단순히 그 어른의 박복이었던가, 아니면 가운이 그뿐이라서 그리하였던가.

(인력이 지극해도 천재를 면하기는 어려운 일이런가.)

반남(潘南) 박씨부인과 재취의 청주(淸州) 한씨부인을 여의고 난 시부는 몇 년 후, 마지못하여 이끌리듯 삼취(三娶)를 맞아들였다.

남양홍문(南陽洪門)의 처자였다.

그다지 넉넉지 못한 집안의 처자로 빈한하게 살았지만, 용모와 자색은 앞서의 두 부인보다도 오히려 훨씬 두드러진 편이었다.

그러나 시부는 명색이 초례청에서 신부와 마주 서 있다가, 느닷없이 머리에 쓰고 있던 사모의 오른쪽 뿔을 쑥 잡아 뽑아 버렸다.

"아니, 저런……."

사람들은 깜짝 놀라 실색을 했다.

혼례 때 신랑이 사모의 뿔을 뽑으면, 신부는 그만 소실(小室)로 격하되어 버리기 때문이다.

안 그래도 삼취는 번듯한 대접을 받을 수 없는 것이 관례인데, 뭇사람이 둘러서 지켜보는 자리에서 그처럼 부러지게 표를 내고 마니, 내리뜬 눈으로 그 거동을 훔쳐본 신부의 낯색이 창백하게 질렸다가 벌겋게 달아올라, 나중에는 흙빛이 되었다.

사람이 음양간에 한 번 만나 작배하면, 전생의 인연이 지중하니 백년을 같이 누려 해로하고, 슬하에 올바른 자식을 많이 두어 후생(後生)을 기약하는 것이 복록이겠지만, 그리하지 못하고 상처(喪妻)를 하는 경우 재취를 맞이하게 되면, 두번째 아내인 이 부인은 물론 적처(嫡妻)이다. 하지만 불행하게도 재취마저 죽어서 다시 혼인해야 할 때, 세번째 맞이하는 삼취의 여인은 가문이나 지체와 상관없이 무조건 소실로 취급하는 것이 관례였다.

그러니 자연 삼취 소생은 엄연한 부모 밑에 태어났어도 서자가 될 수밖에 없었으며, 삼취 부인은 죽어 제사를 지낼 때, 위패도 없이, 제상조차 한 단 낮게 차려 차등을 두었다.

본처가 있는데 첩으로 들어앉는 것도 아니며, 뒷골방에 냉수 한 그릇 떠 놓고 도둑장가를 드는 것도 아니요, 버젓이 육례(六禮)를 갖추어 혼인하는 사이건만, 그 어인 까닭인지 알 수 없는 일이었다.

"저렇게 표 안 내더라도 다 알고 있는 것을, 무엇 하러 사람 마음에 앙앙지심(怏怏之心)이 돋아나게 하는고."

문장이 아차, 하는 투로 말했다.

"자학인가……."

곁에서 말을 받은 이도 무거운 고개를 혼자 보이지 않게 저었다.

다만, 순서, 나중에 만난 것뿐인데.

그럴 줄 알면서도 시집오는 여인을 깔보아야 할 것인가.

그러할 만한 사연이 처녀의 집안에는 있는 것인가.

사람들은 수군거렸다.

시간이 갈수록 두 사람은 겉돌았다.

우선은 겉모습만 보더라도 홍씨부인은 시부보다 여남은 살이나 아래인데다가, 얼굴이 갸름하면서도 도톰하여 도화빛이 돌고 있어서, 그 두 사람은 내외간이라기보다 숙질간처럼 보였다.

그만큼 시부는 몸도 마음도 이미 곰삭어 시들어 버렸던 것이다.

그의 얼굴은 어느 결엔지 황토빛이 돋으면서 검게 졸아들어 냉혹해 보이고, 거기다가 좀체로 표정을 풀지 않았다.

말도 없었다. 무엇에 흥미를 나타내지도 않았다.

"참 요상도 허지. 꼭 허깨비한테 씌인 사람맹이네잉."

"날이 갈수록 더 허시능 거이 예삿일 아니여."

"왜 그러까아……. 아니, 남정네들은 지 지집이 죽으면 몰리 뒷간에 가서 혼자 웃는다는디, 또 얻으면 될껄. 한번 가신 마나님들을 마냥 그렇게 못 잊혀라 허계잉. 양반이라서 그러까?"

"하이고오, 지집이야 양반들이 더 빠치제에. 양반 치고 소실 없는 양반이 어딨당가? 소실허고 취처는 다르다지만."

"그런디 왜 그러까아? 삼취댁 마님은 돌아보도 않는다대?"

"돌아보도 않능 거이 다 머이여어? 아 초례청으서 그렇게 사모 뿔따구를 기양 모래밭으 무시 뽑디끼 쑥, 뽑아 부러 갖꼬, 정 없단 표시를 딱 해 부렀는디 머."

"긍게로 왜 그랬으까."

"아앗따아. 그렇게 저영 알고 자프면 가서 직접 물어 바아. 머엇이 까깝해서 그리싸아? 남녀가 유별헌디 넘으 집 일에, 왜."

"아, 누가 까깝허디야? 삼취댁 마님도 미인 박복이라, 청춘에 인생이 아까웅게 그러제에. 원 이런 상녀르 인생만도 못헝 것 같등만."

"아이고매, 오지랍이 삼천리네. 아깝기는 머어이 아깝당가? 암만 삼취라고도 해도 어엿헌 가문으 종부로 시집와아, 또 자기 한 몸 호강은 냅두고라도 친정 살림끄장 어깨 피게 해 주어, 그만허면 헐 노릇 다 헝 거이제 머."

"친정으다 땅을 많이 줬드람서? 데꼬 올 직에."

"얼매나 줬디야?"

"얼매먼 멋 헐라고? 깨깟이 때 벳기고 사취로 갈랑가?"

"아이고매 잡상맞어라, 예펜네, 지랄허고 자빠졌네."

"니께잇 것은 상년이라 받어 주도 않는단다. 그나저나 종갓댁 마님이면 멋 허고 친정에다 퍼다 주먼 멋 헐 거이냐. 이녁은 청상 과부 한가지로, 밤마둥 시름만 서방님 대신 씰어안고 잘 거인디."

"그 댁으 친정집도 양반은 양반잉갑등만. 목구녁이 포도청이라 딸팔아 묵은 거이제 머. 숫처녀로 시집온 양반 체면에 소실이라고 호

(號)가 나 부렀으니. 앙심도 생길 만히여."

"사실, 정 떨어질 일은 일이제."

"아예 첨부터 소실 첩이라면 또 그렁갑다 허지마는."

"양반이 망해서 먹을 거이 없으면, 돈 많은 상놈의 집이서 메누리를 본다대. 논밭 뙈기나 받고, 돈냥이나 받고 해서 데꼬 온디야. 양반 혼사다, 이거지. 상놈은 양반 사돈을 얻응게로 웬 떡이냐 허고잉. 그런디 이번 일은 꺼꾸롱가? 아니, 머, 꼭 그것도 아니고."

거멍굴의 우물가에는, 거들치마, 두루치를 입은 아낙들이 물을 긷거나, 나물을 다듬고 보리쌀을 씻으면서, 모여앉으면 원뜸의 종가에 대하여 이야기했다. 자고 새면 새로운 이야깃거리가 분분하였으니 그들은 수군거리다가 말고 힐끗 원뜸 쪽으로 눈길을 돌리기도 하였다. 얼핏 보면 마치 눈을 흘기는 것 같기도 하였다.

"두고 바라. 저러다가 인자 무신 일이 나고 말 거이다."

"호랭이 물어갈 노무 예펜네, 누가 들을라."

"들을라면 들으라제, 사실이 그렁 것을 어쩔 거이여? 새각시 얼굴이 아깝제에, 얼굴이. 그만헌 인물도 흔찮허겄등마는."

"얼굴만 아깝냐? 청춘이 더 아깝제잉. 한번 가면 다시는 못 오는 거인디 무정 세월이 어디로 가능고오."

그들은 혀까지 찼다. 그만큼 이미 시부와 홍씨부인의 일은 비밀도 아니었으며, 두 사람은 각각 조금도 자기를 감추지 않은 채 성질대로 살고 있었던 것이다.

시부는 날이 갈수록 집안일이나 홍씨부인에 대하여 점점 더 무심해지고, 때로는 무심을 지나쳐 이상한 증오의 심정을 품기도 하였다.

그는 차갑고 음산한 사람으로 변해갔다.

물론 한 해 농사 소작미가 들고 나는 것이나 집안 살림, 그리고 종토(宗土) 같은 것에 마음을 둘 리가 없었다.

재취 한씨부인 생전에도 이미 절반 이상이나 축이 났던 가산은, 부인의 사후에는 더 말할 것도 없이 줄어들기만 하였다. 관리하는 사람이 정신을 모으지 않으니, 손가락 사이로 물이 새 나가는 것처럼 언제인지 모르게 살림은 기울고 있었다.

그러던 것이 삼취 홍씨부인이 들어오고 나서는 종가가 몰락해가는 모습이 누구의 눈에라도 금방 띄게 되었다. 집안의 주인인 시부가 가솔을 돌아보지 않는데, 홍씨부인이라고 무슨 정이 있어 알뜰하고 살뜰하겠는가. 그네는 싸늘한 얼굴에 새침하고 냉랭한 비웃음을 머금은 채 치맛자락을 걷어쥐고 깎은 듯이 앉아 있었다.

남노여비는 두고 있으되, 그들도 주인 양주(兩主)의 그러한 기미를 눈치채고 자기 앞길 가리기에 오히려 더 마음이 바빴다. 그러니 걸레질도 제대로 안하는 대청마루에 윤이 날 리 없고, 외양간에 암소 황소도 제대로 살이 오를 리가 없었다. 여름철에 꼴이며 겨울철에 여물죽을 때맞추어 먹이지 않는 탓이었다.

안되는 집은 그러는 것인지, 제 발로 돌아다니며 흙을 파고 먹이를 쪼는 병아리들조차도 픽 하면 죽어 버렸다. 수챗구멍이고 구정물통이고, 죽은 병아리가 떠 있기 일쑤였다.

"예에이, 빌어 처묵을 노무 삥아리새끼."

구정물통에서 건져낸 병아리의 젖은 날갯죽지에서 뚝뚝 떨어지는 구정물도 더러웠지만, 왠지 애처롭게 빠져 죽은 병아리에서 불길한 재수를 예감하였던지, 상머슴이 욕을 내뱉으며 병아리를 휙 텃밭 모퉁이로 내던져 버린다.

"집구석이라고 사람 사는 것 같도 안허고, 양반이면 멋 허고 종갓집이면 멋 헐 거이여. 훈짐이 돌아야제. 아이고오, 나도 인자 이 집 머슴살이 더는 못허겄다. 문서 매인 종도 아닌디. 허리가 뿐지러지게 일을 해도, 일 같은 일을 해야 잠도 잘 오고 밥도 잘 먹고오."

상머슴은 병아리가 떨어지는 텃밭에서 눈을 거두며 침을 퉤 뱉는다. 서방님을 생각하면 안쓰럽고 홍씨부인을 생각하면 씁쓸하다.

홍씨부인은 시집와서 처음 이태, 그 이듬해까지만 하여도 몹시 심사가 편치 않아 성질을 못 이기는 것 같았다.

달걀처럼 갸름한 얼굴의 하관이 좀 빠른 것이 얼핏 흠으로 보이기도 하지만, 눈썹이 나비수염인데다가 살짝 내리뜨는 눈에 교태와 교색이 함께 섞여 있고, 입술이 볼록 나온 듯하면서 통통하여 윤기가 흐르는 홍씨부인은 아무래도 자색(姿色)이 분명하였다.

그 모습은 인근에 소문이 날 만했다. 그런 부인을 두고 곁에 나란히 앉지도 않는다는 시부는 확실히 이야깃거리가 아닐 수 없었다.

"낯바닥 값 헌다고, 저러다가 종내 먼 일이 나고 말 거잉만."

"일은 무신 일이 날리라고? 어쩌튼지 양반으 댁 마님이?"

"양반 아니라 더 헌 거이라도 사램이 사램 구실을 허고 살어야제."

"서방님이 봐 주도 안헌디 멋 헐라고 그렇게 날이 날마둥 머리 빗고 분 바르고 그러까요?"

"안 봐 중게 더 허지맹?"

"이래도 안 바? 이래도 안 바? 허고잉?"

"헤기는…… 젊은 날에 님 두고 독수공방 처량헌 신세에, 헐 일이 머 있겄능가."

"오기가 나서도 단장을 허겄네. 분풀이로."

홍씨부인은 놀랍도록 치장에 열중했다.

우선 가락지와 반지만 하여도 패물함으로 저렁저렁 소리가 나게 하나 가득이었는데, 철을 따라 겨울에는 금가락지, 봄이 되면 은칠보 반지, 오월이 되면 단오에 맞추어 견사(絹絲)로 갈아입으면서 옥가락지에 마노(瑪瑙) 지환을 끼었다. 그러다가 한여름 염간(炎間)에는 모시에 옥색 물을 놓아 날아갈 듯 차려입고 칠보 반지로 장식을 하였다.

결코 여름에는 금을 끼지 않고, 겨울에는 옥을 지니지 않았다.

산호·진주·밀화 반지말고도 노리개는 더욱 현란하였으니, 박쥐·거북·나비·오리·붕어·매미·자라·해태 같은 동물들의 모양과 포도송이·목화송이·도토리·천도·연화 같은 식물의 모양을 이리저리 꾸며 놓은 대삼작·소삼작·향낭들이 장에 가득했다.

노리개의 매듭과 유소(流蘇, 술)도 어찌나 섬세하게 고르는지 딸기술·봉술·끈술 갖가지마다 갖추어 가지고 있었는데, 한양의 시구문 안에 실이나 끈, 매듭의 장인들이 이름나다는 말을 듣고는 일부러 그곳까지 인편을 연락부절 보낼 정도였다.

은장도와 염낭은 아녀자가 으레 지닐 것이므로 그렇다 하더라도, 비녀에 이르면 가히 그네의 치장이 어떠했는지 알 수가 있었다.

금은·주옥의 비녀는 비녀꼭지에 아로새긴 문양과 생김새, 재료를 따라 산호잠·매죽잠·목련잠·석류잠·호도잠·민잠·모란잠·국화잠·연봉잠 들이 두 손으로 비어지게 그득 틀어 쥐어도 모자랐다.

거기다가 국화꽃이 막 벌어지려는 모양의 과판 뒤꽂이, 피어나는 연꽃 봉오리를 본떠 만든 연봉 뒤꽂이, 나비, 화엽(花葉) 뒤꽂이들이 산호 · 비취 · 밀화 · 파리 · 진주 색색깔로 오색이 영롱하니, 실로 흐드러진 자색의 젊은 부인 홍씨는 날마다 그렇게 철 맞추어, 일기 맞추어, 기분 맞추어, 가지각색 온갖 보패를 몸에 장식하였다.

장신구가 그러한데 의복은 말하여 무엇할까.

그래서 항간에, 젊은 마님 귀목(槻木) 경대 유리같이 반짝이고, 빗치개 · 참빗 · 얼레빗 · 빗접 · 쪽집게 · 살적밀이 · 분통 들은 늘 위하야 영롱한고, 진주 남원 기생들이 형님, 형님, 하겠다는 야유가 나돌기도 하였다.

그러나 홍씨부인은 누가 보든지 말든지, 무어라고 하든지 말든지, 마치 홀로 넋들린 사람처럼 달고, 끼고, 감고, 밀고, 바르고 하였다.

날이 갈수록 요요하여지던 홍씨부인의 아름다움이 허리가 휘게 팽팽하여지는가 싶더니, 드디어 사람들의 입살에도 그만큼 찰지게 오르내렸다. 입이 싼 거멍굴의 아낙들이나 아랫몰 타성만이 아니라, 말하기 조심스러운 문중의 부인들조차도 목소리를 낮추고 불길한 눈빛을 번뜩이며 훔쳐본 그네의 얼굴은, 차츰 푸르러지면서 검은 빛을 띠다가, 어느 하루 아침에 어이없이 자취를 감추고 말았다.

시집온 지 구 년 되던 해였다.

"내 그럴 줄 알았었다."

단 한 마디, 시부는 그렇게 말했다.

문중에서 사람들이 몰려왔으나 시부는 아무 말이 없었다. 으레 내 그럴 줄 알았었다, 하는 체념과 무심한 낯빛이 홍씨부인이 쓰던 경대를 한순간 일별하고는 그만이었다.

내 그럴 줄 알았었다.

내 그럴 줄 알았었어.

그때 열네 살이 된 아들 준의와 열두 살이 된 병의를 앞에 두고 마주 앉은 시부는 그 말만을 몇 번이고, 몇 번이고 되풀이했다.

그리 될 줄 알고, 그다지도 마음을 날카롭게 세우고 조심하여, 행여라도 정 들었다가 정이 엎질러질까 보아 아예 인색하였던 것일까.

마음이 기울어진 다음에 그네가 홀홀히 떠나 버리면 어찌 감당할꼬 싶어서, 정을 미리 떼느라고 그랬었는가.

시부는 이제 거의 폐인이나 다름없었다.

근근이 하루하루를 버티는 셈이었다.

"내가 준의 장가라도 들여야……."

그는 새로운 버릇이 하나 생겼는데 큰사랑에 사람들과 앉아 있을 때나 혼자 있을 때, 문득 목에 가래가 막힌 소리로 중얼거리는 것이다.

그 말이 어떻게나 숨이 끊어지게 간절한지, 듣는 사람은 정말로 그가 준의 장가를 들이고 나면 그대로 절명할 것처럼 느껴졌다.

종가의 운수가 그러니, 문중도 따라서 빈한하여지고 말았다.

그래도 한 삼백 석은 하던 종가의 농토는 어느덧 모조리 탕진되어 남의 손으로 넘어가고, 안방의 장롱에 그렇게도 그악스러울 만큼 모아들이던 패물 장식은 홍씨부인과 함께 사라져, 말 그대로 집안은 귀떨어진 빈 농짝 꼴이 되어 버린 것이다.

들리는 말로는, 그 재산이 홍씨부인의 치장으로 다 소모된 것만은 아니라고도 하였다.

지붕의 이엉 이을 볏단조차도 제대로 구하지 못하여 썩은 지붕을 몇 삼 년씩 손도 못 대던 그네의 친정이 어느 날은 기와지붕을 올리고, 또 어느 날은 머슴을 두고, 그러다가 어느 날은 계집종을 부리고, 하면서 살림이 윤택하여졌는데, 그것이 무슨 조화이겠느냐고 수군거렸다.

어떤 사람은 홍씨부인이 자취를 감춘 뒤에

"청춘을 팔아서 효도했다."

고도 빈정거렸다.

아무렇든 준의가 열다섯 살이 되던 해, 문중에서는 어느덧 당혼한 그의 혼인 때문에 몇 차례 의논이 오고 갔다. 혼주(婚主)가 실심을 한데다가 모친도 없는 낭재(郎材) 준의는, 누가 발벗고 나서는 사람이 없어 차일피일 미룩미룩 하면서 날이 가고 있었던 것이다.

"혼사를 치르자면 명색이라도 어머니가 있어야 할 것이 아닌가."

의논 끝에 문장은 결국 그 말을 하고 말았다.

"박복한 사람……."

문중의 사람들은 생각이 거기에 미치자 누구랄 것 없이 측은한 마음으로 시부의 운명을 한탄하였다.

아무리 가문이 있다 하나, 이제는 논밭 몇 두락도 쓸 만한 것은 남아 있지 않고, 세 번씩이나 상처를 한 시부에게 차마 사취(四娶)를 권할 수도 없는 노릇이었으며, 또 그렇게 시집을 올 동제간(同儕間)의 규수가 세상 어디에 있겠는가.

의논만 분분하게 오가고, 모여앉으면 쌓이느니 근심뿐이었다.

"이러다가 하릴없이 세월만 가겠네. 벌써 동짓달이니 곧 눈이 내리면 설을 쇠지 않겠나. 준의 나이가 그러면 열여섯인즉 혼인도 서둘러야지. 준의가 작배를 하고, 종손을 보면 차츰 집안도 일어날 것일세. 아무러나 혼인이 급하이. 허나…… 저 사람을 어쩐다…….”

“나이 사십 중반이면 젊은 것은 아니지만 그렇다고 배우자 없이 어찌 여생을 살 수 있겠는가. 종가에 안주인이 안 계시매 폐옥이 다 되어서 보기에도 스산하고, 실제로도 그 살림이 말 아니고.”

그러고 있는 문장에게 급한 소식이 들이닥쳤다.

물 건너 삼계(三溪)에 참한 과숙이 수절을 하는데, 이미 삼년상까지 마치고, 자손도 없이 홀로 지내고 있다는 것이었다. 그네의 성씨와 친정의 문벌이 모두 남에게 뒤지지 않는데다가 성품까지도 무던하여 온화한 사람이다, 보쌈을 하자고 했다.

순간 방안에는 긴장이 돌았다.

“보쌈을?”

한참만에 문장은 낮은 소리로

“보쌈이라…….”

하고 생각에 잠긴 말을 뇌이며, 좌중을 둘러보았다.

그의 노안이 지혜롭게 빛났다.

그로부터 얼마 후, 동짓달 스무이렛날 밤, 칠흑 같은 어둠 속을 가르고 바람처럼 장정 몇 사람이 삼계를 향하여 떠났다.

돌아오는 그들의 어깨에는 보쌈 자루가 무겁게 메어져 있었다.

그날 밤부터 여인은 허물어져가는 종가의 안방에서 기거하게 되었다. 그네가 김해김씨(金海金氏) 부인이었다. 청암부인이 신랑도 없는 빈 집으로 신행을 왔을 때 맞이해 준 과수댁, 그 여인이다.

이상하게도 김씨부인은 보쌈으로 업혀 온 매안에서도 소복을 벗지 않았다. 지아비 삼년상을 다 마친 후에도 한 번 남편을 잃은 여인은 다시 고운 물 색옷을 입기 어려운 일이었으나, 이제 남의 집으로 업혀 와 할 수 없이 훼절을 하게 된 처지에, 새로 만난 사람의 앞에서 전에 입던 소복을 입고 있는 것은 또 도리가 아니었을 것이다.

그런데도 김씨부인은, 업혀 오던 그날 밤의 그 소복을 벗지 않았다. 벗지 않았다기보다는 색 있는 옷으로 바꿔 입을 일이 없었다고나 할까. 시부는 보쌈하여 온 과수댁에게 무슨 말 한 마디 붙여 보지도 않고, 그렇다고 냉대하지도 않고, 마치 큰방의 웃목에 웬 여인 하나가 낯설게 앉아 있는 것을 전혀 보도 듣도 못한 사람처럼, 청맹과니 눈 뜨고 눈 먼 사람처럼, 무관하게, 남의 정신으로 앉고 서는 사람같이 저만치서 지냈던 것이다. 그러니 굳이 스스로 나서서 무슨 고운 옷으로 갈아입을 일도 없었고, 또 그네가 그렇게 당치않은 흰옷을 입고 지내는 것을 들추어 시부가 상관을 하지도 않았다.

시부는 오직 무슨 날짜를 채우려고 마지막 힘을 다하여 버티고 있는 사람 같았다.

"내가 어서 준의 장가를 들이고 나면…… 그러면 죽어도 되지."

그 일 하나를 하고 죽으려고, 사력을 다하여 지탱하고 있는 사람처럼, 삭은 음성으로 버릇처럼 말하던 시부는, 그러나 어이없게도 그렇게 벼르던 일을 가까스로 마치고는, 참척(慘慽)으로 아들을 앞세우고 말았으니. 청암에서 돌아온 준의가 그만 열병을 얻어 단 며칠 앓더니, 시부가 보는 앞에서 숨을 거두어 버린 것이다.

누구라서 그런 일을 믿을 수 있으랴.

기진한 아버지의 식은 숨이 아들에게 끼쳐진 것이라고 말해야 옳을 것인지. 어린 나이 아직 여물지도 않은 새신랑 준의는, 혼례만 치르고 청암에 남겨 놓고 온 신부를 두 번도 다시 더 보지 못하고 거짓말처럼 이승을 떠나갔다. 그리고 그토록이나 쇠잔해진 부친의 빈 속을 한 번 더 모질게 훑어 내고.

"몹쓸 놈."

시부는 그렇게만 말했다.

그리고, 청암에서 이 느닷없는 비보를 듣고는 혼비(魂飛)하여 소복으로 달려온 신부, 며느리에게 위로의 말 한 마디 다정히 못해 준 채, 바깥사랑에 시신처럼 거멓게 누워 있던 시부는, 어느 하루 유언도 없이 운명해 버리고 말았다.

그는 푸석, 쓰러지면서 재가 무너지듯 부스러져 버리었다.

마지막 힘을 놓아 버린 것이다.

"저 사람, 내 저럴 줄 알았네."

마치 시부가 그의 삼취 홍씨부인이 흔적없이 사라졌을 때 말하였던 것처럼, 문장은 시부의 정황을 보고 그렇게 탄식했다.

치상(治喪)에 모인 사람들도 뜬 정신에 넋을 놓았다.

"그 사람이 지금까지 지낸 것도 어디 그것이 산 목숨이었습니까……. 눈을 뜨고 있으니 살었는가 부다 했었지요."

"차암……. 애석한 인생이로다."

"진즉 세상 떴을 사람이, 그래도 준의 성혼허는 걸 보고 죽으려고 이 날까지 버틴 것이었는데. 이런 참상이 있어 그래."

"그 사람도 마음 고생 많이 허고 가는 사람이네. 죽기 직전까지."

"배궁(配宮)에 눈물 많이 뿌리고."

누가 짐작이나 하였으리.

“준의야 이제 장가들었는데 무엇이 걱정입니까? 어련히 어른 노릇 헐라고요? 세월만 가면 아들 낳고 딸 낳고, 대추나무 대추 열리듯이 자손 많이 낳을 겝니다. 두고 보세요.”

“아암, 그래야지. 이 집안에서 한 대에 죽을 만큼 죽었으니, 인제 새로 나는 사람도 그만큼 많어야지…….”
하는 덕담을 하던 것이 바로 엊그제였는데.

“아이고…… 이 냥반이 어디만큼이나 지금쯤 가고 있는고…… 가다가, 먼저 가신 마나님들이랑 만나서, 이 이얘기, 저 이얘기 허며 쉬엄쉬엄 가는가아. 이 기막혔던 이승 이얘기를.”

“자식 못 잊히어 어찌 눈을 감었는고.”

문중의 동항 하나가 하염없이 노적봉 너머의 낮은 구름 내려앉은 하늘을 바라보며 한숨을 쉬었다.

“그리 쉽게는 못 갈 것이네. 그 사람, 이 집에 맺힌 원통한 시름이 오죽한데 그렇게 얼른 갈 수가 있겄는가?”

시부 숙항의 한 사람이 무거운 한숨 섞인 소리로 말했다.

“그렇기는 하이. 그래도 다 천지의 기운을 받아 인간으로 나서 자기 한평생을 살다가 가는 집인데…… 그냥 왔다 가는 정리만으로도 가벼이는 못 갈 길을…… 회한도 많은 인생…… 한 걸음 가다가 뒤돌아보고, 또 한 걸음 가다가 뒤돌아보고 헐 것이네. 초립동이 신랑으로 저승길 앞세운 자식에, 미장가 소년으로 부모 없이 두고 가는 어린 자식 생각을 해도 그렇고, 공연히 죄만 하나 더 지었다 싶은, 저 보쌈마님을 생각해도 그렇지 않겄는가…….”

말하는 문장의 눈에는 석양의 붉은 해가 지고 있는 노적봉 봉우리가 황토흙빛의 북망산처럼만 여겨진다.

그 흙빛에 눈물이 축축하다.

"어허 참, 사람의 한평생이 살었달 것이 없느니. 이러고 옹기종기 앉었다가도 숨 거두고 나면 그뿐이라. 그저 흙덩이 부수어지듯 먼지로 흩어지고 마는 것을. 그래도 살었다고 노심허고 초사하며 마음이 타도록 시달리는 것이 어찌 생각해도 허망한 일 아닌가. 어허어……. 자식 먼저 죽는 것까지 보고 죽으려고 그렇게 버티었단 말인가."

"그럴라니 그렇지, 이 세상에 상배(喪配)한 이 그 한 사람 아닐 터인데, 어찌 그리 남 다른 세상을 살다 가는고."

"사람이 났다 죽을 때는 이름을 남기든지 공적을 남기든지 무슨 표시라도 있어야 그 허망함을 좀 덜어 볼 것인데, 이렇게 한세상을 차디찬 시름 속에서 살다가, 떠나고 난 자리에는 회한만 수북허게 두고 가다니, 그 발길이 어찌 가볍겠습니까?"

"생각해 보면 보쌈과수 한평생이 더 기구허지. 그래도 산 사람이 죽은 사람보다는 좀 나은가……? 그 사람이 수북허게 두고 간 회한은 어디 가서 쌓이겄나? 산 사람, 애민 과수댁 생가슴에 가서 묻히게 생겼네. 과수댁은 식은 설움만 하나 더 보듬고."

모두들 이번에는 홀로 남은 여인에 대하여 혀를 찼다. 그러한 탄식 소리가 들리기나 하는 것일까. 안방의 보쌈마님 김씨부인은 하늘이 부끄러워 문도 못 열어 놓고, 제대로 곡(哭)도 하지 못하였다. 사람들도 그 심정을 헤아려서 행여 마음을 다칠세라 더욱 조심하였다.

그러나 누군가는 보쌈마님보다 소복 입은 새각시를 더 염려하였다.

"더 기가 막힌 것은 저 어린 종부요. 자, 과연 이제 앞으로 이 새사람이 어떻게 살아가야 옳겠소……. 의지할 어른이 계신가, 소천(所天, 남편)이 있는가, 아니면 자식이 있는가. 아니면 한다 할 만큼 재물이라도 있는가. 그도 아니면, 그저 없는 듯이 삭이면서 살아도 되는 지차(之次)도 아니고. 한 집안의 종부로서 이렇게 기구한 처지에 기대어 볼 무엇 하나 없는 청상이, 혼인하자마자 남편상에 시부모상에 쌍초상이 나서, 겹상복부터 겹겹으로 무겁게 입기 시작했으니."

그런 지 얼마 후, 김씨부인은 이런 말을 하였다.

"사람의 팔자란 어찌할 수 없는 모양이요. 내 팔자가 이렇길래 그 어른이 먼저 가신 것만 같아서 마음에 죄가 되는구려. 그냥 그 댁에서 수절하고 있었더라면 한 번만 청상이 되는 것을, 이제는 훼절까지 했는데도 다시 과부가 되니, 남들은 백년을 해로하는 사람도 있는데 상부 초상만 두 번씩이나 거퍼 치르는 팔자도 흔치는 않을 거요."

그때 김씨부인이 애써 웃어 보인 것은, 아마도 어린 청상 청암부인을 위로하려는 심정에서였을 것이다

어찌 되었든 소복을 입은 두 부인이 서로 마주 앉은 그 대면은 형상이 기구하기도 하였거니와 설움이 북받쳐, 결국 김씨부인이 돌아앉아 흐느껴 체읍(涕泣)을 하고 말았다.

청암부인의 귀에, 그때 그 김씨부인의 흐느끼는 소리가 들려왔다.

그리고 돌아앉은 그네의 우는 어깨를 바라보며, 앞날을 어찌할꼬, 억장이 무너져 내리던 암담함이 지금 바로 그런 일을 눈앞에 보는 것처럼 가슴을 짓누른다.

이토록 우습게 왜놈의 성으로 창씨를 할 양이면, 무엇 하러 이다지도

애가 잦는 가문을 지키고 핏줄을 보전할 것인가.

"창씨개명이라니…… 말이 안된다."

청암부인은 자기도 모르게 입술을 힘주어 다문다.

눈매에 푸른 서리가 서린다. 청암부인의 다문 입술 위로 경련이 지나간다. 그 입술 빛깔이 가무스름하게 죽어드는 것이 그네의 몸이 식어 내리고 있다는 증거였다. 푸르륵, 어깨가 떨린다.

그네는 문득 동구에 서 있는 열녀비에 가 보고 싶어진다.

그곳에 가 보면 좀 속이 뚫리려는가.

그 까마득한 선대 할머니 한 분의 비석이 살아 있는 사람의 숨결보다 더 위안이 되어 줄 것만 같다. 그러나, 다리가 후들거려서 걸음을 떼어 놓을 수가 없다. 이미 내가 힘이 다하였는가 싶기도 했다. 그래서 밖으로 나갈 생각은 접어두고 장롱을 연다. 장롱의 서랍에서 그네가 꺼낸 것은 누렇게 바랜 종이 뭉치였다.

영조 31년 을해, 문형국(文亨國)의 따님으로 태어나서 이씨 집안의 며느리가 되시었던 그 어른의 육필 유서였다. 군데군데 얼룩이 진 것은 이백여 년의 세월 동안 유서의 먹빛에서 배어난 한처럼 느껴진다. 그것은 가슴이 짓무르는 심정이 그렇게 번진 것일는지도 모른다.

그 어른은 어려서부터 남달리 영특하여 일찍이 소학(小學)을 배우고 시문(詩文)을 지으니, 영묘한 문장이 아름다웠으며 행실 또한 요조숙녀였다. 거기다가 가을 바람에 씻기운 달이라고나 할까, 고고한 천품이면서도 그 용색의 그윽함을 따를 자가 없었다.

그러나 어이하랴.

그 어른은 꽃다운 나이 스물하나에 매안의 이씨 문중으로 시집을 왔으나, 불행히도 신랑은 홍역을 치르다가 유명을 달리하고 말았다.

누가 그리도 인간의 운명에 대하여 의표를 찌른 말을 하였던고.

재사(才士)와 가인(佳人)은 단명(短命)에 박복(薄福)하다더니, 그 어른을 두고 한 말이었던가 보다.

그네는 가슴이 시릴 만큼 아름다운 용모였고, 글을 배워 문장에 능하였으며, 여인의 할 일로 침선을 가까이 하여 바느질에 날렵한 솜씨를 자랑하였으니, 무엇을 나무라리오. 거기다가 더욱이 그 심덕 또한 바르고 원만하였다.

그런데 하늘은 이와 같은 여인을 내시면서 무슨 복을 어디에 숨겨두었길래, 혼인하자마자 신랑을 잃는 설움을 먼저 던져 주었는가.

원통하다든가 슬프다든가 하는, 항간의 필설(筆舌)이 모두 다 한갓 말의 장난에 불과한 것이었다. 도대체 어느 누가 그와 같은 정경에 이르러 무슨 말을 할 수 있을까.

자신의 심정을 어디에 비할 곳도 없고 위로받을 길 또한 없었다.

그네는 하늘을 감히 쳐다보지 못하고, 사람을 대하지 않은 채 망부(亡夫)의 상을 치렀다.

부부사별이란, 말이 쉬워 네 글자에 불과하지만 그것이 어떻게 쉬운 일이랴. 세상에 남자로 나서 그 아내를 잃은 것도 설움이 아닌 것은 아니지마는, 비유컨대 그것은 나무의 가지가 꺾이는 것과 같다면, 남편을 잃은 여인은 뿌리가 잘린 것과 같으니, 아녀자의 통한에 비길 수는 없으리라. 전생에 무슨 죄를 모질게 지고 이승에 나왔길래, 그와 같은 쓰라린 업고를 치르는 것인지 모를 일이었다.

피눈물로 망부의 제사를 마친 그 어른은, 이승에서 못다 한 부부의 인연을 다시 내생(來生)에서나 누리기를 간절히 바라면서, 마침내 장문의 유서를 남겨 놓고 자진(自盡)하였다.

이후 정조 때에 상(上)께서 그 어른의 이야기를 들으시고, 가히 고금에 없는 열녀의 기상이라 크게 칭찬을 하셨다.

물론 정문(旌門)까지 세우도록 허락하신 것이다.

청암부인은 침중한 손길로 유서의 첫머리를 펼쳐 든다.

고금 천지간 세상에 일 죄인 죄첩은 이 몸의 일천 가지 근심과 일만 가지 한 되는 회포를 가져, 감히 당돌히 시아자바님 두 분 전에 이 한 말삼을 아뢰오니, 엎디어 비옵건대 슬피 불쌍히 여기시고 자세히 살피시압소서.

죄첩 부부의 일로써 두 아자바님께 부탁하올까 하와, 천만번 애걸 간청하오니, 두 아자바님의 관후(寬厚) · 우애(友愛) · 심덕(心德)으로써 죄첩 부부의 참혹하고 칙은한 정경을 구비 두루 살피시압소서. 걷우어 주시고 저바리지 않으실까 하와 천만 바래옵고 믿사와 심곡(心曲)에 있난 말쌈 아뢰압나이다.

죄첩의 연치 이십일 세에 성혼(成婚)을 하오매 소천(所天, 남편)의 연치 또한 이십 세이오니, 피차 상득하와 백년을 해로하올까 태산같이 믿삽고 탐탐(耽耽) 귀중하오나, 다맛 심중에 일층 처참하온 심사 없지 않아 하옴은, 실로 구고(舅姑, 시아버지 · 시어머니) 아니 계시와 북당(北堂)이 적막하옴을 한하온지라.

연이나 다만 소천이 있사오니 여자의 백년의 락이 되올까 희망하였압더니, 죄첩의 전세(前世) 죄역이 지중 · 지악하와 인제 고금에 다시 있지 못할 죄인이 되야, 비록 성혼한 제 오륙삭(五六朔)이오나 부부 서로 일실(一室)에 머물어 상면하온 날을 합계하오면 겨우 일순(一旬) 칠일(七日)이압는데, 삼생(三生) 원수의 홍역을 당하와 다시 피차의 상면을 못 하압고.

또 창황 병보(病報)를 듯삽고 여자의 마음이 어이 안심하오리잇가마는 시댁에서 부르시난 명이 아니 계시압고, 죄첩이 불혜(不慧) · 불민(不敏)하옵기로 자청하와 곧 오지 못하옵고, 또 첩의 집은 우러 충첩하고 사고(事故) 다단(多端)하압기로, 자연 지체 천연(遷延)하야 처음에 오지 못하였아오나, 여자의 마음이 어이 안심이오며, 그러하온 중에 다시 가부(家夫)의 병보를 듯사오니, 여자의 심혼(心魂)을 어이 측량하오리잇가.

그러하와 주야를 생각지 아니하옵고 축원 · 축수하와 가부의 안면을 다시 보압고, 가부의 어음(語音)을 다시 듣사올까 하였압더니, 첩은 망연히 아지 못하온데 문득 중로(中路)에서 흉보(凶報)를 만났사오니, 이게 참말쌈이옵니까, 헛말쌈이오니잇까.

지금까지 깨닫지 못하온지라.

고금이래로 귀천 상하 노소 없이 남녀 결발(結髮)하오면 사생(死生) 영욕(榮辱)을 한가지로 한다 하옵고, 또 가부 병이 드온즉, 그 여자 병측에 시립(侍立)하와, 죽 미음과 약물을 다사려 시병(侍病)하옵다가, 말종(末終)을 보난 이도 있삽고, 혹 말종을 못 보난 이도 있건마는. 홀로 죄첩은 외로이 있사와 한 술 미음과 한 첩 약물을 친집(親執)하와 보살피지 못하옵고,

밋 그의 명이 진(盡)키에 이르와도 또한 부부 서로 손을 잡아

영결을 이루지 못하압고, 멀리 외로이 있어 천고 영결을 하오니, 이는 막비(莫非) 가지가지 죄첩의 전세 죄역이 지중 · 지악하압고, 또 죄첩이 불혜 · 불민하와 가부의 병측에 참예치 못한 탓이오니, 뉘를 한하오며 원망하오리잇가.

실로 그러하와 가지가지 곳곳마다 남의 없는 지원 · 극통이압기로, 살아 있아와도 사람을 대면할 뜻이 없사옵고, 죽어 구원(九原)에 가와도 가부를 반겨 만나올 안면이 없아와, 죄인 중 죄인이 되었아오니, 더욱 궁천극지(窮天極地) 통한(痛恨)이 골수에 박히압고, 오장에 사무치온지라.

가부 초상시에 명을 끄쳐, 가부의 뒤를 좇아 쾌활한 혼백이 되기를 지원(至願)이오나, 혹 행여 가부의 일점 혈맥이나 복중에 머물렀압난가 의아하와, 스사로 잔명을 투생(偸生) 보중(保重)하옵고 보신지책(保身之策)을 하와, 망극하온 초상 장사를 마치압고, 무익하온 세월만 보내었압더니, 마참내 죄첩 전세 죄역이 태중하여 첩의 부부 양인 천지신명에 편벽되이 득죄하와, 일점 혈맥도 복중에 머무지 아니하였아오니, 더욱 죄첩의 철천(徹天) 철골(徹骨) 지원극통(至寃極痛)이 가히 형용치 못하와, 일국에 비할 데 없이 되온지라.

경각에 명을 바쳐 청춘 소년 가부의 뒤를 좇고저 간절히 원하오나, 그중에 또 생각하온 일이 있아와 헛일을 삼아 초상 장사까지 지냈압난데. 바라압던 일을 망단(望斷)하고 중도에 명을 끊사오면, 첩의 일신은 편하오나 가련 · 가혹하온 가부의 삼상(三喪)도 마치지 아니하압고, 그 후사도 첩이 스사로 자청하와 정치 아니하압고, 일단 죽기만 생각하와 세상을 하직하오면, 가부를 생각치 아니하고,

참혹·참악하온 소첩을 저바리옴 같사와, 어찌 죄첩의 도리에 당연하옴이 되오리잇가.

가부에게 향하와는 생사 간에 가모(家母)의 소임을 하온 것이 만분지일도 없아온즉, 죽어 지하에 가와도 가부를 만나 반기올 안면이 업삽고, 도로혀 부끄러운 혼백이 되올 듯하온지라.

이미 소생 기출은 아모리 하와도 바래지 못할 일이압기로, 비록 조카올지라도 부자(父子) 의(義)를 이어, 부자 예(禮)를 이루어 그 후사를 정하와, 분묘(墳墓)와 목주(木主, 신주)를 의탁하온 후, 그 탁정하옴을 정녕히 듣사옵고, 그 의탁하온 대소 법사를 자세 아뢴 후, 명을 마츠고저 지원이오매 주주(晝晝) 야야(夜夜)에 후사 정(定)키를 축수하옵더니, 천행으로 두째 아자바님 혜택과 성덕을 입사와 조카 재강(在康)이로써 양자를 허급(許給)하압시어, 죄첩의 지극한 소원을 이루어 주압시니, 감은·감덕하옴을 어이 다 측량하와 형용사례하오리잇가. 마참내 죽어 백골이 되와도 다 갚삽지 못하옵고 각골 난망이로소이다.

이미 삼상을 맞삽고 후사까지 정하였아오니, 갓득 세상이 귀치 아니하온 인생이, 장장(長長) 하일(夏日)과 다다(多多) 세월에 머무러 투생하옴이 크게 불감하온지라.

이러므로 잔명을 끄쳐 구원에 가, 청춘 소년 가부의 뒤를 좇고저 지원이오매 세상을 하직코저 하오니, 이미 첩을 대하압셔, 재강이로써 허락하압셔, 망인의 후사를 정하였아오니, 이제 비록 첩이 없아와도 뜻을 달리 생각턴 아니 하압실게오니 우럴어 믿삽고 바래옵건대, 두 아자바님께옵서는 망인의 참척·참절하옴을 굽어 살피시와,

그 죽은 날을 잊지 마르시고 생각하압셔, 부디 묘제나 지내어 구원 망인의 울울하온 영혼을 위로하여 주압시고, 사명(死名)일지라도 또한 잊지 마압시고 생각하시와, 망인의 울울하온 심사를 위로하여 주압시다가, 재강이 자라 장성하와 취처(娶妻)하옵거던, 그 신위(神位)를 전하와, 일년 일도(一到) 돌아가는 제(祭)와 사명(使命) 일체를 착실 극진히 지내게 가르쳐 주압소서.

그러하옵셔야 소천이 세상에 났던 흔적이 있삽고, 혹 세상 사람이 알 리 있아올까 하오며, 그리 하압시면 아자바님네, 관후 · 우애하압신 성덕과 혜택을 세상 사람들이 추존 · 추숭하와 일칼아 탄복하올 것이압고, 망인일지라도 구원 영혼이 명명지중(冥冥之中) 알음이 있아올진대,

비록 언어로써 감은 · 감덕하옴을 일칼아 사례치 못하오나, 동기(同氣) 수수(授受)의 정을 감사이 여기와 웃음을 먹음을 것이압고, 죄첩이 비록 불혜 · 불민하오나, 감사 · 감격하옴을 간폐(肝肺)에 사기압고 골수에 사못치와, 마참내 백골 난망이 되압고, 옛사람의 사후 선령(善靈)이 풀을 맺어 은혜 갚던 일을 본받고저 하올지라.

이미 죄첩의 마음이 이러하온 중, 담사(禫祀)까지 맞아오니 담사 마친 날이라도 잔명을 끊어 지하에 가와, 질거운 귀신이 되기를 지원이오나, 그때 임세(臨歲)하였압난데, 죄첩의 뜻대로 하오면 죄첩으로 말미암아 대소 각절이 과세들도 평안히 못하시게 되올지라.

그러므로 죄첩이 또 구차 연명하옵기를 강인(强忍)하와, 새해를 당하오니, 궁천지통이 더욱 새로와 가히 형용치 못하압고 낮에 생각고 밤에 헤아려도 세상에 머무르기 욕되온고로, 이제 명을 자결

하와 끊사오니, 두 아자바님께옵서난 놀라시지 마압시고, 또 명(命)이 진(盡)키 전에, 아른 체하와 구완치 마압소서.

죽사와도 천명과 천수 다하여 죽은 줄로 아옵소서.

이제 모양을 변하와 모시 적삼을 입삽기난 혼일이 하절(夏節)이라 이 옷과 이 모양으로 소천을 배별(拜別)하온 후 다시 상면하고, 인하와 천고 영결하였압기로, 이제 이 옷과 이 모양을 하옴은, 지하에 가 다시 만나올 때 안면이 생소치 아니코저 하온 표증이오니, 죄첩의 불혜·불민지행을 개탄치 마압시고, 소의(素衣) 소금(素衾)으로 습렴(襲殮)하라 하옵소서.

또한 죄첩이 세상 죄인이오니, 비록 지하에 온들 의복을 호화·화려하압게 어찌 감히 몸을 싸 가리잇가.

그러하오니 부디 죄첩의 소원대로 시신을 거두어 주압시고, 죄첩의 머리에 드리운 다루를 불에 살라 하옵소서.

갖추 활장 없이 아뢰오니 짐작 조감하옵소서.

두 아자바님 지체 이 앞 내내 평안하압셔 만세 보중하압소서.

무술 정월 십이일

제수 죄인 시아자바님 두 분 전 올림 유서(遺書)

청암부인은 손에 든 유서를 그대로 움켜쥔 채 체읍을 하고 만다.

부인의 낙루는 하염없이 옷의 앞섶을 적신다.

한 여인의 심정이 이다지도 사무쳐 애절 원통하게, 그러나 일목요연하게 씌어진 글월의 한 점 한 획이 어찌 그냥 먹빛으로만 보이리.

그것은 응어리 진 피멍이 삭은 빛깔로 여겨진다.

그러나…… 하고, 청암부인은 이마에 손을 받친다.

그렇게 떠나가실 수 있는 당신은 차라리 복인(福人)이십니다. 같은 운수를 타고나서 혼인한 지 일 년 안에 낭군을 잃은 일은 우리 서로 닮았으나, 나는 그리할 수 없습니다. 당신은 훌훌히 떠나는 것으로 할 일을 다 하셨습니다. 먼저 가신 망부 한 어른의 뒤를 따르는 것으로 충분히 칭송을 들으실 일이었습니다. 그뿐이리요. 망혼을 위한 양자를 세워 찬물이라도 떠 놓을 수 있게 하시었으니, 지하에 돌아가셔도 얼마나 떳떳하시겠습니까.

헌데, 나는 그리하지 못하였습니다. 나는 그리하지 못하고 지금까지 이렇게 명을 보존하며 살아 있습니다……. 이것이 단순히, 구차한 잔명을 보존하기 위한 방편으로 들릴는지는 모르겠으나, 나는 책임이 있는 사람이었기 때문이올시다.

종부(宗婦), 나는 그저 그 한 사람의 아낙이 아니고 청상과부 한 사람이 아니라, 흘러내려오는 핏줄과 흘러가야 할 핏줄의 중허리를 받치고 있는 사람이 아닙니까. 목숨 하나 던지는 일이 살아 남는 일보다 쉬운 일은 결코 아니겠으나, 남아서 할 일이 있어, 나는 할머님, 당신처럼 그리 죽지 못하였습니다. 그러다가 오늘에 이르렀습니다…….

청암부인은 유서를 방바닥에 떨어뜨린다.

빛 바랜 유서의 먹빛 위에 그네의 목메인 눈물이 떨어진다.

그렇지만 이제 와서는, 내가 무엇 하러 이날까지 죽지 않고 살아 남았는가, 새삼스러운 회한에 청암부인은 가슴이 무너진다. 이미 성씨조차도 쓸 수 없게 되어 버린 이 마당에 그네로서 할 수 있는 일이라면 그나마 단 한 가지, 혈손의 맥을 이어놓는 것이 아닐 수 없었다.

그래서 그네는 어린 손부 효원이 그렇게도 애틋한 것이었다.

청암부인은 효원에게 그다지 각별하지는 않았다. 본디 부인은 어느 누구에게나 곰살갑고 잔정 많은 사람은 아니었다. 그러나 효원은 그것이 조금도 서운하지 않은 것이었다.

그보다는 오히려 별로 눈에 띄지 않으면서도 항상 꺼끄러운 사람이라면 율촌댁, 시어머니였다.

지난 겨울일만 해도 그렇다.

본디 침선을 즐기지도 않는 효원이거니와 잠이 안 오는 그 많은 밤을 두고 마땅히 할 일이 있는것도 아니어서, 시집올 때 가지고 온 여사서(女四書)와 명심보감, 시가집(詩歌集)이며 다른 이야기책들의 필사본을 읽으면서 날을 새웠다.

때때로는 한 수의 시 때문에 들던 잠을 설치기도 했다.

일대창파우안추(一帶滄波雨岸秋)

풍취세우쇄귀단(風吹細雨灑歸丹)

야래박근강변죽(夜來泊近江邊竹)

엽엽한성총시수(葉葉寒聲總是愁)

칠언절구로 된 이인로(李仁老)의 송적팔경도(宋迪八景圖) 중에서 '소상야우(瀟湘夜雨)'를 읽으며, 그만 귓속에서 빗줄기 흩뿌리는 대실 대숲의 스산한 바람 소리가 성성하여 가슴을 진정하기 어려웠기 때문이다.

새파란 물결에 가을 어리고
가랑비 휘몰려 널배 부린다
밤이라 저 건너 강가 대나무
잎마다 찬 소리 시름뿐이네

효원이 등불을 끄고 누워도 빗소리는 대이파리를 때리며 효원의 가슴을 적시는 것이었다.

그러면 누웠다가도 홀연 다시 일어나 앉아 불을 밝혔다.

"그렇게도 잠이 오지 않느냐?"

하루 아침에 율촌댁은 효원을 안방으로 불렀다. 효원은 대답 대신 묵묵히 앉아 있을 뿐, 일변 당황하기도 하고 일변 야속하기도 하였다.

(잠을 자고 깨는 시각까지도 일일이 간섭하려 하시는가?)

"내 이런 말까지 하기는 안되었다만, 글 읽는 서방님의 방도 아니고 젊은 새각시, 시집오자마자 그날부터 밤마다 불이 안 꺼지고, 석 달 열흘이 넘어가도 깜박깜박 불빛이 새어 나가면, 동네에 쓸데없는 말 난다. 사람들이란 남의 말을 좋아하는 것 모르느냐? 이후로는 잠이 좀 안 오더라도 일찍 자리에 들어라."

(시집이 무엇인가 하였더니, 바로 이런 것이로구나. 등불을 끄라시면 못 끌 것도 없지마는, 불을 밝히고 앉아 있어도 동아줄같이 질긴 밤이 구렝이마냥 목에 치잉칭 감기는데, 거기다가 등촉마저 꺼 버리면 어찌하란 말씀인가. 천만 가지 근심에다 먹장 같은 어둠마저 하나 더 늘어 나를 캄캄하게 하리라. 여보시오, 어머님. 내 잠 못드는 것이 어제 오늘 일도 아니요, 예전부터 있었던 버릇 또한 아니오이다. 아드님

한테 한번 물어 보시오. 사정이 그리된 것을 남의 말이 무서워서 내 몸에 병을 사란 말씀이시오?)

"물론 네가 밤이면 서책을 가까이 하는 줄도 내 안다만 그것도 그렇다. 일단 출가하였으면 그에 응분한 책임이 있는지라, 아녀자의 할 일이 따로 있을 게야. 꼭 그런 걸 일일이 말로 해야 알겠느냐? 너는 네 아버님께 군자의 도리만 배우고, 친정의 어머님한테서 아낙의 할 일은 배울 겨를이 없었더냐?"

(이것이 또 무슨 말씀이오? 아무리 내가 부덕하고 배운 것이 없었다기로, 이리 수모를 주실 수가 있소? 일단 출가하여 이씨 문중으로 시집을 왔으면 친정과는 발을 끊고 무관하여지는 것을…… 책망을 들어도 내 잘못으로 내가 들어야지, 난데없는 친정 부모님은 왜 끄집어 들추는 것이오? 대관절 무슨 말씀이 하고 싶어 이러시는 것입니까?)

"예로부터 여자란 여필종부라, 남자를 하늘같이 알고, 남편에게 순종하며 사는 것이 그 도리야. 우선 남편에게 공손해야 한다. 여자가 죽어 지내야 집안이 평안한 게야. 예나 지금이나, 여자의 성품이 드세고 강철 같은 사람은 자기 남편 앞길에 운수를 가로막는 법이다. 여자 성품 때문에 남자의 기가 눌려서야 어디 집안이 제대로 되겠느냐?"

율촌댁의 목소리는 작고 낮았으나, 조근조근 따지듯이 말하는 품이 무엇인가 단단히 벼르고 있는 사람 같았다.

"내가 시에미라고 너를 공연히 들볶으려는 것이 아니다. 나는 나대로 짚이는 바가 있어서 몇 번이나 생각다가 이런 말을 하는 것이니, 절대로 명심해라. 너도 내 말을 들으면서 짐작하는 일이 있을 게 아니냐?"

효원은 후욱 얼굴이 달아올랐다. 가슴속도 후끈 치밀며 더워진다.

(그래서요? 그러니 절더러 어찌하란 말씀이시오?)

율촌댁은 강모가 건넌방에 들지 않는 것을 그렇게 말하였고, 효원은 치욕스러운 심정이 순간 들어, 시어머니의 앞인데도 그만 얼굴이 벌겋게 상기되어 버리고 만 것이다.

율촌댁은 율촌댁대로 자기보다 우람하게 커다란 몸집의 며느리가 자기의 말에 차마 대꾸는 못하고, 눈꼬리가 가늘게 좁혀지면서 온 얼굴이 벌개지는 것을 보며 내심 기가 질렸다.

며느리의 입술은 활처럼 휘어져 있었다. 신행 오던 날 이 며느리의 곁에, 손아래 동생처럼 서 있던 아들 강모의 단아하고 조그만 모습이 떠오른다. 그때 강모는 어쩐지 며느리를 어려워하면서도 눈치를 살피는 것 같았다. 율촌댁은 그 모습을 지워 버리기라도 하려는 듯 반짇고리를 효원 앞으로 밀어 놓았다.

"자."

밀어 놓은 반짇고리에는 자주 회장과 자주 고름이 달린 녹두색 명주 저고리 한 벌이 담겨 있었다. 효원이 폐백을 드릴 때, 남색 치마에 받쳐 입었던 저고리다. 아직 풀냄새도 덜 빠진 옷이었다.

"나도 새며느리를 보았으니 며느리 손에 저고리를 얻어 입어야겠다. 뜯어서 새로 푸새하여 곱게 지어 봐라."

효원은 묵묵히 반짇고리에서 저고리를 들어내어 접어 들고 건넌방으로 왔다. 그리고, 깊은 숨을 들이쉬며 마음을 진정하여 가라앉히려고 애썼다. 한 번 더 숨을 들이쉰 다음 침착한 손끝으로 동정을 뜯는다. 옷고름을 떼어 내고, 깃을 뜯어 낸다.

놋화로에 잿불을 담아다 놓고 인두와 인두판을 챙기면서, 저고리 모양을 유심히 눈여겨 보아 두지 않은 것을 후회했다.

길이, 품, 화장이야 본래 그대로 하는 것이어서 상관없지만, 어려운 것은 깃과 섶을 다는 일이었다. 깃과 섶의 모양이 저고리에서는 가장 중요한 것으로, 입은 사람의 멋과 품위를 살려 주는 곳도 이 부분이다. 그래서 바느질 솜씨가 빼어난 사람은 바로 여기서 한껏 솜씨와 모양을 낸다. 또 성미가 까다롭거나 옷을 곱게 입으려는 사람이 트집을 잡는 부분도 바로 이곳이다.

우선 그 명칭의 섬세함만 보아도, 잔손질이 얼마나 어려우며 정성을 기울여야 하는지 알 수가 있다.

깃에는 겉깃 길이, 안깃 길이, 뒷깃, 깃 나비가 다른데, 그것이 섶에 이르면 더욱 복잡하다.

섶 길이, 섶 나비, 섶 아랫나비, 섶 윗나비, 안섶 길이, 안섶 나비, 안섶 아랫나비, 안섶 윗나비…….

그런데 사람마다 깃과 섶에 대한 취향이 다르다. 어떤 사람은 둥글지도 모나지도 않은 깃을 좋아하고, 어떤 사람은 날렵한 칼깃을 좋아한다. 깃에 따라 섶의 모양도 어울려야 한다.

그런 것을, 우둑우둑 그냥 뜯어헤쳤으니 그 일이 걱정이었다.

그렇지만 별 수 없는 일이었다. 다른 저고리를 하나 주시라고 하여 그 본을 보면 되겠으나, 효원은 굳이 그러고 싶은 생각까지는 없어, 그냥 그네식대로 바느질을 해 나갔다. 설령 그네가 침선에 별 마음이 없었다 한들 시집온 지 두어 달 만에, 그것도 처음으로 짓는 시어머니의 저고리이니 있는 정성을 기울이지 않을 수 없었다.

밤에는 일찍 등촉을 끄고 자리에 들라는 주의를 들었지만 효원의 성미에 할 일을 두고 잠들 수는 없었다. 그네는 꼬박 밤을 밝히며 인두질을 하고 바느질을 하였다. 어깨솔, 등솔을 하고, 겉깃, 안깃을 모두 인두로 꺾어 놓은 뒤, 겉깃에 겉깃 길이를 대고 바늘을 꽂아 깃이 너무 곧지 않게, 또 너무 둥글지 않게 어여쁜 곡선을 만들며 풀로 붙인다.

섶머리 길이는 깃 나비와 비슷하고, 섶머리의 나비는 깃 나비의 삼분의 일이 되게 하여 역시 풀로 곱게 붙인다. 그리고는 풀 붙인 뒤를 헝겊으로 덮고 인두로 눌러서 잘 붙게 한다.

잠 안 오는 밤에는 바느질을 한다더니 과연 그러했다. 꼬박 앉아서 한 숨도 돌리지 않았는데, 창호지에 버언한 새벽빛이 들었다. 등잔 불빛이 퍼져 버리며 빛을 잃는 무렵에야, 효원은 놀란 듯 불을 껐다.

일부러 안방으로 불러들여서 일렀건만 하룻밤도 지나기 전에 오히려 이번에는 아주 밤 내내 장등(長燈)을 하였으니, 어른의 말씀을 받는 아랫사람으로서 도리는 아니었다.

그러나 딱히 무슨 억하심정으로 그러한 것도 아니고, 또 마침 저고리 짓는 일이 있었던 것이어서 그다지 큰 염려는 하지 않았다.

날이 밝고, 해나절이 지나서 효원은 저고리 안팎을 뒤집어 부리를 맞추었다. 그리고 부리, 도련, 섶을 돌아가며 인두질 하고, 등솔, 섶솔을 바늘로 떠 시침을 하였다. 이윽고, 옷고름을 달고 동정을 달았다. 마지막으로 안 옷고름을 달아 놓고는 허리를 펴니, 벌써 새때였다.

그네는 왼쪽 소매를 접고, 그 위로 오른쪽 소매를 접어 올려 두 손으로 받쳐들었다. 다리가 저리며 휘청하였다.

한자리에 앉은 채로 밤을 새워 일을 한 탓이리라.

그러나 안방에서 저고리를 받아든 율촌댁은 못마땅한 얼굴로 접어 놓은 소매를 홱 젖히더니 댓바람에

"이게 저고리냐?"

하고 차갑게 말했다.

효원이 놀라, 숙이고 있던 고개를 들었다.

"아무려면 네가 시에미 저고리를 이렇게 허수롭게 안단 말이냐? 네가 어른을 어른처럼 대한다면 그러지는 못하리라."

율촌댁의 음성은 가시가 돋아 있었다. 평소에 소심한 편이며 별로 자기 주장을 내세우지도 않는 율촌댁은 의외로 의뭉한 데가 있기는 했다. 그리고 한번 맺힌 일은 결코 푸는 일이 없으며, 풀린 체하더라도 더욱 더 깊이 새겨 두는 성격이었다. 거기다가 시어머님 청암부인 때문에 스스로 눌려 지내면서 그런 성격은 더욱 안으로 파고들게 된 것 같았다. 율촌댁의 얼굴이 파르르 떨린다.

"감히 네가……."

저고리를 움켜쥐는 손도 떨린다.

"나를 업수히 여기다니."

그러면서 움켜쥔 저고리를 들고 찬 바람이 나게 대청마루로 나가, 마당에 그대로 패대기를 치며 내던져 버린다.

눈 깜짝할 사이의 일이었다.

저고리는 희끗희끗 잔설이 녹고 있는 질척한 마당 가운데 내동댕이쳐진 것이다. 자주 고름이 진창에 젖어들어갔다. 차마 율촌댁의 서슬에 마당 가운데로 나서지 못한 채 행랑에서 하인과 머슴들이 웅숭웅숭 내다보고, 안서방네와 바우네는 부엌에서 나온다.

효원은 멋모르고 당한 일이라 얼떨결에 율촌댁의 뒤를 따라 대청으로 나왔지만, 어떻게 해야 될지는 얼른 엄두가 나지 않았다.

주춤거리던 안서방네가 행주치마를 거머쥐고 마당으로 내려선다.

저고리를 집으러 가는 것이다.

"그만두게."

율촌댁이 싸느랗게 말한다. 안서방네가 멈칫 하더니 뒷걸음질을 친다. 안서방네는 율촌마님이 저렇게 부들부들 떠는 모습은 처음 보았으므로 우선 정신이 아득하여 질정을 못한다.

효원은 어금니를 지그시 물었다. 하인 비복들 앞에서 당하는 수모로 인하여 그 기를 참지 못하고 얼굴이 벌겋게 달아오른다.

내 이대로 이 자리에서 고꾸라져 죽으리라.

낚싯바늘 같은 갈퀴 고리가 효원의 가슴을 찍어 할퀸다.

칵 고꾸라져 죽으리라.

첫날밤 신방에서 칠보장식 화관조차 제대로 벗지 못하고, 앉은 채로 밤을 새우면서 이를 악물었던 그때의 수모가 이만하였던가. 너무나 억울하고 분한 마음에 눈자위가 붉어지면서 눈물이 싸아하니 돈다.

이윽고 그네는 마루에서 토방으로 내려서고 토방에서 마당으로 내려섰다. 그리고 진창에 던져진 저고리를 집어 들었다. 저고리는 검은 흙탕물을 흥건하게 머금고 있었다.

율촌댁은 꼿꼿하게 선 채로 효원을 매섭게 내려다보았다.

효원은 율촌댁을 향하여 허리를 숙이는 시늉을 해 보이고 뒤안으로 돌아갔다.

그리고 뒤안 우물가에 가서 앉은 효원은 침착하게 우물물을 길어

올렸다. 저고리를 빨려는 것이다.

그때 황급히 부엌 뒷바라지를 밀고 나온 안서방네가

"이리 주시지요."

하면서 대야를 빼앗았다.

안서방네는 그저 민망하여 효원 쪽을 바라보지도 못하고 안절부절 못하였다. 효원은 안서방네가 대야를 받아간 다음에도 한참을 그러고 서 있었다. 바람끝이 차건만 추운 줄도 몰랐다.

"들어가시기요. 새아씨."

안서방네가 조심스럽게 다시 뒷바라지로 나와 일깨워 주었을 때야 효원은 정신이 났다.

무슨 정신인지 모르고 건넌방에 들어와 그대로 주저앉으면서 그제야 비로소 차가운 눈물 한 줄기가 흘러내린다. 그것은 가슴을 써늘하게 적시며 속 깊은 곳으로 스며들어가는 눈물이었다. 몸이 얼음처럼 식어버리는 것 같았다. 그러면서도 일변, 청암부인이 마침 중뜸에 마실 내려가 있는 사이에 이런 일이 지나가 준 것이 다행스러웠다.

청암부인에게만큼은 자신이 이렇게 참담하게 당하는 모습을 보여드리고 싶지가 않았기 때문이었다. 그네는 청암부인에 대하여 그만큼 깊은 경외의 심정을 품고 있었다.

(어떤 일을 당하더라도 할머님이 계시면 견딜 수 있으리라.)

효원은 진심으로 그렇게 생각하였다. 그래서, 아무 일도 없었던 것처럼 침착하게 빨아 놓은 녹두색 명주 저고리를 지었다.

율촌댁은 율촌댁대로 심경이 곤두섰다.

효원만 생각하면 가시 박힌 손가락 끄트머리처럼 소스라쳐지면서 가슴이 우끈거린다. 효원의 기(氣)가 숨막히게 느껴진다.

(어찌할꼬…… 저 기를 어찌할꼬. 지금 휘돌려 잡지 않으면 평생을 갈 텐데. 강모 일이 걱정이다.)

율촌댁의 머릿속에는 벌겋게 달아오르는 효원의 얼굴과 활처럼 휘어지던 그네의 입술이, 때때로 가슴 밑바닥에서 주먹이 치밀듯 떠올랐다. 율촌댁이 새파랗게 노하여 내동댕이친 저고리를 줍던 침착하고 냉정한 모습, 그리고 낯색도 변하지 않고 두말없이 다시 저고리를 지어 와 자기 앞에 내밀던, 그때의 일들이 도무지 심상치 않은 것이다.

일찍 등잔불을 끄라고 말한 그날 밤에 하필이면 반발이라도 하듯이 장 등을 하길래, 그것도 몹시 못마땅하였고, 밤새껏 지었다는 저고리의 깃궁둥이도 어처구니가 없었다.

바느질 솜씨가 남달리 좋은 율촌댁은 특별히 날렵하면서도 부드럽게 돌아가는 깃을 잘 달았다. 그래서 율촌댁의 저고리는 우아하였다.

그런데 며느리가 내미는 저고리의 깃궁둥이를 보라지.

안반짝같이 퍼져 가지고 넙적한 것이, 발로 바느질을 해도 이만 못할까? 이것이 사람을 업수히 여기는가?

설령 본디 솜씨가 없어서 그렇다고 하더라도 그것은 흉거리일 뿐만 아니라 어차피 이 옷은 다시 지어야지 못 입을 것, 마침 어머님도 안 계시니 내 저 기를 꺾어 놓으리라.

네가 타고난 성격을 쉽사리 고칠 수 없을 것이나 그렇다고 그냥 두고 볼 수도 없는 일이다. 네가 그 성질 순하게 고치지 않으면, 네 평생 더 고달프거니와 온 집안이 평안치 못하리라.

거기다가 강모의 성격이나 좀 강단이 있어 주었으면 좋으련만.

그는 순하기 노루 같고 어여쁘기 꽃 같으니, 차라리 내외가 바뀌어 만났더라면 얼마나 좋았으리.

강모는 확실히 혼인하고서는 다른 사람이 되어 버리고 말았다.

얼굴이 그늘이 드리워져, 모습은 소년이로되 겉늙은 사람처럼 보인다. 그것이 율촌댁의 가슴을 못으로 치듯이 저리고 애달프다.

강모가 그렇게 이상하게 그늘지고 시들어가는 까닭을, 율촌댁은 효원에게 있다고 짐작하였다.

내 짐작이 맞고말고. 여자 대가 저렇게 드세니 어찌하랴.

이번 일을 기회로 생트집을 잡아서라도 단단히 눌러 주리라.

그래서 율촌댁은 저고리를 움켜쥐고, 눈 녹은 마당의 진흙탕에 동댕이를 쳐 버렸던 것이다.

그렇게 효원과는 마주 앉으려고도 않던 강모가 이번 여름방학을 맞아 매안에 왔을 때, 청암부인은 강모를 붙들고, 얼마나 간곡하게 사정하고 타이르고 애원하였는지.

"강모야, 할미 좀 봐라. 인제는 다 늙었다. 인제 모든 게 전 같지가 않어. 밥 먹는 것도 움직이는 것도 다 힘들다. 이러다가 곧 죽을 게야. 그런데 내가 왜 못 죽고 있는 줄 아느냐? 강모야, 증손자 안아 보고, 이 할미가 그놈 얼굴 좀 보고 갈라고 이렇게 지체하는 게다. 아, 그래야 구천으로 돌아가서도 조상님을 뵈옵고는, 증손자 소식을 전해 드릴 게 아니겠느냐? 아무 소식도 못 가지고 빈 손으로 간다면, 내, 면목이 없어서 그런다. 이 할미 심정을 알겠지……? 할미가 미리 알아서 날받이도 다 해놨단다."

청암부인의 목소리에서는 끈끈한 침이 묻어났다. 그 끈끈함이 마주

앉은 강모와 건너편에서 소리를 죽이고 있는 율촌댁의 목 언저리에 엉기어 마치 실타래를 감듯 감겨들었다. 강모가 꾸르륵 침을 삼켰다.

"너는 이 종가의 손을 이어 놓아야 할 귀중한 사람이다. 사람마다 일이 있고 몫이 있는 법인데, 어찌 너는 네 할 도리에 대해서 그리 등한하냐? 어디 속 시원히 할미한테 다 털어 놓아 보아라. 속에다가 담어 두지만 말고. 할미가 들어 주마."

청암부인은 강모 쪽으로 윗몸을 구부리며 무릎까지도 기울여 이야기하고 있었건만, 강모는 오히려 한 걸음 뒤쪽으로 물러나기라도 하는 것 같은 몸짓을 하였다.

강모의 숙인 이마 위에 잔 그물 주름이 지는 것을 율촌댁은 보았다.

그리고 한참 동안, 다시 침묵이 방안에 고였다.

"강모야. 왜 아무 말이 없어? 할머님이 저렇게 말씀허시는고만……. 어른 말씀에는 얼른 대답을 사뢰어야지."

침묵이 저울추보다 무겁게 처지자, 보다 못한 율촌댁이 낮은 소리로 강모를 채근하였다. 자기 속으로 낳은 자식인 까닭에 공연히 청암부인께 자신이 면구스러웠기 때문이었다. 그러한 면구스러움은 율촌양반을 대할 때도 마찬가지였다. 쩟, 혀를 차기만 해도, 그것이 강모의 일일 때는 가슴이 철렁하면서 곧 민망해졌다. 그 혀 차는 소리 속에는

"도대체 에미라고 집안에서 자식한테 무엇을 가르쳤는고."

하는 책망이 들어 있는 것만 같았다.

"어미 탓이다."

라고 직접 대 놓고 말하지 않는다손 치더라도 스스로 그렇게 자책하였다. 율촌댁이 채근하는 말에도 강모는 여전히 장판만을 내려다보고 묵

묵히 아무 말도 하지 않는 양이 고집을 양보하지 않을 것처럼 보였다.

"할머니."

그런데 결국 그가 입을 열었다.

"오냐, 어서 말하거라."

청암부인은 반가운 낯빛으로 웃는다.

강모가 침을 꾸르륵 삼킨다.

"저, 동경으로 갈랍니다. 저번에도 말씀드렸지만요, 제가 아직 나이 어리고 학업에 전념할 때라, 아무래도 뜻한 대로 공부를 좀 해 보고 싶습니다. 또 동경이 멀다 하나 강호형도 있고 요즘은 너나없이 다니는 사람이 많아서 낯선 곳만은 아닙니다."

청암부인의 어깨가 뜻밖의 말에 부딪쳐 툭, 소리라도 낼 듯이 꺾이며 한숨이 저절로 터져 나왔다.

율촌댁은 자신도 모르게 입이 반이나 벌어져 휘둥그레 강모를 바라보았다. 그런 두 부인과는 상관없이 요지부동 앉아 있는 강모에게, 드디어 청암부인은 짤막하게 대답했다.

"아들만 낳아라. 그러고 떠나거라."

그리고는 한참 후에 다시 덧붙여 말했다.

"오늘이 아주 좋은 날이니라. 생기복덕일(生氣福德日)로 천자만손(千子萬孫)이 대문 앞에 모이는 그런 날이다. 부디 이 할미의 당부를 저버리지 말아다오. 내 오늘 밤에는 문 앞에서 지키고 앉었을란다."

청암부인은 이미 효원에게 흡월정(吸月精)까지도 시켜놓았었다.

흡월정이란, 음력으로 초열흘부터 보름까지 닷새 동안 달이 만삭처럼 둥그렇게 부풀어오를 때, 갓 떠오르는 달을 맞바라보고 서서 숨을 크게 들이마셔, 우주의 음기(陰氣)를 생성해 주는 달의 기운을 몸 속으로 빨아들이는 일을 말했다. 그렇게 하면 여인의 몸에 달의 음기가 흡수되어 혈력이 차 오른다는 것이다. 저 무궁한 우주를 한 점 달에 응축시켜 몸 속으로 흡인하는 힘.

그 혈력으로 아들을 낳을 수 있다고 사람들은 믿었다.

언뜻 생각하면 그저 큰 숨이나 들이쉬고 내뱉는 정도라고 여기기 쉽지만, 그것은 보통 어려운 일이 아니었다. 우선 몸과 마음을 정결하게 하고, 주변을 깨끗이 쓸어 잡인들이 근접하지 못하게 한다. 부정을 타서는 안되기 때문이었다. 그 자리는 어른이 감시하였다.

그러다가 막 달이 떠오르면, 입을 아 벌리고, 온 정성을 다하여 있는 힘껏, 구곡간장과 살 속 뼛속 실핏줄 끝끝과 머리꼭지 정수리까지 달이 가득 차 오르도록 달을 들이마신 뒤, 머리가 아찔하여질 만큼 참을 수 있는 데까지 숨을 참았다가, 숨결의 터럭도 흔들리지 않게 고요히 배앝는다. 이미 마신 달의 정(精)이 새어 나가면 안되기 때문이다.

이것이 한 숨통이다.

한 숨통마다 안서방네가 손뼉을 딱, 치며 박자를 맞추며 수를 세어 주었다. 그리고 청암부인이 옆에서 지켜보았다. 달빛 아래 서 있는 부인의 모습은 더할 수 없이 엄숙하고 경건하였다. 마치 신불(神佛) 앞에 선 듯했다.

효원은 온몸에 정신을 모아 티끌만치도 달빛이 새어 나가지 못하도록 흡월하여, 아홉 숨통을 마시었다. 그것은 대단한 일이었다.

이 흡기(吸氣)는 짝수로 마쳐서는 안되므로, 보통 세 숨통, 다섯 숨통, 일곱 숨통 식으로 마셔야 하는데, 우선 본인의 기운이 부치고 어지러워서도 한 숨통을 넘긴다는 것도 결코 쉬운 일이 아니었다. 하물며 아홉 숨통을 채우는 일이랴.

웬만한 사람도 다섯을 넘기기가 어려운 것을, 효원은 기어이 끈기를 가지고 아홉 번까지 해내고 말았다. 그러더니 그네의 얼굴빛이 달빛처럼 파랗게 바래면서, 그 자리에 허물어지듯 주저앉아 버렸다.

전에 어떤 여인은, 머리카락 손톱 끝 모세혈관까지 만월처럼 부풀도록 흡월정을 하고 나서, 곁에 있는 나무 둥치를 쓸어 안고 그만 엉엉 울었다니, 이 일이 얼마나 고되고 힘든 일인가를 알 수 있으리라.

청암부인은 주저앉은 효원의 등을 부드럽게 부드럽게 어루만져 주었다. 그 손길이 하도 간절하여 영령이 어리는 것 같았다.

효원은 정수리까지 차 오른 달빛에 멀미를 일으키며 고꾸라졌다.

그때 율촌댁이 달빛을 마시는 효원에게서 느낀 것은, 무서운 집념과, 오기와, 범접할 수 없는 기상이었다.

왈칵, 겁이 났던 것이 사실이었다.

그리고 며느리가 두려워졌다.

그런 다음이니, 청암부인이 강모를 어떻게든지 달래고 설득하는 것은 당연한 일이었다. 강모를 몸소 데리고 가 건넌방으로 들여보낸 청암부인은, 대청마루에서 건넌방을 향하여 몸을 바르게 하고 섰다. 마치 예배를 드리려는 사람처럼.

이윽고 부인은, 두 팔을 반공중에 커다랗게 벌리어 원을 그리면서 손을 모아 합장했다. 합장한 손을 가슴에 붙이고 한동안 서 있던 그네는 간절하게 엎드리면서 방문 앞에다 큰절을 하였다.

……부디 아들 하나 태워 주소서.

엎드린 부인은 일어날 줄을 몰랐다.

천만 마디 말보다도 더욱 아픈 심정 한 토막이, 밤의 가슴에 옹이로 박힌다.

## 8 바람닫이

며칠 사이에 벌써 여름 기운이 끼친다.

달구어진 햇볕에서 훅 놋쇠 냄새가 난다. 더위가 익어가고 있는 것이다. 이렇게 덥다가도 한번씩 비가 쏟아져서, 초목은 날로 무성하여지고, 집 안팎에는 파리, 모기가 극성이다. 고샅에도 토담 밑에도 잡초가 검푸르게 우거질 지경으로 농부들은 일손이 바쁘다. 봄보리, 밀, 귀리를 베어 내고, 논밭에 서로서로 대신하여 번갈아 들면서 김매기를 하느라고, 땀이 흘러 흙이 젖고, 땅에서 올라오는 지열과 위에서 내리쪼이는 놋쇠 같은 햇볕 때문에 헉, 헉, 숨이 막힌다.

거기다가 손이 많이 가는 면화밭은 그 공이 몇 배나 더 하여, 호미질을 하고 나면 어깨가 빠지는 것만 같다.

그런 중에도 누우런 오조 이삭이 어느덧 묵근하게 살이 차고, 청대콩도 익어간다.

비워 놓고 나온 집에서는 어린 것이 집을 보면서 멍석에 보리를 널어 말리고 있을 것이다. 마침 뙤약볕이라 참으로 잘 마르겠다. 그러나 아이들이란 자칫 헛눈을 팔고 해찰하기 일쑤라.

"아이고오, 저노무 달구새끼이. 훠어이. 야야, 너는 멋 허고 있간디 달구새끼가 저렇게 달라들어서 멍석에 보리를 다 쪼사 묵게 두고 있어어. 참말로 기양 한 대접은 찍어 묵었겠네에."

마당 가운데 빨랫줄을 받치고 서 있는 바지랑대를 잡아채, 거꾸로 들고 휘둘러 닭을 쫓던 아낙은 목청을 돋군다.

"호랭이 물어갈 놈, 아, 그렇게 두 손 놓고 간짓대같이 섰을라면, 멋헐라고 너보고 집 보라고 허겄냐야."

그네는 아이를 향해 발을 굴러 보인다. 아낙은, 보리 한 톨, 수수 한 알갱이도 살점같이 아깝다. 무심하게 입으로 들어가는 그 곡식 한 톨에 허리가 몇 번이 구부러지며 손이 몇 번 가는지를 잘 알기 때문이다. 하물며, 이런 뙤약볕에 등이 뜨끈뜨끈하게 익어가면서, 흘러내린 땀으로 발등을 적시고 흙을 젖게 한 쌀이야말로 더 말할 나위가 있으랴.

그 하얀 쌀은 그저 바라보기도 아깝고, 소중하며, 심지어는 경건한 심정까지도 드는 것이다.

거기다 손 안에 뿌듯이 쥐었을 때의 느낌이라니.

"그렁게 왜놈덜이 인자는 놋그륵, 숟구락끄장 다 공출을 헌디야?"

"놋그륵 숟구락이 문제가 아니라, 제기(祭器)도 다 걷어 간다네."

"하이고매."

"말도 말어, 절깐에 불상도 끄집고 가 부렀다는디?"

"어쩔라고 그러까잉……."

수군수군 김 매던 사람들은, 때마침 논둑 저편에 안서방네와 바우네가 광주리를 이고 오는 것을 보고는 일손을 놓는다.

점심 밥이다.

그들은 목에 건 수건을 들어 땀을 닦으며 하나씩 둘씩 정자나무 밑으로 모인다. 발걸음들이 무겁다.

옹구네, 평순네, 춘복이, 공배 들은 논에 엎드려 있던 다른 놉들과 함께 웅기중기 광주리 곁에 둘러앉는다.

공배네가 밥 광주리를 덮은 삼베 보자기를 젖히자, 된장 사발과 풋고추가 먼저 눈에 들어온다. 고추는 약이 올라서 꽁지를 하늘로 쳐들고 있다. 금방 따서 씻어 왔는지 물방울이 뚝뚝 떨어진다.

"참말로 이날 이때끼 욕심 낸 거라고는 보리밥 한 사발허고 풋고추 된장 한 입뿐인디, 내가 늙마에 이거이 무신 마음 고상잉가 모르겄네."

공배는 털썩 주저앉은 채 하늘을 올려다보며 힘없이 말한다.

"아재도 참. 아. 보리밥 한 술에 풋고치 된장이나 욕심 내고 살엇잉게, 이날 펭상 이러고 살다가 이 모냥이 됭 거이제 머."

춘복이 되받아 핀잔을 준다.

"언지는 머 우리가 농사 지어 갖꼬 우리 입으로 들어왔간디요? 땅바닥에 어푸러져 주딩이서 단내가 풀풀 나고, 손톱 발톱이 모지라지는 놈 따로 있고, 청풍멩월에 노래 부름서 손꾸락 한나도 까딱 안허고 받어묵는 놈 따로 있잉게. 우리사 머 왜놈 주딩이로 들으가나 지주 곳간으로 들으가나, 뻬 빠지게 헛고상 허능 거는 펭상 마찬가지라요."

"춘복아, 너는 어째 그 셋바닥을 그렇게 가만 못 두고, 꼭 입빠른 소리럴 뱉고 있냐, 있기럴."

"아, 창씬가 머인가 허능 것도 그렇제, 우리덜 쌍놈이 머 언지는 성씨 갖꼬 이름 갖꼬 살었간디요? 성짜가 있다고 빤듯이 써 볼 일이 있능교오, 이름짜가 있다고 어따 대고 떳떳허게 불러 볼 일이 있능교. 양반들이나 그렁 거 챙기제 우리가 멋 땀세 속이 상헌다요? 말이사 바로 말이제, 우리들 이름이랑 거이 맹랑허다고요. 달구새끼, 뒤야지, 퇴깽이 이름이나 머 매한가지 아닝교?"

공배는 야무지게 쇳소리를 내며 말하는 춘복의 얼굴이 똑 약오른 고추 같다고 생각한다.

"아나, 밥이나 어서 묵어라. 암말도 말고잉? 말 많이 허먼 매급시 헛심만 팽긴다. 뱃속에다 쟁에 논 것도 없이 씨잘디 없는 소리만 긁어 내지 말고. 말 안헌다고 속도 모르능 것 아닝게로."

공배네가 보리밥 사발을 춘복이 앞에 놓아 준다.

"됩대 우리 같은 사람덜한티는 잘된 일이제 머. 이런 때 성씨도 하나 새로 맨들고 이름도 처억 바꿔 불먼 누가 누군지 알 거잉교? 그러다가 누가 아요? 우리도 지아집 짓고 종 부림서, 에얌, 허고 사는 날이 올랑가아……. 하도 요상헌 시상이라, 알 수 없제."

침을 탁, 뱉어가며 쏘아붙이는 춘복이 말에 공배가 밥 숟가락을 입에 넣다가 말고

"자 좀 바라, 자 좀 바. 너 어디 가서는 당최 그런 소리 말어라. 덕석말이 일 당헌다. 몰매 맞어어. 나 듣는 연에나 말허까, 무단시 비얌맹이로 그 방정맞은 셋바닥 조께 날룽거리지 말란 말이여."

하면서 눈썹을 찌그린다. 눈썹이 찌그러지자, 나이보다 늙어 보이는

공배의 얼굴은 그만 우는 시늉이 되어 버린다.

그 옆에서 밥을 푹푹 퍼먹고 있던 옹구네는, 어느새 밥 그릇을 비우고 입가심으로 찬물을 벌컥벌컥 마시더니 입술을 손으로 닦아 낸다.

마침 정자나무 위에서 참매미가 시원하게 울어젖힌다.

옹구네의 삼베 적삼은 접시만한데, 그것도 앞자락이 두르르 말려 올라가 있어 검은 젖퉁이가 비죽 내밀어 보인다.

"먼 걱젱이 그렇게 많다요? 무신 신주단지가 있는 인생도 아니고, 뼤 빠지게 일만 허다 게발 같은 맨발로 가신 조상님들이 머 성멩 삼자 찾어서 헤매고 댕길 것도 아닌디, 아무 꺼이나 이름 붙이고 살제잉. 어차피 넘으 꺼인디. 우리덜이사 머 이름만 넘으 꺼이간디? 농사진 쌀도 내놔라 허면 내놔야고, 손꾸락이 닳어지게 헌 질쌈 미영(무명)도 내놔라 허면 내놔야고, 어디 그거뿐이여? 몸뗑이도 내놔라 허면 그거이 내 몸뗑이간디? 그저 등 따시고 배 불르면 그거이 내 팔자로는 닥상이제잉."

평순네는 그 말에 대꾸를 하지 않고 풋고추 꽁지에 된장을 찍는다.

"서방 없다고 그렇게 막말 허능 거 아니여, 누가 그께잇 노무 몸뗑이를 내노라고나 허능게비네."

공배네가 민망한지 핀잔을 준다.

공배네는 나이로 보아도 옹구네보다 십여 년이 위였지만, 매사에 조심성이 있어 입을 함부로 놀리지 않고, 심중이 깊은 아낙이었다. 그런 점을 옹구네도 모르는 것은 아니었으나, 그렇기 때문에 이상하게도 옹구네는 공배네가 만만하게 여겨지는 것이었다.

"말이 그렇다 그거이제 머. 무신 못헐 소리 했간디? 내가 서방 없는 년이라고 성님이 나한티 외나 막말을 허싱만."

"아고매, 호랭이 물어갈 노무 예펜네. 누가 그런다냐? 됩대 꼬깔을 씌우고 자빠졌네에."

옹구네가 실쭉해지는 것을 보고는, 마음이 여린 공배네는 얼른 웃음으로 눙치며 광주리에 그릇을 챙겨 담는다.

옹구네와 말이 붙어 보아야 득이 될 것은 하나도 없다.

"그리도, 양반은 확실히 근본이 달르드라. 저번에 주재소 순사 왔을 적에 말이여, 청암마님한티 순사가 되게 꾸지람만 듣고는 마당에 선걸음으로 쬐껴났다네. 어쩌든지 목심을 걸고, 목에 칼이 들으와도 창씨개명은 못허겄다고 허셌드란다."

공배는 곰방대에 담배를 재우며 춘복이한테 말한다.

아무래도 그는 창씨개명을 한 것이 꺼림칙하였다.

그러나 주재소 순사와 면사무소 서기가 무슨 장부를 들고 찾아와 공배에게 눈을 부릅뜨는데, 우선 겁에 질려 앞뒤 생각할 것 없이 그만 덜컥 도장을 누르고 말았던 것이다. 도장이라야 시뻘건 인주 범벅이 된 손도장이었지만, 그 순간 공배는 마음이 허퉁해지면서 마치 조상을 팔아먹은 듯 죄가 되고 면목이 없었다.

"나까무라 요이찌? 허…… 참……."

그때 공배는 횟배가 일어날 때같이 어지러워, 정짓간으로 들어가 물을 바가지로 퍼 마셨다. 생각 같아서는 물독아지를 그대로 기울여 들이켜고 싶은 심정이었다.

그때 순사와 면서기는, 거멍옷 · 아랫물 · 중뜸 할 것 없이 집집마다 들어가서 이름을 하나씩 지어 주고, 우격다짐으로 도장을 받아 갔다.

사람이 없는 집은 논밭에까지 일일이 찾아가 그렇게 하였다.

그런데 엉겁결에, 순사의 허리춤에서 철그렁거리는 칼 소리에 놀라 도장을 눌렀던 사람들은, 바로 그 순사가 청암부인에게 큰 꾸중을 듣고 선걸음에 쫓겨났다는 소문을 들었다.

면서기는 머리를 긁적이고, 순사는

"요오시!"

하면서 칼 소리를 일부러 날카롭게 내며 땅을 구둣발로 차고 갔다는 말도 있고, 그대로 혼비백산 달아났다는 말도 있었다.

어찌 되었든, 청암부인이 호통을 친 것만은 사실이었다.

그네는 대청마루에 서서, 서기가 들고 있는 검은 뚜껑의 창씨개명 장부를 가소롭다는 듯 내려다보며 서릿발 같은 호령을 했던 것이다.

남녀가 유별한데 아무리 조선의 법도를 모르기로소니, 무례하고 상스럽게 남의 내정(內庭)에 돌입하여 허락없이 들어선 것부터 크게 나무라는 그네의 서슬에, 결국, 청암부인에 대해서 잘 알고 있던 서기는 순사와 귓속말을 주고받더니 그냥 돌아갔다. 그때, 순사가 필요 이상 일본도의 칼집을 철그럭, 소리가 나게 두드린 것도 사실이었다.

집안의 사람들은 그들이 돌아간 다음에도 공연히 가슴이 서늘하고 두근거려 뒤안과 헛간 모퉁이, 장독대 곁에 웅줄웅줄 모여서서 소리 죽인 채 눈짓만 할 뿐, 일손이 잡히지 않았었다.

기표는 밤이 깊어지도록 집으로 내려가지 않고, 기채와 함께 종대(宗垈)의 사랑에 있었다.

"형님, 용단을 내리셔야지 이러고만 계시면 어떻게 합니까? 차일피일 미루다가 이제 큰 봉변을 당하게 됩니다. 그게 어디 종가 한 집에만

닥칠 일인가요? 문중에서도 대강 이야기가 되어 가고 있는데 형님이 결단을 허십시오. 생각해 보세요. 일본이 어디 쉽게 망헐 나랍니까? 그 사람들 무섭습니다. 허는 짓을 보면 모릅니까? 요시찰인(要視察人)이 되어서 좋을 게 뭐 있습니까? 그렇잖어도 총독부에서 위험 분자는 총검거하라는 검속 명령이 내렸다는데, 공연한 화근을 왜 불러일으킵니까? 그렇기만 헌 것이 아니라, 일전에 고등계 나까지마 주임이 그런 얘길 해요, 곧 징병령이 발표될 거랍니다. 아 왜, 그 육군 특별지원병 모집헐 때도, 조선 청년들을 모두 강제로 끌어가다시피 허지 않았어요? 끌어가면 끌려갈 수밖에 없지 않습니까? 강모, 강태가 징병에 나가서 총대 잡고 싸우다가 무슨 변이라도 당헐 때는, 그때는 어쩔 셈이신가요? 일본은 절대 쉽게 안 망헙니다. 이런 시국일수록 지혜롭게 살어야지, 고집만으로는 아무것도 안되지요."

"어머니께서 저러시니 낸들 어쩌겠는가? 어머니 말씀이 사리에 어긋남이 없는데 내 고집대로 일을 할 수도 없어. 또 이것이 어린아이 장난처럼 간단한 일도 아니고, 한 번 했다가 물릴 수 있는 일도 아니지 않은가……? 내가, 종가의 종손이 아니라면 건 모르겠지만, 나 하나가 어디 나하나로 그치야 말이지. 참으로 이런 문제야말로 생사가 걸린 것 못지않게 중요한 일이 아닌가. 한 가문의 문을 닫는 일인데."

"백모님은 아무리 여중호걸(女中豪傑)이요, 여중군자(女中君子)라고 하시지만 역시 아녀자가 아니십니까? 여자가 아무리 출중하다 하여도 결국 집안에 사는 사람이라, 세상 돌아가는 이치와 변화를 어찌 다 알겠습니까? 막말로, 백모님이 무슨 서류를 제출할 일이 있습니까아, 학교에 다닐 일이 있습니까, 그리고 어디 관직에 나갈 일이 있습니까.

하다못해 그분 이름으로 누구를 만나 사교할 일이 있습니까? 그러니 도리를 지키고 가문을 지키며 살 수 있지만, 남자가 어디 그렇습니까? 날만 새면 밖에서 살아야 허고, 해야 할 일 투성이인데, 나 혼자서 고고하고, 나 혼자서 성씨를 지키다가, 거미줄같이 얽히고 걸리는 그 많은 장애를 어쩌실 것입니까? 단순히 거미줄같이 얽히기만 한 것이라면 또 별 일 아니지요. 그 거미줄이 밧줄이 되고 차꼬가 되면 어쩔 것인가요? 오도 가도 못하고 납작없이 앉은 자리에서 죄수 노릇 하게 됩니다. 형님, 이런 난세일수록 정신 바짝 차려야 그나마 목숨 보존하고 살아 남습니다. 더구나 강모, 강태는 지금 학생이니, 그렇잖아도 조선 학생이라면 무조건 요시찰인 대상에 오르는데 굳이 위험을 사서 부를 건 없지 않습니까, 그러고, 이 집안의 재산을 지키기 위해서도 창씨개명은 불가피한 것입니다."

기표는 마지막 말에 힘을 주었다.

기실은 그 말이야말로 처음부터 하고 싶었던 말이었으며, 기표에게는 가장 중요하고 관심이 있는 부분이었는지도 모른다.

오히려 기채는 그렇지 않은 편이었다.

비록 양자로 종가에 들어와 종손이 되었지만, 자신은 한 번도 자기가 양자라는 생각을 해 본 일이 없었다.

이기채의 생모 이울댁은 평범하고 정이 많은 부인이었다. 이기채는 그네를 작은어머니라고 부르며 성장하였다. 이울댁 또한 분에 넘치게 다정하지 않고, 그저 자상하고 따뜻한 정도를 스스로 잘 지켜 주었다. 그런 세월이 저절로 흘러 그네가 생모임을 깨닫게 되었을 때도, 엄격하고 정중하면서 기품 있는 청암부인을 몹시 어려워하기도 했지만 내심 어머니로 섬기는 심정에는 변함이 없었다.

그리고 어쩌든지, 종가의 종손으로서의 할 일을 다하려고 하였다.

그가 세상에 나 맨 먼저 눈에 익힌 사람도 청암부인이었으며, 기어다니면서 가지고 놀던 것도 청암부인의 반짇고리와 실패였고, 처음으로 일어설 때 붙잡은 것 역시 그네의 문갑이 아니었던가.

나중에 천자문을 떼고, 동몽선습(童蒙先習)을 배울 무렵에야 자신에게 어머니가 두 분이며, 내내 작은 어머니라고 부르던 분이 바로 생모임을 알게 되었다.

그러나 그것은 하나의 사실로 받아들여졌을 뿐, 철이 들어 사물을 이해하게 될 때까지도 생모와 양모의 구분은 실제로 어려웠다.

그만큼 이기채는 온전히 청암부인의 아들로, 종가의 종손으로 길러졌던 것이다. 그런데, 바로 자신의 대에 와서 자신의 손으로 이 대종가의 문을 닫아야 한다는 것이 어찌 기색을 할 일이 아니랴.

더구나 평탄하게 번영하며 이어져 내려온 종문(宗門)도 아니요, 자기가 어찌하여 양자로 종가에 들어왔는지를 그는 누구보다도 소상히 알고 있는 사람이 아닌가.

그렇게 대단한 명분이 아니라도 좋았다.

"머슴이 발로 한 번 찼는데 그만 힘도 없이 허물어져 버리더라. 허망했지."

청암부인은 그때 이야기를 하면 꼭 웃었다. 어이없었던 그 순간이 회상되는 때문이리라. 또한, 허망한 흙더미로 무너지던 그 퇴락한 집안을 열아홉 청상의 여인 몸으로, 이날 이만큼 세워 일으킨 한 세월에 대한 감회가 가슴에 사무쳐서 그랬을 것이다.

"내, 저 동구에 열녀비 앞을 지날 때면 참 생각이 많아지느니라. 이만하신 어른이 이 집안에 며느님으로 들어오셨길래 은연중 이와 같은 가풍이 내게까지 전해져 오는 것이 아닌가 싶어서 말이다."

청암부인은 어린 이기채를 마주하고 앉아 집안 내력을 들려주면서, 유서를 남기고 자결하였던 선대 할머님의 이야기를 몇 번이고 하였다.

본디 말수가 많지 않은 부인이었으므로 한 번의 말도 곡진한 터이라, 이토록 여러 번 말씀하신, 그 열녀 정문까지 내려받은 할머님의 생애를 어찌 심중에 새겨듣지 않을 수 있었으리.

청암부인은 말로만 그런 것이 아니라 실제로 정문(旌門)과 비각을 정성껏 돌보았다. 누구라도 그 앞을 지나칠 때는 옷자락을 여미었으며, 특히 부인들은 자신의 행실에 대한 거울로 삼을 만큼 조심스럽게 섬기었다. 뿐만 아니라, 아직 출가하지 않은 과년한 처자들도 이 정문과 비각 앞에서 자신의 정절을 새삼스럽게 다짐하였다.

그리고 철모르고 뛰어다니는 어린 것들까지도

"열녀 할머니, 열녀 할머니."

하며 살아 있는 사람한테처럼 그 이름을 불렀다.

"내가 만일 종부가 아니었더라면, 나도 진즉에 칼을 물고 자진(自盡)을 했을 게야."

청암부인은 효원이 시집오고 나서 얼마 후 그렇게 말했었다.

부인이라면, 능히 스스로 자결을 할 수 있는 성품인 것을 효원은 조금도 의심하지 않았다.

"전에 그런 열녀가 있었더란다. 옛날 중국 제나라의 장공(莊公)이 거(莒) 땅을 칠 때의 이야기지. 장공이 누군고 허면 중국에 춘추(春秋) 때,

제나라 임금이었단다. 영공(靈公)의 아드님이었는데, 본 이름은 빛날 '광(光)' 자였다. 헌데 나중에 시호를 '장(莊)'이라 했거든. 그래서 그렇게들 부르지. 그분이 어떤 싸움터에서 용맹한 장수 하나를 아깝게 잃고 말았더래. 그 장수 이름은 기량식(杞梁殖)이라. 장공이 이 소식을 듣고는 그 마음에 몹시 애통히 여기고 슬퍼했는데, 어느덧 싸움을 끝내고 본국으로 돌아가는 길에 기량식의 아내를 만났드란다. 그래 장공은 얼른 신하를 보내서 그 남편이 죽은 것을 애도했단다. 신하는 가서, 저희 주군께서 보내신 신하올시다, 얼마나 분하고 망극한 일인지 모르겠습니다, 그랬겠지.

길에서 만남 김에 그렇게 조상(弔喪)을 한 것인데, 기량의 처가 분연히 떨치고 돌아서며 말했드란다. ……이제 저의 남편 기량식은 죄를 졌사온데, 왕께서는 어찌 욕되이 저에게 조상을 하시나이까…… 그렇지 않고 제 남편에게 죄가 없다고 하면, 저의 집이 바로 여기 가까운 곳에 있사온데, 어찌 하필 길거리에서 이렇게 조상을 받게 하시나이까……. 그 말을 전해들은 장공은 아차, 잘못을 깨닫고는, 그 집으로 친히 가서 식(殖)의 아내에게 문상을 정중히 하고 갔지. 그 아내의 생각에, 비록 남편은 세상을 떠났지만, 이미 죽은 사람한테라도 바르고 정당한 대접을 받게 해 주어야 헌다고 생각해, 그렇게 한 게 아니겠느냐? 죽은 이에게 그러할진대, 하물며 날마다 함께 모시고 섬기고 사는 남편한테야 더 말하여 무엇하리. 마땅히 도리를 다하여 남편의 뜻을 하늘같이 받들고 살도록 해라. 남편이 남들에게 대접을 받고 못 받는 것이 다 안사람 하기에 달린 것이니라."

청암부인은 손부 효원을 앞에 앉혀 놓고, 기량식의 아내가 지아비를 잃고 통곡한 '식처곡부(殖妻哭夫)'의 행실을 들려 주었다.

그때 기량식의 아내는 자식이 없었다. 뿐만 아니라, 안팎으로 오복(五服)의 동족(同族)인 오속(五屬)의 어느 가까운 일가 하나도 없어, 의지하고 살 사람이라고는 아무도 없었다.

오복이라 하면, 초상을 당했을 때 망자와의 혈통관계를 따라 입는 다섯 종류의 단계별 상복으로 참최(斬衰), 재최(齋衰), 대공(大功), 소공(小功), 시마(緦麻)를 말한다.

상복 가운데 가장 중한 참최는, 극추생마포 제일 굵고 거친 삼베로 지어 아랫단을 꿰매지 않은 상복이다. 이는 아버지가 돌아가셨을 때, 혹은 아버지를 여읜 맏아들이 할아버지 상사(喪事)를 당해 상주가 된 승중조부(承重祖父)의 상에 삼 년을 입는다. 또한 양자가 양부의 상을 당했을 때, 아내가 남편의 상을 당했을 때, 그리고 첩이 정실부인의 상을 당했을 때도 참최를 입는다. 재최는 차등추생포 굵은 베로 옷을 지어 단을 꿰매는데, 아들이 어머니를 위해서 삼 년 입는 상복이다. 아버지 없는 손자가 할머니 상을 당했을 때, 어머니가 맏아들 상을 당했을 때, 며느리가 시어머니 상을 당했을 때도 마찬가지다. 그리고 대공복을 입는 대공친으로는 남편의 겨레붙이 모두인 남편의 조부모, 백숙부모, 남편의 종형제, 종자매, 질부를 말하며, 소공복을 입는 경우는 종조부모, 재종형제, 종질, 종손이고, 시마는 그중 복이 가벼워 삼 개월만 입으면 되었다.

남편 형제의 증손과 남편 종형제의 손자를 비롯하여, 서모·유모와 사위·장인·장모에게 입는 이 시마를 입을 사람조차 아무도 없었다 함이니, 막막한 천지에 혈혈단신 기량식의 아내만 홀로 남은 것이다.

그 아내는 남편의 시체를 성 아래로 누이고, 머리를 풀어 피를 토하며 통곡하였다. 길을 가던 사람도 무심하지 못하여 모두 발걸음을 멈추고 서서 이 정경을 보고 하염없이 눈물을 흘렸다. 이렇게 밤낮으로 처참하게 통곡하니, 열흘째 되는 날에는 그 통곡에 진동하여 흔들리고 눈물에 금이 가서, 성이 그만 절로 허물어지고 말았다.

그 아내는 그제서야 드디어 남편을 장사지내고, 탄식하며 말하였다.

"이제 나는 어디로 갈 것인가. 여자란 대체로 반드시 의지하는 데가 있게 마련이건만 나는 천지에 혼자로구나. 여자란 일찍이 아버지가 계실 때에는 아버지에게 의지하고, 남편이 있으면 남편에게 의지하고, 자식이 있으면 자식에게 의지하는 것이다. 허나 지금 나의 처지는 위로 아버지가 계시지 않고, 옆에는 남편도 없으며, 슬하에 자식도 없다. 안으로 의지할 사람이 없으니 내 정성을 어디에 보일 것이며, 밖으로도 의지할 곳이 없으니 내 절개를 누구에게 보인단 말이냐. 그렇다고 내가 어찌 딴 남편을 고쳐 섬길 수 있겠느냐. 차라리 죽음이 있을 뿐이로다."

그리고는 하늘을 우러러 울면서, 마침내 시퍼런 치수(淄水)에 몸을 던져 죽고 말았다.

"내가 일찍이 식처곡부의 이야기를 왜 모르겠는가. 아녀자 오륜 행실의 본이 되는 그 사람은 열녀로서 가히 장한 사람이었으니, 내가 그를 따라 목숨을 버리는 것은 자랑이면 자랑이었지 아무 흉될 것은 없었지만, 그때 내가 기량식의 아내 못지않은 기구한 형상 중에도 목숨을 버리지 않고 살아 남은 것은, 오로지 종부였기 때문이었느니라. 내게는 나 홀로 져야 할 책임이 있고 도리가 있었던 게야."

청암부인은 효원의 숙인 이마를 지그시 바라보았다.

"같은 말을 몇 번씩 하는 것은 듣기에 따라 공치사도 같고 부질없는 일도 같다마는, 너 또한 책임과 도리가 나와 조금도 다를 바 없어서 이렇게 새겨들으라고 자꾸 말하느니. 허나 , 처지로 비기면야 어찌 너와 나를 한자리에 놓을 수 있으리. 우선은 서로 낯이 덜 익어 설다고 하지만 배필과 더불어 한 지붕 밑에 있고, 위로는 층층이 어른들이 계시고……. 끼니를 당하여 시량(柴糧)을 걱정하지 않아도 되매, 이만하여도 너는 호사로다. 다만, 내가 밤이나 낮이나 근심하는 것은 일점 혈육이 무릎 아래 곰실거리면서 노니는 모습을 못 보는 것이구나. 늙은 할미 망령이라고 속으로 웃을는지 모르나, 나한테는 그 일이 가장 사무치는 일이니라. 아가, 너, 내 심중을 헤아리겠느냐?"

효원은 숙인 이마를 더욱 깊이 수그렸다. 그네가 무슨 말을 할 수 있으랴. 그네 자신이 주도하여 하는 일이라면, 두부를 자르듯이 네모 반듯하게 경영하여 어여쁘게 할머님 앞에 놓아드릴 수도 있겠지만, 혼자 앉아 아무리 각골명심 새겨들어본들 무슨 하릴 있으리오.

(할머님의 심경을 제 어찌 모르겠습니까……. 하오나, 다만 헤아려 드리올 뿐 더 어쩌지도 못하고, 제 몸으로 남의 인생 사는 것이 무슨 희롱인지 알 수 없습니다. 어인 운명이, 제가 바라는 대로 살지 못하고, 살라고 주어지는 것을 살아야 하는지요. 여인이라 그러한가, 남들도 나 같은가. 만들고 고치고 소망하는 것이 모두 다 홀로 달을 바라봄과 같으니 손발이 있으면 무엇하고, 뜻이 있으면 무엇하겠습니까.)

효원의 수그린 이마와 각이 진 어깨에 그 단단한 마음이 글자처럼 드러나 보였는지 청암부인은 미소를 머금었다.

그리고 손부의 손을 따뜻하게 잡는다.

"기다리는 것도 일이니라. 일이란 꼭 눈에 띄게 움직이는 것만이 아니지. 모든 일의 근원이 생각에서 비롯되는 것인즉, 네가 중심을 가지고 때를 고요히 기다리자면 마음이 고여서 행실로 넘치게 마련 아니냐. 이런 일이 조급히 군다고 되는 일이겠는가. 반개한 꽃봉오리 억지로 피우려고 화덕을 들이대랴, 손으로 벌리랴. 순리가 있는 것을. 허나, 나는 이렇게 하루가 다르게 늙어가고, 시절은 흉흉하여 앞날을 예측하기 어려운지라, 어린 너한테 과중한 짐을 부려 버리고자 이렇게 자꾸 다짐을 하는 것이니라."

청암부인은 쥐고 있는 효원의 손을 조용히 조용히 어루만지고만 있었다. 부인 손의 다순 온기가 효원에게로 번지며 스며드는 것을 효원은 느낀다. 그 온기 속에는 추상(秋霜)의 찬서리 기운도, 뇌정(雷霆)의 울음 소리도 아닌 그저 한 아낙의 간절한 심정만이 어려 있는 것 같았다.

마당에서 콩심이가 달랑거리며 뛰어가는 발자국 소리가 들려온다. 누렁이와 함께 뛰는지 무어라고 땍땍거린다. 그때 겨우 아홉 살이 된 콩심이는 효원이 대실에서 신행올 때 교전비 몸종으로 데리고 왔으나, 그까짓 코흘리개가 무슨 수발을 제대로 들겠는가.

저 혼자 제 머리 빗기에도 어린 것이었으니, 말이 몸종이지, 친정 뜨락의 낯익은 돌멩이 하나를 주워 오는 심정으로 함께 왔던 것이다.

고것은 안서방네에게 가끔씩 쥐어박히면서도 그 옆에 가서 쪼그리고 앉아, 이런저런 자잘구레한 이야기의 말 동무도 되어 주고 낫낫하게 잔심부름도 곧잘 하였다.

"아이고, 이년아. 너는 무신 노무 목청이 그렇게 때까치맹이로 땍땍 땍땍. 내 귀가 마대. 조신허게 가만 가만 좀 못하겄냐?"

안서방네는 콩심이의 주둥이를 향하여 주먹을 질러 보인다.

콩심이는 혓바닥을 날름하며 눈을 질끈 감는다. 알았다는 시늉이다.

"너 이년, 이 댁으 청암마님이 어뜬 양반인지 알기나 허냐? 매급시 천방지축 팔랑거리고 댕기다가, 다리 몽생이 분질러질 중 알어라."

"아앗따아, 워찌 고렇코롬 무선 양반이다요?"

"이년. 이 주둥팽이, 어른이 무신 말을 허는디 그렇게 비얌 셋바닥 맹이로 날름 말을 받아먹냐? 그렇다면 그렁갑다, 허고 속으로만 알어 들을 일이제."

안서방네는 옆에 놓인 사기대접의 물을 한 입 물더니, 푸우우, 풀먹은 이불 호청 위에 뿜어낸다. 푸른 빛이 도는 광목 호청에 순간 부연 안개가 어리는 듯싶다.

"내가 내 눈으로 보든 안했는디, 아조 유명헌 이애기가 하나 있제잉. 너 들어 볼래?"

안서방네의 말에 콩심이의 눈이 반짝한다. 이야기라면 무엇을 마다하리. 고것은 턱을 추켜들고 침까지 꿀꺽 삼킨다.

"마님이 이 댁으로 신행오실 적으 이애긴디……."

비록 반겨 줄 이 없는 애통하고 적막한 집으로 가는 초상길의 가마였으나 명색이 신행이므로, 청암의 친정에서는 격식을 제대로 갖추어 교군꾼과 하님들을 챙겨 보냈다.

그러나 다만 호화롭고 아름다운 청홍의 술을 늘이운 꽃가마가 아니라, 이 서러운 신부의 가마는 흰 덩이었다. 그 흰 덩을 따라서 이고 진 사람들의 행렬은 사흘 밤낮을 걸어, 드디어 하루 해만 걸으면 될 숲말에 당도하였다. 마침 목도 마르고 다리도 아파, 잠시 객주집 근처에서 일행은 쉬게 되었다.

그때 근방에 사는 민촌의 아낙 하나가, 일행들 행차로 보아서는 신행길이 분명한데 난데없이 웬 가마가 하얗게 길목에 앉아 있는 것이 흥미로웠던지, 가마 문을 벌컥 열어젖히고는 고개를 쑤욱, 안으로 들이밀고 청암부인을 들여다보았다.

"아이고메, 신부가 과분가아? 벨 일이여이. 무신 노무 신부가 이렇게 생겠당가, 흐윽허니 참말로 요상허그만, 무섭게도 생겠네에. 호랭이맹이로. 한나도 이쁘도 안허고, 구신도 같고."

아낙은 질겁을 하며 가마 문짝을 꽈당, 닫고 말았다.

그도 그럴 것이 그 속에 앉아 있는 신부는 어두컴컴한 가마 안에서 허연 소복을 하고 있었으며, 그 용색 또한 굵직하고 매서웠으니. 아낙이 소리를 지른 것은 순간이 일이었으리라.

호들갑스러운 비명에 요란한 몸짓으로 달려드는 아낙의 수선에, 객줏집에 앉아 있던 사람들이 웅성거리며 고개를 틀어 돌아보았다. 교군꾼 하나는 막걸리 사발을 기울이던 손목을 꺾은 채 눈이 동그래져서 깜박이지도 못하였다. 하님 하나는 아예 일어서 버렸다.

무슨 일이 난 줄로 알았던 것이다.

아낙은 그만큼 야단스럽게 놀라며 낄낄거렸다.

일순 가마 주변에는 정적이 돌았다.

그것은 고즈넉한 것이 아니라 터질 듯이 팽창해 오르는 정적이었다.

그런 것도 모르고 민촌 아낙은 치맛자락을 거머쥐고 배를 내밀어

뒤뚱걸음을 걸으며, 금방 구경거리를 본 것에 대하여 호기롭게 자랑하려는 듯 궁둥이를 내둘렀다.

그때였다.

"네 이녀언."

벽력 같은 고함 소리가 쩌엉, 울리며 공기의 폭을 갈랐다.

뒤꼭지를 할퀸 사람처럼 자지러지며 돌아선 민촌 아낙은, 가마 문을 열고 나와 우뚝 서 있는 청상(靑孀)을 보았다.

얼른 보아도 이십 미만의 여인이 분명한데 어디서 그런 서릿발이 돋는 것일까. 마흔이 훨씬 넘었을 아낙은 주춤, 그 자리에 서서 어쩔 줄을 몰랐다. 그제서야 객주집 평상과 마루에 앉아 있던 사람들은 두렵게 웅숭웅숭 일어나 길목으로 나왔다.

햇발 아래 청상의 소복은 날이 선 푸른 빛을 눈부시게 뿜어냈다.

"저년을 잡아 오너라."

부인은 말끝을 칼날같이 잘랐다.

아직 부인이라기에는 애띠고 어린 여인의 분부라지만, 감히 누구도 말을 붙일 수가 없는 위엄이 전신에 어렸다. 그래서 교군꾼 두 사람이 가까이 그 아낙의 곁으로 걸어가기도 전에, 아낙은 저절로 주저앉고 말았다. 비실비실하는 아낙을 가마 앞까지 데리고 왔을 때, 부인은 아낙의 머리채를 잡아 낚아 그 얼굴을 쳐들게 하였다.

아낙의 낯빛이 노랗게 질리는 것이 역력하게 보였다.

반면에 청상의 안색은 새파랗게 바래는 것이었다.

"네가, 감히, 누구를."

청암부인은 옆사람에게조차도 들리지 않을 만큼, 숨을 잘라 뱉어

내듯이 말했다. 그러더니 동댕이치듯 머리채를 놓아 버렸다. 아낙이 휘청하며 그만 길바닥으로 동그라졌다.

아무러면 어린 여인의 힘 때문에 그네가 쓰러졌을까.

아마도 창졸간에 너무 놀라 얼이 빠진 탓에 그렇게 힘없이 나가떨어지고 말았으리라.

"사람이란 엄연히 상하가 있는 법이거늘, 너 이년, 어디서 배운 버르장머리로 누구한테 그런 막된 행실을 하는 게냐. 내, 네년을 단단히 가르칠 것이니 그리 알아라."

청암부인은 길바닥의 아낙에게 일별을 던지고는, 누구에게랄 것 없이 한 마디로

"가자."

하더니, 몸을 돌려 가마에 탔다.

그네가 소복 입고 오는 신행길에 버릇없는 민촌 아낙을 끌고 와, 마당에 꿇어 엎드리게 해 놓고는 불칼 같은 호령으로 나무란 일은, 훗날에까지 두고두고 안팎에 일화거리가 되었다. 그러다가 몇 십 년이 지난 오늘에 이르러 타관 땅에서 몸종으로 주인을 따라온 아홉 살짜리 교전비 콩심이에게까지 그 이야기가 전해지고 있는 것이다.

"말 한 마디 잘못허고 행실 한 가지 비끗허면 그렇게 큰일 나능 거이여. 알겄냐? 어른 뫼시고 사는 사램이란 것은 언제든지 조심을 해야 헌다. 그저 어쩌든지 입이 무거야고, 놀리는 일손은 번개같이 빠름서도, 그렇다고 눈치없이 아무 디나 촐랑촐랑 나서지 말어야고오."

안서방네는 눅눅해진 이불 호청을 네모 반듯하게 개키며 콩심이에게 다짐을 둔다. 그러면서, 새앙쥐 꼬랑지만한 콩심이 머리꼬리에

웃음이 나와 다시 한번 대가리를 쥐어박아 준다.

그러나, 사람들 모두가 그 이야기를 안서방네처럼 받아들이는 것은 아니었다.

"혼인허고 사흘 만에 신랑을 잡아먹었으면, 원 하늘이 무섭고 세상이 부끄러서 고개도 못 들고, 어디 쥐구녁 없능가, 삿갓을 씨고 있어도 모지래겄그만, 서방 죽어 초상난 신부가 겁도 없이 고래고래 남 다 듣게 외장을 침서 멀 잘했다고 죄인끄장 이바지맹이로 끄집고, 시집으로 온당가. 첨 오는 질에. 아이고, 배짱도 무서라."

"쌍것으로 태어난 설움을 톡톡이 받었그만 그리여. 그께잇 가매 뚜껑 조께 열어 봤다고 그렇게까지 헐 거 머 있당가? 하도 요상허게 꾸민 가매라 지내감서 한번 디리다 봤을티제잉. 가매란 거이 보통 호사시럽제, 그렇게 흰 덩을 탄 신부가 어디 흔헝가, 머? 나라도 디다 보겄네. 아 자네 같으면 안 보고 싶겄능가? 난생 첨 보는 거인디. 사람 귀경도 죄가 되는 노무 인생, 무신 좋은 날을 볼라고 이러고 사능고."

그때 당시에나 몇 년이 지난 후에나 그보다 더 긴 세월이 흐른 뒤에나, 거멍굴 사람들에게는 그 이야기가 바로 엇그제 있었던 일처럼 생생하게 느껴졌던 것이다. 그것은 바로 자신들의 처지를 그만큼 절실하게 깨우쳐 주면서도, 매안의 문중에 대하여서는 일종의 두려움을 새로 일깨워 주는 이야기인 때문이었다.

그들은, 이씨 문중과 청암부인의 서슬에 금방이라도 살을 베일 것 같은 아찔함을 한두 번 맛본 것이 아니었다.

"가매를 열어 본 사램은 또 얼매나 놀랬겄능가잉. 연지 찍고 곤지 찍고 녹이홍생을 떨쳐입은 꽃각시가 앉었능게미 재미로 열어 봤다가,

무신 구신맹이로 호옇게 앉었는 젊은 여자를 밨이니, 그것이 나였드라도 놀래 자빠졌겄네. 아, 누가 안 놀래겄능가? 거그다가 지금은 그 냥반이 늙었잉게 보타져서 그만이라도 쬐깐해졌제, 옛날으 젊었을 적으는 무신 지둥맹이로, 가매 뚜껑을 뚫어 불라고 앉은키가 우뚝허니 솟았을 거인디 말이여. 거그다가 엥간치 매섭게 생겠능가? 참말로 자개 생긴 것은 생각도 안허고, 넘보고 놀랜 넘보고만 허물을 따지자니이…….”

옹구네는 그 이야기만 나오면, 몇 번이고 몇 번이고 같은 말을 곱씹었다. 그네로서는 매안 동구에 서 있는 열녀비라든가 피투성이같이 시뻘겋게 칠갑을 한 창살의 나무기둥 정문을 바라만 보아도 울컥, 아니꼬운 심정이 드는 것이었다.

“허엉. 열녀? 니가 멋으로 열녀를 했능가는 모리겄다마는은, 너도 참말로 불쌍헌 헛세상을 살다가 갔다. 인생이 한번 왔다가 죽고 말면 그거뿐인디 어디 눈에 맞는 머심 등짝에라도 엡헤서 밤도망을 갔다면 또 말도 않겄다. 속절없이 죽어간 것은 누구 보라고 헌 짓이냐고오. 너도 매급시 넘으 비우 맞출라고 애간장 녹게 아까운 목심을 덜컥, 끊었겄지마는, 그거이 무신 지랄이냐. 나는 지발도 먼저 죽은 서방 따러 죽었다고 누가 열녀라고 해 주도 않지마는, 내가 죽도 안헌다. 내가 왜 죽겄냐. 나는은 살란다아. 나는 살라안다아.”

언젠가 옹구네는 남편의 제사를 지내고는, 홀짝 홀짝 따라마신 음복주에 훙건하게 취해서 허벅지 장단을 두드리며 타령조로 사설을 하다가, 열녀비 쪽을 항하여 코를 팽, 풀어 던졌다.

그러면서도 그네는 찰진 입심만큼 손끝도 야물어, 윈뜸 일이라면 자기 손바닥처럼 훤히 알고 궂은일 잔일을 잘 찾아 하였다. 거멍굴에서 나서면 곰방담배 석 대는 피워야 겨우 아랫몰로 건너가는 도랑물에 닿는다. 그 도랑을 건너고도 또 그만큼이나 걸어가야 겨우 아랫몰에 이르는데, 기운 없는 여름에는 팍팍하고 힘 팽기는 거리라고도 할 수 있었다. 옹구네는 도랑물을 건널 때마다, 이것이 서로의 신분을 금긋는 경계처럼 느껴졌다. 그 물을 건너면서는 말씨도 조심하고 걸음걸이도 안존하게 하려고 한다. 그리고 고샅에 돋아나는 풀포기 하나라도 뽑아내고, 발끝에 채이는 돌멩이 한 개라도 골라내는 것이었다. 그것은 청암부인의 성품이, 보이지 않는 곳에까지 서려 있기 때문이었다.

고샅을 지나는 사람의 마음이 그러할진대, 그 댁의 마당은 말하여 무엇하겠는가. 그대로 맨발로 디뎌도 흙이 묻어나지 않을 만큼 반드럽고 탄탄하였다. 네모진 귀퉁이의 날카로운 각은 누가 보더라도 그 집안의 서슬을 느끼게 하였다.

그 마당을 쓸어내는 새끼머슴 붙들이 솜씨 또한 여간한 것이 아니었다. 그는 우선 대빗자루로 초벌을 쓸고, 다음에 부드러운 싸리비로 재벌을 쓸었는데, 바깥에서 안쪽으로 먼지 한 점 일우지 않고, 마당이 세수라도 한 것마냥 매끄럽게 일을 해냈다.

"집안에 먼지 일게 허지 마라. 마당 하나 쓰는 데도 정성이 들어가야 합심이 되는 법이거늘, 쌓인 흙이라고 마구 쓸어내면 종당에는 마당이 돌짝밭 되고 마는 것이다. 세상에 그저 되는 일은 없느니."

그렇게 단속하는 청암부인의 성품 탓으로 큰일, 작은일, 큰손님, 작은손님이 끊일 사이 없는 종가의 부엌 행주에서는 언제나 맑은 물이 뚝뚝 떨어졌다. 그러자니 심지어는 이런 일까지도 있었다.

본디 침착한 안서방네가 그날은 웬일이었는지, 청암부인이 마실 냉수를 받쳐 내오다가 발목이 비끗하면서, 물을 바닥에 흘리고 말았다. 물론 그릇을 엎은 것도 아니고, 다만 자칫 잘못으로 한 모금이나 될까 한 물을 엎지른 데 불과한 것이었다. 그것은 그대로 두면 바람에 마를 일이었다.

그러나 언제, 안방에 앉아 있던 부인이 부엌 바라지 앞에 서 있었는지, 그런 안서방네를 보고는 혀를 끌끌 찼다. 막 시집와서 얼마 안되었던 안서방네는 청암부인에게 죄송스러운 몸짓으로 허리를 굽히고는, 급히 냉수 한 대접을 다시 뜨려고 하였다.

"바닥에 물을 닦아야지."

청암부인은 짤막하게 말했다.

안서방네는 그 말에 당황하여 부뚜막과 살강을 둘러보았으나 눈에 뜨이는 것은 행주뿐이었다. 그래서 종종걸음으로 부엌에 딸린 뒷방문을 열고는 방걸레를 집어 들었다.

"허허이. 살림하는 것을 모르는 사람이로고. 방에 쓰는 것, 부엌에 쓰는 것, 마당 헛간에 쓰는 것이 다 용도가 있고 자리가 있는 법 아닌가. 어찌 방걸레로 부엌 바닥을 훔칠까."

안서방네는 부인의 말에 얼어붙은 듯 서 있다가 황망히 행주치마를 벗어 바닥의 물을 찍어냈다.

그때 청암부인의 나이는 안서방네와 별반 차이 나지 않는 이십 중반이었다.

안서방네는 그 일을 오래 잊지 않았다.

"상전은 다르시다."

그네의 가슴속에는 이 생각이 깊숙이 새겨졌던 것이다.

그러나 요즘의 청암부인은 그때 같지가 않으시다.

하루가 다르게 늙어가고, 눈에 띄게 초췌하여지는데다가, 전에 않던 말씀도 힘없이 하시지 않는가.

"이보게. 인제 나 죽으면 저 마당 귀퉁이에 풀 날 것이네."

한번은 부인이 대청마루에 앉아, 붙들이가 마당 쓰는 것을 보며 안서방네에게 그렇게 탄식하는 말을 듣고는 가슴이 철렁 내려앉았었다.

안서방네는 민망하여 아무 대답도 못하였지만, 청암부인은 바로 며칠 전에도 이기채를 앞에 하고 또 그 말을 뇌었다.

"인제 두고 보아. 나 죽으면 저 마당 귀퉁이에 풀 날 것이니."

"어머니, 무슨 말씀을 그렇게 허십니까? 달리 꾸중을 하시지……."

청암부인은 이기채의 반박에도 대꾸를 하지 않고, 말없이 고개를 기울이고만 있었다.

그런데 이 마당에 와서 창씨개명이라니.

이기채는 밤이면 잠을 못 이루었다. 특히 곡성의 유건영과 고창의 설진영이 비장하게 죽어간 이야기를 들은 다음부터는 더욱 그러했다.

어찌하면 좋을꼬.

과연 이 일을 어찌하면 좋을꼬.

이기채의 생각을 깨뜨리기라도 하려는 것처럼 옆에서 기표가 말을 던진다.

"사람은 죽어 버리고 성씨만 남으면 뭘 합니까? 몸뚱이도 없는데 빈 옷껍데기만 너울거리는 격이지요."

그러더니 답답한지 입을 다물어 버린다.

사실 이와 같은 시국에 이만큼이라도 별 탈없이 집안을 유지해 나가고 있는 것은, 기표의 덕분이랄 수가 있었다.

그는 아는 사람이 많았다.

그것도 단순히 그냥 친분이 있는 정도의 사람도 있었지만, 상당한 권한이 있는 사람들과 자주 자리를 같이하였다. 그래서 이기채도 기표의 권유에 따라 기부금이며 군량을 내기도 하였다.

"제 말씀을 들으십시오, 형님. 한푼을 아끼다가 때를 놓치면 아차 집칸을 잃는 수도 있습니다. 호미로 막을 걸 가래로 막는 수도 있고, 반대로 가래로 막을 걸 호미로 막는 수도 있으니까요."

기표는 민활한 사람이었다.

그는 이기채의 성격을 잘 알고 있었다.

이기채는 한치도 빈틈없었고 어긋남도 없이, 콩 심은 데 콩 나고, 팥 심은 데 팥 나야 하는 성격이다. 그 성격은 이재(理財)에서도 그대로 드러났다. 한번 움켜쥔 것은 놓지 않으려 하고, 마음이 질긴 사람이어서 쉽게 무슨 일을 포기하거나 새로 시작하지 못한다.

"안 먹고, 안 입고, 안 쓰면, 그것이 어디로 갈 것인가? 결국에는 내 앞으로 모이지 않겠느냐."

그것이 그의 주장이었다.

마치 그런 이기채의 뜻을 증명이라도 하는 것처럼 그는 위장이 실하지 못하였다. 실하지 못한 정도가 아니라, 거의 무기력하다는 쪽이 옳을 것이다. 본디 체수도 작고, 위장까지 좋지 않으니, 그는 오로지 강단 하나로 자신을 버티면서 집안을 관리해 나갔는데, 그는 언제부터인가 밥을 제대로 먹지 못하게 되었다. 주식으로는 녹말가루를 멀겋게 쑤어서 먹고, 좀 괜찮을 때는 미음이나 죽을 끓였으며, 밥은 그야말로 어쩌다 한 번밖에는 입에 댈 수가 없었다.

더구나 심기가 좀 언짢을 때는 아예 아무것도 소용 없어서 율촌댁이 어쩔 줄을 몰라했다.

그 대신 이기채의 사랑마루에는 언제나 웬만한 약재가 갖추어져 있었다. 뿐만 아니라 약재를 자르고 써는 작두, 갈아서 가루를 내는 정교한 맷돌, 빻아서 가루를 내는 약절구와 작은 공이가 반들반들 윤이 나게 닦이어 있었다. 거기다가 물론, 약을 밭치는 체와 비상(砒霜)도 달 수 있는 약저울이며 약 탕관도 늘 약장 위에 얹혀져 있었다.

웬만한 선비 사인(士人)의 집에는 크고 작고 간에 하나씩 갖추기 마련인 이 약장은, 그 서랍이 적게는 여남은 개에서부터 많게는 칠팔십여개에 이르기까지 층층으로 빼곡하여, 그 안에 칸칸마다 썰어 넣어 놓은 약재가 가득 담기어 있었는데.

사랑에만이 아니라 안방에서도 약재는 쓰이어, 머리맡에 내방 약장을 두기도 하였다. 그래서 집안 안팎 식구들의 용도가 있을 때, 혹은 일가와 문중, 마을 사람들이 아플 때 화제(和劑)를 내어 약을 지어 주었으니, 선비라면 누구라도 스스로 화제를 낼 줄 알았다.

이기채는 의서(醫書)를 두루 갖추어 가까이 두고 읽으며, 음식을 멀리 하였다.

그러니 자연 집안 사람들도 따라서 소식(素食)을 하게 될 수밖에. 그래서 이 집에 찾아왔던 손님들이 마침 끼니 때가 되어 함께 상을 받으면 그 소반(素飯)에 우선 놀라 버린다.

그러기에 율촌댁이 마늘 한 쪽을 반으로 잘라서 아침에 반절, 저녁에 반절 나누어 양념 무친다는 소문이 돌 정도인 것이다. 물론 율촌댁의 살림 규모가 또 그만큼 알뜰하고 인색한 것도 사실이었지만, 그러나 기표의 생각은 그와 달랐다. 크고 작은 모든 일에, 수단이 얼마나 중요한 것인지를 그는 일찍이 깨달았던 것이다.

어느 때는 기표의 옷자락 끄트머리에서 칼빛이 번뜩이는가 싶을 정도였다. 그러나 그의 혈색과 풍신 때문에 그것은 쉽게 누구의 눈에 띄는 것은 아니었다. 그런 기표를 보고 어쩌다 기응이 미간을 깊이 찡그리는 일이 있었는데, 그 기색을 기표도 놓치지 않고 반박하였다.

"사람의 한평생이란 참으로 예측하기 어려운 것이지만, 반드시 그렇지도 않어. 기회와 수단, 이것이 서로 잘 맞어 주면 뜻을 한 번 이루어 볼 만도 하지."

기표는 오류골 동생 기응에게 그렇게 말한 일도 있었다.

"분복대로 살지요."

기응은 중형(仲兄) 기표의 하는 일이 오히려 걱정스럽다는 투로 대답했다.

"분복? 그것도 다 사람이 짓는 대로 몫이 돌아오는 게야. 큰집의 농토며 소작미만 해도 그것이 가만히 앉아서 지켜지는 것인가? 분복대로 산다고 하늘만 쳐다보고 앉어 있었더라면, 진즉에 무슨 일이 났을 것이야. 이 어지러운 세상에."

그렇게 말하는 기표가 큰집을 위하여 여러 모로 힘 쓰고 있는 것은 기응도 알고 있었다.

일본은 최근, 양정 계획으로 일만자족정책(日滿自足政策)을 세우고,

지난 1937년부터 연간 천만 석 이상의 미곡을 조선에서 일본으로 반출하였다. 그동안 일본의 식량 사정이 급속히 악화되자, 제7대 조선 총독 남차랑은 작년 1939년부터는 양곡 반출에 대한 계획을 다시 세웠다. 즉 조선에서 나는 양곡의 총 수확량을 지금까지 책정하였던 실수확량보다 이할 오푼이나 높여서 허위로 책정한 것이다.

"인자는 조선사람한티는, 일년 양식으로 한 사람 앞에 쌀 서 말 여덜 되 여덜 홉만 냉겨 놓고, 나머지는 다 공출헌다네."

"아이고매, 쥑일 놈들, 호랭이 물어가고 자빠졌네. 깟난애기 암죽만 낄일라도 그께잇 거 갖꼬는 어림 택도 없겄다."

"아니, 지어 바치라는 것은 숫짜가 눈깔이 돌아가게 엄청나고, 먹으라고 냉게 놓는 것은 싸래기만큼배끼 안된디, 그나마 아홉 말에서 서 말 여덜 되 여덜 홉으로 먹을 양석을 깎어 내리머언, 우리는 기양 앉아서 비틀어져 죽으라는 말이구만잉."

"아홉 말썩 쳐서 냉게 놀 때도, 그거이 어디 사람 먹는 거이였간디. 밀지울 섞어 먹고, 깻묵 섞어 먹고, 똥이 안 빠져서 똥구녁 찢어진 놈이 어디 한둘이었가니? 인자는, 똥구녁끄장 갈 것도 없이 창새부터 짝짝 찢어지겄네."

"나무 껍닥 벳게 먹고, 풀뿌랭이 캐 먹고, 또랑물 퍼 마시고 살어야제잉……. 개 짐생만도 못허게."

그런데도 그들은 그렇게 결정하였다. 그리고는 미곡 수급 계획에 의하여 각 농가마다 할당량을 정해 주고, 할당 수확량에서 정해 준 소비량을 뺀 나머지 양곡은 모조리 공출해 가 버렸다. 그러니 농민들은 실제 수확량보다 엄청나게 높은 할당량 때문에 기가 질렸고, 거기다가

도저히 그것만으로는 입에 풀칠하며 살 수조차 없는 적은 양곡 때문에, 헤어날 길 없는 빈사 상태에 빠지고 말았다.

여기저기서 부황(浮黃)이 났다. 오래 굶주린 사람들, 그들은 살가죽이 누렇게 붓고 들떠서 밀룽밀룽해져서, 서로 얼굴을 알아보기가 어려웠다. 그래도 나이 젊은 축은 좀 나았지만 병약한 노인이나 어린 것은 버티어 내지 못하고, 허깨비처럼 픽픽 쓰러져 힘없이 죽어 나갔다.

말이 천만 석이지, 평년작을 전제로 할 때, 오백만 석 이상은 조선에서 반출할 능력이 없었음에도, 일본 본토로부터 배정받은 공출 할당량은 요지부동 절대적인 것이었다.

그때 총독부에서는 단 한 평의 땅이라도 놀리지 말자고, 소위 '일평원예(一坪園藝)'라는 것을 실시하였다.

학교마당, 가정집의 뒤뜰, 그리고 도로변이나 자갈밭까지도 개간을 하여 식물을 심게 하고는, 농업 생산 책임제를 강행하여 쌀과 보리 종류, 잡곡, 소채, 누에고치 할 것 없이 책임 품목을 지정하고, 그 책임 수량을 할당하였으니, 조선인은 설령 자기가 굶어 죽는 한이 있어도 서슬이 시퍼렇고 찰거머리 같은 공출을 피할 수는 없었다.

임실(任實)의 중농인 한 남정네는 넋이 나간 사람 모양으로 툇마루 끝에 걸터앉아, 마른 입술이 쩍쩍 달라붙는 담뱃대 꼭지를 연방 빨더니

"에에이 빌어 처묵을 노무 시상."

하면서 연기 대신 한숨을 내뿜었다.

"저노무 외양깐, 팍 뿌수거 부러라. 체다뵈기도 싫다. 하이고오, 웬수엣 노무 시사앙. 두 눈꾸녁을 이렇게 버언히 뜨고 자빠져서 황소가 끄집혀 가는 것을 체다만 보고 있었이니……."

그 남정네의 안사람이 짚북더미 같은 머리에서 꾀죄죄한 수건을 벗겨 내리며 따라서 한숨 쉰다.

"글 안허면 어쩔 거이요? 생우(生牛) 공출이 머 어지 오널 일이간디? 넘 다 당헐 때는 넘 일인가 싶드니마는 참말로 발등에 베락 떨어졌소. 인자 이 동네에는 소새끼라고는 씨알머리도 없응게, 농사 질라면 재 너머로 황소 빌리로 가야겄구만요."

"재 너머에는 무신 소가 남어 있다간디? 거그도 다 진작에 씨가 말러 부린 지 오래여……. 이러다가는 조선 팔도에 송아치새끼 씨종자가 멜종을 허고 말 거이네."

"아, 재 너머에 왜 황소가 없당가? 이런 난리 속으서도 황소 암소 짝 맞춰서 키우는 집이 있는디."

그것은 청암부인댁을 이름이었다.

그 말소리 속에는 미처 다 토하지 못한 억하심정이 꼿꼿하게 머리를 쳐들고 있었다.

"그렁게 어쩔 거이여? 임자가 쫓아가서 한 마리 끄집고 올랑가?"

남정네가 담뱃대를 토방에 탁, 탁, 치며 비꼰다.

"폭폭헝게 앙 그러요오, 폭폭헝게. 누구는 머 배가 아퍼서 매급시 해꼬지 허는 말인 중 아능게비. 아, 농사꾼이 소가 없어놓게 곰배팔이 도치질 허능 거이나 똑같제잉."

농부의 발등은 단순히 햇빛에 그을러서만 그런 것이 아니라, 못 먹고 속만 끓인 탓인지, 묵은 소나무 뿌리가 억세게 솟구쳐 오른 것 같은 힘줄이 거멓게 돋아 있었다.

"그 소는 그렇게 다 잡어다가 대관절 머엇에다 쓴당가요?"

"내가 알어? 왜놈 군대 멕일라고 괴기국 낄이고, 까죽은 벳게서 그 놈덜 구둔가 장환가 맨들어 신는다고 허대."

"천벌을 받을 놈들. 차라리 산 사람 살가죽을 벳게다가 신짝을 삼어 신고, 이 말러붙은 살뎅이를 비어서 삶어 처묵제. 그러면 이 한 많은 노무 시상, 이 꼴 저 꼴 안 보고 저승길이나 어서 가제."

두 내외는 넋을 흘린 듯 앉아서, 밥때가 되었는지 지났는지를 모르고 하염없는 탄식에 사로잡혀 있었다.

그들의 눈앞에서, 자식같이 애중한 황소가 뒷발굽으로 마당을 차며 안 가려고 안 가려고 버티면서 움메에에, 끌려가던 그 모습이 숨넘어가게 떠올랐다.

아아, 그 황소 한 마리의 목숨이 어떤 것이었던가.

지지리 못나서 핏속에다 한숨만 절여 넣던 아부지가 한평생 소원하던 황소, 그 아부지 죽고 나서 송아지 한 마리 강아지만 헌 것 마련하고는 죽어도 좋을 만큼 뿌듯하여 돌아앉어 코를 풀었었지.

……그 황소가 집채만큼이나 커 주었는데, 바로 그 황소가…….

돌이켜보면 1920년 봄부터 반출되기 시작한 생우는 1940년 올 봄에 이르러 물경 사십여 만 마리에 달하였으니 더 말할 나위가 없는 일이었다.

그래서 농사철이 닥친 어떤 농가에서는, 소 대신에 사람이 가래질을 하였다.

"형님, 일본이 조선에서 공출해 가는 일을 위하여 상비해 둔 기관원이 몇인 줄 아십니까? 삼십만여 명이올시다. 거기다가 애국반이 삼십오만여나 됩니다. 그러고 십삼 개의 병사구 사령부 및 그 소속원이 있어요. 그뿐인 줄 아십니까? 헌병, 밀정, 순사가 개미같이 깔려 있지요. 거미줄 같은 총독부 행정력이 있습니다. 이런 것을 대상으로 싸워 본다는 건 계란으로 바우치기올시다. 제 몸만 깨져서 박살이 나지 바우가 움쩍이나 헐 것 같으세요? 어림없는 일이지요. 이럴 땐 타협을 해야 허는 거예요, 타협을."

과연 그때 기표는 전주로 나가 술자리를 여러 차례 가진 후, 그 '타협'을 통하여 교묘하게 일을 성사시키고 호기롭게 돌아왔었다.

다른 것은 다 그만두고라도 왕골, 마초, 갈대, 가마니, 멍석, 새끼, 지푸라기까지 긁어 가고 걷어 가고, 헌 쇠, 깡통, 파지, 누더기, 빈 병마저도 깡그리 쓸어 가는데

"걸레, 잡초도 공출한다."

는 영이 떨어지는 판국이었으니, 기표가 아니었더라면, 종가에서도 어떤 난리를 겪을 것인지 불을 보듯 뻔한 일이었다.

"형님, 다른 문중은 우리만 못해서 창씨개명들을 했겠습니까? 다 문벌 있고 가문 좋은 집안들입니다. 자진해서 했든지 마지못해 했든지 결국은 허고 말었습니다. 제가 형님이라면 진즉에 했겠지만, 이만큼 허셨으면 형님도 도리는 다허신 겁니다. 아, 지금 전국 인구의 팔할이 창씨를 했는데, 자그만치 천육백만여 명이라고요. 그렇게 대다수가 이 일을 행헐 적에는 다 그만헌 명분이 있기 때문 아니겠습니까아."

"나머지 이할도 있지 않으냐? 아직까지도 창씨를 안헌 사람도 사백여 만 명이 그대로 남어 있지 않어?"

"모르면 몰라도, 그 사람들도 기어이 시키고 말 것입니다. 일본 제국이 마음 먹어서 못헐 일이 있습니까? 시간 문제지요."

"요즘 같으면 정말로 괴로워서……. 내가 차라리 지게질을 할망정 종손으로 되지 않았더라면 싶은 마음조차 간절해."

"형님답지 않으신 생각이시오. 기왕에 국운이 비색하여 나라가 망했고, 시운이 뜻과 같지 않은 것을 형님 탓으로 돌릴 사람 아무도 없을 겝니다."

이기채는 놋쇠 재떨이를 끌어당긴다.

"이제 곧 창씨개명이 문제가 아닌 날이 닥칠 겁니다. 그때는 사느냐 죽느냐, 이 문제가 턱에 걸려서 아무것도 뵈지 않을걸요. 아 왜 거년(去年) 칠월에 국가총동원법 제4조라고 허면서, 국민징용령이 안 떨어졌습니까? 일본 본토는 그렇다 치고, 조선, 대만, 사할린, 남양 군도에까지 그 징용령이 시행되고 있는 판에, 징병령인들 떨어지지 않겠습니까? 지금 지원병 제도는 장차 징병 문제를 결정하려는 시험으로 해보는 것이라고 허드구만요."

이기채는 가슴이 까닭없이 덜컥, 내려앉는다.

그리고 순간 전신에 찬 기운이 끼쳐 자기도 모르게 소름을 털어냈다. 이기채의 가슴 복판을 훑고 지나가는 서늘함은 쉽게 진정되기 어려웠다. 그래서 그는 무겁게 입을 다물고 말았다.

그것은 재작년에 육군특별지원병령(陸軍特別志願兵令)이 공포되었을 때도 마찬가지였었다.

육군성, 척무성(拓務省) 및 조선총독부에 의해서 입안, 검토된 그 안은 1938년 2월 2일, 칙령 제95호로 공포되고, 동년 4월 3일자로 시행되었었다.

전문 5조 및 부칙으로써 구성된 지원병령 제1조에는

"연령 십칠 세 이상의 제국 신민인 남자로서 육군 병역에 복할 자는 육군 대신의 정한 바에 의하여 전형한 다음, 이를 현역 또는 제일 보충역에 편입할 수 있다."
고 규정되어 있었다.

이는 조선민사령(朝鮮民事令)의 적용을 받는 한국인 청장년들을, 현역 또는 제일 보충역에 편입시킬 수 있다는 말이었다.

이 제도에 대하여 남차랑 총독은

"반도 동포의 충성이 강하게 인천(人天)을 움직인 결과이며, 조선 통치상 명확한 일선(一線)을 긋는 획기적인 일이다."
고 말했으며, 조선군 사령관 소기국소(小磯國昭)는

"일시동인(一視同仁)의 성려(聖慮)에 바탕을 둔 것이요, 내선일체(內鮮一體)적 성업을 향하여 가장 강력한 일보를 내어디디는 것."
이라고 기꺼워하였다.

거기다가 윤덕영(尹德榮) 같은 적극 친일 추종자는 이 육군특별지원병령에 쌍수를 들어 환영 지지하면서

"이로써 반도 민중들도 전적으로 일본 국민이 되는 것이니, 한층 더 각오를 새롭게 해야 한다."
고 기염을 토하였다.

그러나 이기채는 그때 아까처럼 가슴이 내려앉고, 소름이 찬 손으로 온몸을 훑으며 지나갔었다. 강모가 만 십륙 세였던 것이다.

……어찌 되려고 이러는가…… 만 십칠 세 이상의…… 제국 신민인 남자…… 만 십칠 세 이상의…… 남자.

그러나 그것은 말하기가 좋아 지원병이지 강제나 다름없었다.

그들은 '국민정신총동원조선연맹'을 통하여 지원병 지원을 권유하였으며, 그 응모를 보다 효과적으로 권유하기 위하여 설전부대(舌戰部隊)를 조직하고, 지원병 후원회 및 행정력, 경찰력을 동원하여 계몽선전을 하였는데, 그뿐 아니라 할 수 있는 모든 수단을 다하여 지원병에 응모하도록 하였다.

그리하여 청년들은 영문 모를 전장에서 탄알받이로 죽어갔다.

"일본놈들이 볼 때, 조선 사람이 어디 사람같이 뵈겠습니까? 마소보다 더 노동력이 월등 유효헌 짐승이올시다. 거기다가 조선땅이 그저 병참기지 정도가 아니에요. 조선 사람 모두가 전력원(戰力源)이 되는 겁니다. 조선의 자식놈들은 모두 다 끌려 나가서 남의 나라 전쟁에 개죽음, 탄알받이로 죽게 될 것이란 말씀이올시다. 강모가 지금 열일곱 살 아닙니까? 물론 만으로는 아직 안됐지만."

그때 기표는 우두커니 앉아 있는 이기채를 향하여 들이대듯 다가앉으며 말했다. 그는 지금도 같은 말을 한다. 다만 강모가 열아홉인 것이 다를 뿐.

이기채는 아무 말도 하지 않고, 놋쇠 재떨이를 장죽으로 끌어당긴다.

일꾼들과 하인, 머슴, 집안의 노복들과 거멍굴 사람들에게, 이기채의 모습이 저만치서 얼핏 비치면

"고추바람 분다."

는 암호를 만들어 냈을 정도로 매사에 각단지고, 매차고, 여지없는 평소의 그답지 않게 그는 초췌해 보인다. 그의 작은 체수는 탈수된 사람처럼 더욱 깡말라, 과민한 심경을 그대로 드러내 보여 주었다.

이기채는 마음이 천근이나 무겁다.

재떨이는 끌어당기며, 한숨을 좀 돌리려고 숨을 들이쉬니, 갑자기 마당으로부터 불어오는 뙤약볕에 익은 더위가 훅, 가슴에 얹힌다. 그러더니, 금방 속이 어지러워진다. 미슥미슥 하면서 토하고 싶은 것이 서체(暑滯)인가도 싶다.

그는, 들었던 담뱃대를 재떨이 위에 얹어서 밀어 버리고 죽침(竹枕)을 찾는다.

"왜, 속이 거북하십니까?"

이기채의 얼굴은 어느새 샛노랗게 질리고 있었다.

그런데도 그는 고개를 젓는다.

"이리 좀 누우시지요."

"괜찮어."

이기채는, 말은 그렇게 하면서도 노래진 얼굴을 날카롭게 찡그리며 비스듬히 몸을 기울여 막 누우려고 하는데, 마당에서 안서방의 목소리가 터진다.

"서방님 오시능교?"

잔뜩 반가워서 입이 저절로 벌어지는 목소리다.

이기채는 보료 위에 누우려다 말고 몸을 일으키며, 마당 쪽으로 귀를 기울인다.

"잘 있었어?"

안서방에게 대답하는 것은 한결 의젓해진 강모의 목소리였다.

이기채는 안석(案席)에 등을 기대면서 한쪽 팔을 의침(依枕)에 올려놓아 몸의 중심을 가눈다. 그 몸짓이 몹시 힘들어 보인다.

"강모가 오는 모양입니다."

기표의 말에 이기채는 고개를 끄덕인다.

아마 하절기 방학을 맞은 모양이었다.

밖에서 몇 마디 주고받던 강모가 마루로 올라와 서는 것 같더니, 목외(木外)로 들어선다.

목외란, 사랑(舍廊)의 가운데를 장지로 막아 아래위칸으로 나눈 위칸을 이른다. 보통 주인은 아래칸 아랫목에 앉아 있고 손님은 위칸으로 들어와, 문턱을 사이에 둔 채 거기서 인사도 하고 대화도 나눈다. 물론, 주인과 무관한 사이거나 문중의 어른들, 그리고 집안의 권속들은 목외를 통하여 들어온다 하여도 바로 주인이 앉은 자리 옆으로 오지만, 아랫사람이거나 하인, 또는 주인의 허락이 없는 손님들은 대개 목외에 머물다가 간다.

"강모 오느냐?"

기표가 먼저 아는 체를 한다.

강모는 한참 성장할 나이라서 그런지 지난 봄에보다 훨씬 몸집도 충실해진 것 같고, 거뭇거뭇 수염자리가 잡히는 것도 눈에 띄었다.

여름 햇볕에 그을리기도 했을 텐데 얼굴빛은 희다. 글쎄, 희다기보다는 창백해 보인다고나 할까, 어깨가 벌어지고 키가 자라서 언뜻 보기에는 이제 어른이 다 되었구나 싶은데, 얼굴빛이 마치 여름 창호지같이 바래 있어서 웬일인지 불안해 보인다.

그는 손에 들고 있는 검은 가방을 내려놓고 이기채에게 절을 한다. 그리고 다시 일어나, 숙부 기표에게 절을 한 자리 더 한다.

"그래 그간 별고는 없었느냐?"

이기채가 의침에 몸을 의지한 채 강모에게 묻는다.

아직도 그는 노랗게 질린 안색이 풀리지 않아, 괴로운 듯 미간을 좁힌다. 이기채는 잠시 괴로움을 가라앉히려는 듯 침묵하였다가 강모에게 시선을 건넨다.

"몸도 충실허고?"

"예."

"강태는 같이 안 왔드냐?"

"예."

이기채는 으음, 하고 고개를 끄덕이는데 강모가 일어서며 위칸으로 가 검은 가방을 들고 아래칸으로 내려온다.

가죽 가방인 모양인데 몹시 딱딱해 보이고, 여느 것처럼 네모진 것이 아니라 제법 부피가 있는 그것은, 대가리 쪽이 더 둥글게 퍼져 있고 꽁지는 둥글기는 하되 훨씬 좁다. 그리고 허리께가 잘록한 것이었다.

강모는 그 가방을 이기채 앞에 공손히 놓으며 자신은 완초(莞草) 방석 위에 앉는다.

"이것이 무어냐?"

이기채가 의아하다는 듯 강모를 본다.

기표의 눈이 날카롭게 빛난다.

그 빛이 심상치 않다.

"바이올린입니다."

"바이…… 뭐라고?"

"서양 악기예요. 바이올린…… 이라고……."

"형님, 이것이 바이롱이라는, 그, 왜, 깡깽이라고들 하지 않습니까? 뭐 서양 앵금 같은 거지요."

기표가 책상다리를 한 발바닥을 쓸면서 눈을 지그시 내리감고 상체를 좌우로 미동하듯 흔든다.

"그래서?"

이기채는 검은 가방 쪽으로는 힐끗 한번 눈을 주다가 말고 강모에게 다그치듯 묻는다. 말끝이 툭 떨어지며 잘리는 것이 몹시 못마땅한 기색이다. 그의 기색을 그대로 드러내고 있는 이마의 주름과 좁혀진 미간에 패인 깊은 주름은 날이 서 있었다.

강모는 그런 이기채에게 얼른 할 말을 꺼내지 못하고 머뭇거린다.

그 강모의 바랜 듯한 낯빛이 더욱 바래는 것 같더니

"저……."

하고 말을 꺼내려다가 멈추어 버린다.

이기채는 채근하는 대신 강모를 쏘아본다. 그 눈길에 얼핏 붉은 핏발이 돋는다. 번뜩 화광이 비치는 것 같다.

그는 금방 터지려는 무엇인가를 지그시 눌러 참고 있는 것이 분명하였다. 어디 하는 양을 좀 보자, 하는 심산인지도 모른다.

"아버지한테 좀 뵈드리려고요."

강모는 이기채 앞쪽으로 몸을 돌려 앉으며 가방의 고리를 벗긴다. 젊은 사람의 손등답지 않게 가방을 여는 강모의 손등은 말라 있었다. 그 마른 손이 떨리는 품으로 보아, 강모는 이기채의 시선과 침묵에 잔뜩 짓눌려 주눅이 든데다가 지금 긴장하고 있는 것이 분명했다.

또한 그의 크고 둥근 눈이 불안한 기색을 감추지 못하고 있다.

이기채가 그렇게 입을 꽉 다물고 있으니, 기표도 따라서 얼굴빛이 무겁다.

이윽고 가방 고리가 벗겨지면서 뚜껑이 젖혀지자, 그 속에 누워 있는 바이올린이 날렵하고 작은 몸을 그대로 드러내 보여 주었다. 부드럽고 윤택이 나는 다갈색 몸통의 잘록한 허리에는 단단한 단풍나무로 된 줄받침이 야무지게 버티고 서서, 팽팽한 네 가닥의 줄을 받치고 있다. 그 팽팽함은 손가락으로 퉁기지 않아도 저절로 팅, 소리가 날 것 같다.

그것은 이기채도 마찬가지였다. 그의 신경가닥과 힘줄들은 당길 대로 당겨진 활시위처럼 푸르르 떨린다.

"강모가 동경에 있는 음악학교를 가고 싶다고 허는데……."

이기채는 청암부인이 한 그 말을 잊지 않고 있었다.

연전(年前)에, 며느리가 신행 올 무렵, 대실로 떠난 강모를 두고 청암부인이 이기채에게 그런 의논의 말을 꺼냈었다.

"동경에 보내 주지 않으면 저도 대실에 안 간다고 정색을 허길래, 내, 애비와 의논헌다고 그랬다. 동경행이 쉽게 결정될 일은 아니나, 내 마음에 인륜의 일이 급하여 그쯤 대답해 두었으니 네가 잘 타이르거라. 제 딴에는 혹시 동경 가 있는 강호를 생각하고, 거기 같이 있어 볼까 하는지도 모르지. 강호하고 강모는 처지가 다르니 네가 알아듣게 잘 타일러 보아."

"타이르기는 무얼 타이릅니까? 도대체 그놈은 제 분수도 모르고 앞가림도 할 줄 모르는 놈이올시다. 물렁하기가 묵나물 한가지니, 그래 가지고서야 어떻게 이 집안을 이끌어가고, 장차는 종손의 도리를 다 할 것인지, 지금부터도 앞길이 캄캄합니다. 솔직한 말씀이 제가 강모란 놈 때문에 요즈음 통 잠을 못 이룹니다."

잠을 못 이룬 것이 어찌 그때뿐이랴.

날이 갈수록 그만큼 더 깊은 불면의 늪으로 잠겨들어가, 발길은 끝도 없는 허방을 헤매고, 머리 위로는 짓눌려 오는 진흙덩이의 무게, 그리고 문득 자다 깨면 덮쳐 오던 그 암담한 어둠.

그때마다 이기채는 재떨이를 끌어당겼다.

어둠이 바닷물처럼 집안을 침몰시키고 있는 한밤중, 큰사랑에서 울리는 마른 기침 소리와 재떨이 두드리는 새된 놋쇠 소리는, 마치 어둠을 깨뜨리고 쫓아내려는 경쇠 소리 같았다.

그 소리에 누렁이가 펀듯 귀를 세우며 짖기 시작하면 위아랫집, 건넛집의 개들이 꼬리를 이어 짖어댄다.

그러다가 온 마을의 개들이 짖는다.

"율촌양반 오늘 밤에도 또 못 주무시는가 부다."

사람들은 어둠 속에서 돌아누우며 그렇게 잠결에 중얼거리곤 하였다. 그러나 개 짖는 것도 잠깐이다. 누렁이가 싱겁게 크엉, 하면서 소리를 멈추면, 이윽고 멀리서 따라 짖던 것들까지도 잠잠해지고, 마을과 집 안은 더 깊은 정적과 어둠 속으로 빠져들어가 버린다.

무너질 듯 시커먼 산자락들이 검은 파도처럼 집안을 한 입에 삼켜 버릴 것 같은 그런 밤, 이기채는 홀로 우두커니 앉아 가슴이 패어 나가는 허전함을 담배로 메우려 한다.

그때마다 다친 곳처럼 욱신거리면서 떠오르는 얼굴은 외아들 강모였다. 그러면 이기채는 가슴이 마쳐 숨을 들이쉬어도 시리고 내어쉬어도 답답하였다. 가슴 밑바닥에 무엇이 박히는 것처럼 아프고, 한숨을 쉬면 공이처럼 걸려 이기채는 때때로 담이 결린 듯도 했다.

그런 강모가 눈앞에 앉아 검은 통을 불쑥 내밀어 열어 보이면서, 무슨 말인가를 하려 하고 있다.

강모도 심약한 눈빛이 불안하기는 하였지만, 단단히 벼르어 온 말을 하려는 모양이었다.

이기채는 일부러 아무것도 묻지 않은 채 강모를 쏘아보고만 있다. 바이올린의 네 가닥 줄과 이기채의 날카로운 침묵이 서로 칼날같이 맞부딪치면서 방안을 터질 듯이 숨막히게 한다.

이기채와 강모, 그리고 기표는 서로 이 침묵의 줄다리기에서 삼각형으로 팽팽하게 맞서며 얼굴이 벌겋게 상기되었다.

"일본으로 건너가서 음악 공부를 좀 하고 싶습니다."

드디어 강모가 쫓기는 사람처럼 단숨에 뱉어내듯 말해 버린다.

순간 이기채의 눈이 번쩍한다. 그리고는 이기채와 강모의 사이에 부웅 소리가 날 만큼 공간이 팽창한다.

"그래서?"

역시 말끝을 내리누르며 잘라 버린 질문이다.

강모가 말을 잇지 못한다. 이미 이기채의 노여움이 목까지 차 올랐다는 것을 감지하였기 때문이다.

"그래서어?"

"……."

"네가 이 앵금을 쳐들고 댕기면서 풍각쟁이 노릇을 허겠다, 이 말이냐?"

"……아버지."

"아니면 남사당이 되겠다아, 이 말이냐?"

"아니올시다."

"아니올시다? 그럼, 그러면 무엇이 되겠다는 것이냐?"

목 안에 짓눌려 삼킨 목소리가 조금씩 터져 나오면서 점점 언성이 높아진다. 그러나 이기채의 성품으로 미루어 아직은 지그시 참고 있는 것이 분명하다.

"풍각쟁이와 음악가는 다릅니다. 저는 음악을 공부하려는 것입니다. 학교를 졸업하고 나면 동경에 있는 음악학교에 들어가서……."

"왜? 허구 많은 공부 중에 하필이면 네가 음악인가 허는 풍각을 공부하려는, 무슨 뜻이 있을 게 아니냐? 왜 그러는 거냐?"

강모는 역시 대답을 못한다.

……이곳을 떠나고 싶어서입니다. 제발 그럴 수만 있다면 굳이 음악이 아니라도 상관없어요. 측량 기사가 되어도 좋습니다. 구실이야 무엇이 되었든 저는 이곳을 떠나고 싶습니다. 도주하고 싶어요. 저는 이 집안이 무겁고 무섭습니다. 아무도 저를 때리려는 사람 없고, 아무도 저를 해치려는 사람 없건만 저는 마치 가위눌린 것처럼 답답하고, 쫓기는 사람처럼 초조합니다. 왜 그러할까요. 집채덩이 같은 불안을 속에다 삼키고 있으니 무엇에도 마음을 붙일 수가 없습니다. 아버지, 벗어나게 해 주십시오. 아무것에도 매이지 않고, 속하지 않고, 훨훨 좀 돌아다니고 싶습니다. 할머니로부터도, 아버지로부터도, 아아, 그리고…….

"네, 이노옴, 왜 말을 못하느냐? 갑자기 꿀 먹은 벙어리가 되었느냐? 말을 해라."

드디어 이기채가 상체를 곧추세웠다.

"왜 말을 못하는 것이냐? 이 철딱서니라고는 손톱만큼도 없는, 천하에 쓰잘 데 없는 놈 같으니라고. 네 이놈, 네가 대체 중정이 있는 놈이냐 없는 놈이냐. 집구석이 멸문하여 성이 없어지고 문짝에 대못을 치게 생긴 이 마당에, 기껏 네가 하는 일이, 소위 종가의 종손이라는 놈이, 애비는 피가 바트고 뼈가 마르는 마당에 떠억 버티고 앉아서 허는 말이, 뭐가 어쩌고 어째? 음악을 공부하러 일본으로 가야겄습니다? 허허, 집구석이 망헐라면 대들보가 먼저 내려앉는다더니, 일본놈 창씨개명 나무랄 거 하나도 없구나아, 하나도 없어. 아니 내 집구석에서 내 자식놈이 먼저 망허느라고, 제가 자청해서 풍각쟁이가 되겠다니, 성씨가 있으면 무얼 허며 가문이 있으면 무얼 헐 것이냐? 아이구, 아주 너한테는 잘되어 버렸구나, 으응? 잘되어 버렸어. 너 같은 놈한테 물려주자고 할머님이 한평생을 그렇게 노심초사 허시고, 너 같은 놈을 자식이라고 믿고, 너 같은 놈을 자식이라고……."

이기채의 말이 뚝 끊어진다.

강모가 순간 심상치 않은 기색을 느끼고 숙인 고개를 들었다.

이기채의 모가 선 눈빛이 벌겋다.

그는 의침을 두 손으로 움켜쥔 채 강모를 노려보았다.

"아버지."

"네 이노옴. 네 놈이 감히 누구보고 지금 애비라고 허는 게야? 네가 내 자식이라면 어찌 이런 짓을 헐 수가 있단 말이냐. 감히 네가 누구 앞에다가 이 따위 것을."

채 말을 맺지 못하는 이기채가 차 오르는 숨을 내뱉기라도 할 듯이 몸을 일으키다 말고, 움켜쥐고 있던 커다란 의침을 바이올린 면상에다

여지없이 동댕이쳐 집어 던진다.
의침은 팽팽한 방이올린 줄에 부딪쳐 공중으로 튀어 오른다.
바이올린 줄이 비명을 지르며 울린다.
기표가 이기채의 손을 잡으려 하는데 이기채는 벌떡 일어서 버린다. 그의 노기가 쩌엉, 소리를 내는 것 같았는데, 이미 바이올린은 그의 손에 잡혀 허공에서 한 바퀴 맴을 돌아, 방바닥에 후려쳐지고 있었다. 바이올린의 몸통이 한순간에 부러지면서 팽팽하던 네 가닥 줄이 힘없이 늘어져 버린다.
강모의 얼굴은 흙빛으로 질려 부르르 떨린다.
그 바람에 귀밑의 궤털이 허옇게 일어선다.
"천하에 몹쓸 놈. 썩 나가라. 이 방에서 썩 나가. 너 같은 놈은 자식도 아니다. 꼴도 보기 싫다."
이기채가 버선발로 방바닥을 구른다.
강모는 얼어붙은 듯 움쩍도 못한다.
무릎 위에 놓인 강모의 두 주먹이 오그라진다.
"왜 그러고 앉어 있어? 꼴도 보기 싫다는데. 아주 집구석이 제대로 망허는구나. 가지가지로, 제대로 망해. 며느리라 허는 것은 손만 컸지 침선 하나 제대로 헐 줄을 아나, 남편의 마음을 잡을 줄 아나, 자식이라 허는 것은 나이 열아홉을 먹도록 사람 구실을 헐 줄을 아나……. 내가 천년을 살겄느냐, 만년을 살겄느냐, 도대체 언제까지 그렇게 어린아이 티를 못 벗고 매사에 천방지축이냐. 나 죽고 나면 누가 어른 노릇을 챙겨서 헐 것인가. 그냥 앉아서 그대로 망헐 것이다. 그냥 앉어서. 기왕에 가운이 기울어져 망허는 집안이라면 기다릴 거 무에 있어.

서둘러서 망해 버려야지. 그럼 일찌감치 속이나 편허지. 대체 언제부터 집안이 이 꼴로 각동 삼동으로 찢어져서 가닥을 추릴 수가 없게 됐단 말이냐. 대관절 언제부터 이러는 게야."

이기채는 방 가운데 선 채로 노기와 탄식을 가누지 못한다.

기표가 강모에게 손짓으로 바깥쪽을 가리킨다. 나가라는 시늉이다.

강모는 망연하게 앉아 부러진 바이올린과 패어나간 장판 자리, 그리고 아까 바이올린을 내던지는 순간, 그 몸통에 맞아 흩어진 담배통과 타구를 물끄러미 바라볼 뿐, 반은 넋이 나간 사람 같다.

"그다지도 지각이 없어서야 어디 그걸 사람이라고 허겠느냐. 내가 네 나이 때는 집안 살림이 문제가 아니라 종중 살림까지도 혼자서 떠맡다시피 했었다. 그래 네 나이가 그게 적은 나이 같아서, 나이 티를 내고 있는 게야? 어엉?"

강모는 망연히 앉아만 있었다.

바람 한 점 없는 여름나절의 눅진한 햇빛 속에 효원의 얼굴이 떠올랐다. 그 얼굴이 떠오르자 별안간 강모는 가슴을 깨물린 듯한 통증을 느꼈다. 마치 이빨 하나가 가슴에 박힌 것 같은 얼얼하고도 깊은 아픔이었다.

"어서 나가거라. 큰방 할머님도 뵈어야지. 사랑이 소란하면 공연히 근심허신다. 어서 일어나."

기표는 애써 목소리를 평온하게 하며 강모를 일깨워 부추긴다.

강모가 마지못한 듯 자리에서 일어서자

"안서방."

기표가 바깥에 대고 안서방을 부른다.

"좀 들어오게."

아마 방을 치우라는 말일 것이다.

강모는 허리를 구부리고 들어오는 안서방과 엇갈려 마당으로 내려서서, 안채로는 들어갈 생각을 하지 않고 멍하니 마당 귀퉁이의 꽃밭을 바라본다.

꽃밭에도 여름은 무성하였다. 자라나는 것들이 더욱 뻗어가며 자라나고 있는 여름 꽃밭에는 햇빛이 눅진하게 녹아 내리고 있다.

저마다 빛깔을 내뿜으며 피어 있는 꽃송이와 잎사귀들이 녹아 내리는 햇빛을 양껏 빨아들이고 있다.

그러나 그 햇빛은 조청처럼 무겁다.

그래서 꽃잎과 잎사귀에는 먼지가 부옇게 앉은 것도 같다.

어찌 보면 식물들이 햇빛을 빨아들이는 것이 아니라, 햇빛이 끈적이처럼 꽃잎과 잎사귀에 엉겨서 소리 없이 그 진을 빨고 있는 것처럼도 보인다. 꽃잎의 입술과 대궁이 허옇게 말라들어 미농지로 만든 조화같이 변한다.

……나는 한낱 그림자로다.

그는 정말로 자신이 걸어가는 그림자에 불과다고 절감한다.

……내가 무슨 넋이 있으며, 몸이 있으랴. 또 그런 것들이 있은들 무엇에 쓰겠는가, 무엇에…….

강모는 가슴 밑바닥이 갈라지는 것 같아 숨을 참는다.

갈라터진 사이에 빠짓이 피가 배어나며 쓰라리다.

……강실아. 네가 있었더라면 그러면 좀 나았겠느냐.

강모는 기어이 그 생각을 하고 만다.

아까, 동구에서부터 참아 온 생각이다.

아니, 그것이 어찌 동구에서부터만 참아 온 것이었을까.

아까 오류골 작은집의 사립문을 지나치면서도, 일부러 살구나무 쪽으로는 눈길도 돌리지 않았던 것이었는데.

그때 무너지게 검푸른 살구나무의 녹음이 강모의 얼굴에 푸른 그늘을 드리워 주었으나, 강모는 그냥 지나쳐 버리고 말았었다.

…… 네가 없는데. 이제 나를 무엇에다 쓰겠느냐…….

접시꽃 촉규화, 붉은 작약, 흰 작약, 황적색 꽃잎에 자흑점이 뿌려진 원추리들. 그 현란한 꽃밭 그늘에 꽈리가 몇 그루 모여서 있는 것이 눈에 띈다. 그것들은 등롱 같은 열매를 조롱조롱 푸르게 달고 있다. 지금은 그 꽈리 초롱에 물이 돌아 초록으로 열려 있지만, 저것은 가을이 되면 익으면서 주홍으로 투명해진다. 그것이 영락없는 등롱의 모양이어서 이름도 등롱초(燈籠草)라고 불리던가.

…… 강실아.

강모는 그만 가슴이 사무친다.

캄캄한 어둠 속에서 말없이 등불을 잡아 주던 강실이의 모습이 꽈리밭에 그대로 서 있는 것처럼 보인다.

제1권

**지 은 이** 최 명희
**펴 낸 이** 최 용범
**펴 낸 곳** 주식회사 매 안
도서출판 매 안

**등 록** 2004년 7월12일 제300-2004-120호
**주 소** 137-903 서울 서초구 잠원동 24-6
www.honbul.kr
**Tel & F** 02-537-2911
**Moble** 010-3796-5933
**e-mail** maeumjaly@honbul.kr

제 1 판 제 1 쇄 1996 년 12 월 5 일
제 1 판 제 53 쇄 2005 년 10 월 25일
제 2 판 제 40 쇄 2023 년 5 월 22 일



ISBN 978-89-93607-01-7 04810
ISBN 978-89-93607-00-0 (전10권)